2016 中国好小说

小说选刊 / 选编

〔微小说卷〕

中国书籍出版社
China Book Press

图书在版编目（CIP）数据

2016中国好小说·微小说卷 / 小说选刊选编．—北京：中国书籍出版社，2016.3

ISBN 978-7-5068-5448-1

Ⅰ．①2… Ⅱ．①小… Ⅲ．①小小说—小说集—中国—当代 Ⅳ．①I247

中国版本图书馆CIP数据核字（2016）第042290号

2016 中国好小说·微小说卷

小说选刊　选编

图书策划	武　斌　崔付建
责任编辑	成晓春
责任印制	孙马飞　马　芝
出版发行	中国书籍出版社
地　　址	北京市丰台区三路居路97号（邮编：100073）
电　　话	（010）52257143（总编室）（010）52257140（发行部）
电子邮箱	eo@chinabp.com.cn
经　　销	全国新华书店
印　　刷	北京富达印务有限公司
开　　本	710毫米×1000毫米　1/16
字　　数	335千字
印　　张	20.75
版　　次	2016年3月第1版　2016年3月第1次印刷
书　　号	ISBN 978-7-5068-5448-1
定　　价	38.00元

版权所有　翻印必究

目 录

高手寂寞　鞠志杰 / 001
给自己挖个坑　三　石 / 003
女儿来电　崔　立 / 005
藏　獒　周国华 / 007
和明的一次婚外恋　谢大立 / 010
苏七块　冯骥才 / 013
莲池老人　贾大山 / 015
焦　点　吴宏博 / 018
爬梯子　秦德龙 / 021
搜　索　张艳霞 / 024
影青瓷　韦延才 / 027
宋朝的挂件　徐慧芬 / 030
红军刀　王　健 / 033
卸　妆　韦延丽 / 035
长城和猪圈　汤鹏飞 / 038
倒插门　赵　新 / 041
你跑什么跑　安　谅 / 044
朱　青　聂鑫森 / 047
大印象　刘建超 / 051
百年校庆　凌鼎年 / 054
老　许　黄克庭 / 057
每个门槛下面都有一把钥匙　芦芙荭 / 059
河里有条大鱼　张建忠 / 063

"二战"时期的爱情	侯发山	/ 066
狗　友	刘永飞	/ 069
头炷香	唐　静	/ 072
高速路上的农用车	田　夫	/ 075
重塑灵魂	尹全生	/ 078
特别赏赐	戴　希	/ 081
自己的墓葬	蒋　殊	/ 084
砍头游戏	蓝　月	/ 088
绝　招	石　磊	/ 091
这事就往粗里弄	李立泰	/ 094
齐好收	徐国平	/ 097
灯　殇	陈永林	/ 100
智能手机	申　弓	/ 103
去乡下	秦德龙	/ 106
机关制造	游　睿	/ 109
广　厦	袁省梅	/ 112
寻找张五斗	蔡中锋	/ 115
孤　儿	刘斌立	/ 117
报　恩	仲达明	/ 120
再见座山雕	刘　泷	/ 124
临时协议	赵晏彪	/ 127
东洋生灵	申　平	/ 129
少年当家	王义宝	/ 132
深山飞彩虹	谯义三	/ 135
裱画徐	马　犇	/ 138
拯救计划	朱道能	/ 141
两条金鲤的爱情	殷贤华	/ 143
鸟儿可以飞翔	崔　立	/ 146
回　家	侯发山	/ 149

习　惯　李香淑 / 152

那晚的月光　朱士元 / 155

老王与水　文　丁 / 159

倾听桃花开放的声音　伍中正 / 163

我有钱我任性　黄克庭 / 166

好　画　曾宪涛 / 169

一只茶杯　孙道荣 / 172

到领导办公室坐一下　李国新 / 175

程小那的春天　李世民 / 178

三个电话　刘怀远 / 181

禅　语　李曙阳 / 183

阿六报仇　谢大立 / 186

杀　羊　远　山 / 189

从汉江到汉城湖　杜文娟 / 192

阿大和他的姆妈　徐慧芬 / 195

死亡之约　戴　希 / 199

智　者　凌鼎年 / 203

灯　朱成玉 / 206

等待一个人的自首　游　睿 / 209

奶奶的党费　李立泰 / 212

赝　品　郑武文 / 215

关键来电　贾巴尔且 / 218

喊　楼　夏　阳 / 220

龙虎斗　陈玉兰 / 223

酒　水　侯发山 / 226

人面疮　高　军 / 229

指路男孩　王安忆 / 232

父　亲　姜　鸿 / 234

剪　辑　李世斌 / 238

生死一线牵	张　弘	/ 240
鸟　蛋	陈永林	/ 243
校长卢夏	谢松良	/ 246
墨烟张	陈柳金	/ 248
门	泥　冠	/ 251
爱情火车	赵　欣	/ 254
岁月在墙角剥落	杨崇德	/ 256
野猪横行的日子	夏一刀	/ 260
狗保姆	邵火焰	/ 264
跑到北京	陈德鸿	/ 267
压在信封里的钱	申　弓	/ 270
翼　人	俞永富	/ 273
平　衡	陈国凡	/ 276
点石成金	徐　东	/ 279
有人罩着	三　石	/ 282
调解员	贺小波	/ 285
人　皮	葛成石	/ 287
你所不知道的故事结局	安　谅	/ 290
白加黑	申　平	/ 292
半场电影	刘怀远	/ 295
炫耀的资本	赵晏彪	/ 298
山　漏	文　丁	/ 300
第五家庭	蔡　楠	/ 304
买　水	陈永林	/ 307
左手神医	北　乔	/ 310
失眠症	远　山	/ 312
鬼　城	李景泽	/ 314
奶奶的桃树	江　岸	/ 317
发　现	戴　希	/ 320

高手寂寞

□ 鞠志杰

我是"雷诺方程式总冠军",几乎横扫所有游戏室无对手。

但有一个人我一直很忌惮,那就是"无限方程式总冠军"水仙。别看他起了一个女人名字,还用了一个美女头像做图标,但我深信他是个男的。我曾和他交过手,他确实很快,快得让你猝不及防,就是小于九十度的弯道,他也总能轻巧地转过去。只这一下,就要比别人快上三秒钟。"唰——"他冲到第一位了,后面就是我。我使用最后一个加速,前面有坑,右转,迎面又来了一辆卡车,左转,躲过去了。我与水仙还有一个车位的差距,我马上就要超过他。超过他,就超越了一座高峰。可是,"咣——"斜刺里杀出一辆甲壳虫,我们迎面撞在了一起。

水仙,我一定要超过你!于是,水仙进哪个游戏室,我就进哪个游戏室。水仙发现了这个苗头,他见我来了,总要退出。

水仙在大厅里对我说:"你很执着!"这话不像是赞扬,倒像是讽刺。

我说:"敢单独来一场吗?"我的级别仅次于水仙,我绝对有与他抗衡的实力。

水仙说:"何必那么较真呢?"我说:"我不喜欢当第二!"

他笑了："第一就好吗？高手寂寞啊！"说完，他下线了。

我有些愤怒，于是带着一股情绪开始横扫各个游戏室。那些低手们不愿意和我玩，见我进来了，像约好了似的，一人一脚把我踢了出去。这太可恶了！但我自有办法，我待在游戏室外静观其变，当他们纷纷开启马达时，我迅速钻进去，坐在了闲位上，然后启动赛车。他们再踢我出去已经来不及了，于是，我稳稳地夺得了第一。

玩家们开始骂我："一个总冠军和我们上路新手玩，真不要脸！"我脸红了，真的脸红了，就像是一个大人被一群小孩子骂了一样。我愣在那里，不知所措。盯着他们一个个先后启动赛车，我却无动于衷。那天，我被落在了后面，头一次被扣了分。

又见水仙，我说："第一确实不好当。"他仍然打着禅语："高手寂寞！"他说，每天进入这个游戏大厅，更多的时候都是在闲逛，不得已只好自己练习一场，因为没有人愿意跟他玩。他进来不过是想从工作的压力中解脱出来换换脑筋，可是到最后，反而压力越来越大。这个游戏他已经玩了三年，是所有玩家中分数和级别最高的。在这个游戏网站里，他已经是个不折不扣的名家。但是，他丝毫没有感觉到有光环笼罩在头顶上，更甭提获得了多少快乐。他说："这是一个闲人的世界，你如果有着一份热爱的事业，最好还是不要沉迷于此。"

那天，我还是和水仙单独赛了一场，就我们两个人。但我还是输给了他，只输了微小的一秒。

于是我听了水仙的话，很少再玩了，但并非彻底断绝。我新注册了一个名字，从"上路新手"开始玩，转眼间便连胜了好几场，将众多"冠军"斩落马下。正在我洋洋得意时，那些老手们发话了："你根本不是上路新手，你是高手，你是总冠军，你是水仙！"我会心一笑，看来这招水仙早就用过了！

- 作者简介 -

鞠志杰，内蒙古作家协会会员，《红山晚报》编辑，小小说《采访刘晓丽》获《百花园》2008年度中国小小说原创优秀作品奖。

给自己挖个坑

□ 三 石

张山是领导身边的人。

既然在领导身边,为领导排忧解难便是分内的事。比如领导家有个脏活累活啥的,那得抢着去干;比如有人不顾禁令仍要送点烟酒土特产啥的,可以先帮领导收下来,然后找个机会送到领导家,还得毕恭毕敬地接受领导批评;再比如,领导遇到了烦恼事或者说难以决断的事,得挖空心思绞尽脑汁帮领导出点子想法子,供领导决策参考。

今儿个领导就遇到了一件烦心的事。

单位有一个科长的位置空缺,原本这个科有一个叫李斯的副科长,资格老、人缘好,工作能力顶呱呱,接替科长的位置众望所归。其实领导原本也有这意思,只是关键时刻有人打了招呼,向领导推荐了另外一个人选。打招呼的不是一般人,领导就算有熊心豹胆也不敢不给面子。问题李斯怎么办?毕竟李斯是业务骨干,要是闹起情绪撂挑子,科里的工作还真得受影响。

就在领导焦头烂额的时候,张山及时给领导想出个主意。张山说,要不,给李斯评个先进怎么样?

张山接着往下说,最近机关正在开展学雷锋月活动,其中要评选十名学习雷锋标兵，给了我们单位一个名额，我建议将这个名额给李斯。

领导略一思索，便喜笑颜开，赞赏好，这主意好，嗯，学雷锋标兵，总不能太过计较个人得失。不错，就这么办。

张山的建议虽然算不上圆满，却也让领导顺利下了台阶，毕竟两头都给了糖吃。李斯就算是有点想法有点意见，却也不便明言，还得向领导的关心表示感谢。当然，领导没有忘记表扬张山，夸奖张山脑子灵光，点子办法多。

说来也巧，就在领导表扬张山后不久，办公室主任提拔到外单位当了领导，位置便空了出来，张山自然看到了希望。

其实张山在办公室也有好些年了，副主任也当了三年。主任提拔后，虽然并没有马上任命张山当主任，可领导却找张山谈了一次心。谈心的内容很多，主要便是让张山好好工作。领导还拍着张山的肩膀，笑眯眯地说，小张，好好干，只要把工作做好了，其他组织上会考虑的。

领导的话让张山心花怒放，干起活来更是加倍卖力，鞍前马后地为领导做好服务。领导对张山也不错，不管公事还是私事，都带着张山。很多人都说，办公室主任的位置，非张山莫属。张山心里头自然是美滋滋的。

不久，单位准备调配办公室主任。虽然这是秃子脑袋上的虱子，明摆着的事，但程序还得走，而且还得差额考察。不过，大家都认为，无论另外一个是谁，都不过是陪太子读书。

一切都如张山所愿，民主推荐张山排名第一，民意测验，张山差不多都是优秀票，考察谈话就更不用说了，估计没人会讲张山的坏话，然后便是耐心等待。

没过几天，单位便准备召开班子会了，张山是办公室副主任，自然清楚其中有一个人事议题，研究确定办公室主任人选。二选一，张山是其中一个。

临开会前，领导突然将张山叫到了办公室。领导的脸色很凝重，一边喝茶一边说，小张啊，最近工作表现不错，我考虑了一下，准备推荐你为机关年度优秀公务员。

张山的脑袋便嗡的一声大了起来，以至于领导后面说了什么全没听清……

· 作者简介 ·

三石，本名熊磊，江西上饶作协副主席。已在各类报刊发表小小说作品数百篇，出版小小说集《珍贵的礼物》等多部。

女儿来电

□ 崔 立

老人在房间里走来走去的时候，电话响了。老人接过，是一个年轻女孩的声音："妈，是我啊。你还好吗？要多注意身体啊。"老人愣了一下，说："哦，哦，我还好，你在外面也要多注意。"聊了一会，女儿说："妈，没事那我先挂了啊。"老人说："好，好。"

隔个两三天，女儿的电话又来了，说："妈，是我啊。你还好吗？要多注意身体啊。"老人说："好，好，你也要多注意身体。"聊了一会，女儿又说："妈，没事那我先挂了啊。"老人说："好，好。"

三天两头的，女儿会打来电话，陪老人聊上几句。快一个月的时候，女儿说话忽然有些支支吾吾的。女儿说："妈，你能给我三百块钱吗？我最近钱不够花了。"老人说："可以，怎么给你？""妈，你打我卡上吧。"女儿又说："对了，我办卡的银行最近搬掉了，取钱很麻烦，你打我同学的卡上吧。"老人说："可以。"老人拿出纸和笔，按女儿说的，认真记下了女儿同学的卡号。

挂掉电话，老人出了门直奔银行。在银行排了半个多小时的队，老人把钱打了过去。

三天两头的，女儿的电话不间断地会打来，问问老人好不好，无聊不无聊，等等等等。每次接到女儿的电话，老人都聊得心满意足。不过也有个怪事，每个月，女儿都会喊着缺钱，从老人那讨要个三百五百的。老人呢，都会以最快的速度，给女儿打过去。

快半年的一天，老人同住一个楼的楼长路过银行时，看到老人拿着汇款单据从里面走出来。楼长说："阿姨，你干什么呢？"老人说："我给女儿汇钱呢，女儿钱不够用了。"楼长"哦"了一声，一个人往回走时，忽然觉得有些不对。老人的女儿，楼长是认得的，很有钱的一个人，怎么会让老人给她汇钱呢。

楼长当即给老人的女儿打了电话。老人的女儿一接电话，也蒙了，说："我没让我妈给我打过钱哪！"

一小时后，老人的女儿急急忙忙地回了家。女儿说："妈，你给我打钱了？"老人说："没有啊。"女儿说："那我还有妹妹？"老人看女儿一眼，说："当然没有了。"女儿终于忍不住了，说："妈，那你告诉我，你到底是给谁汇钱了？一共汇了多少钱？你是不是碰上骗子了啊！"老人说："对，我是碰上了骗子，而且，我还知道她是个骗子。但我还是要给她汇钱。"女儿瞪大眼，说："妈，你疯啦！"老人深深地看女儿一眼："我没疯。我愿意被她骗，她不是我的女儿，却隔两天就能给我打电话，陪我聊天，关心我。而我的女儿你呢，你想想又有多久没给我打过电话，没来看过我了……"

"我……"老人女儿语塞了。

· 作者简介 ·

崔立，《读者》杂志签约作家，现供职于《文学报》社，有小说、散文一百五十万字散见于《小说选刊》《北京文学》等报刊。

藏獒

□ 周国华

此刻，你只听得见胸膛中鼓点般的撞击声。

这家的主人参加篝火狂欢去了，毡房四周没有一丝动静。你知道，就在毡房的后面，既潜伏着可怕的对手，又有难以割舍的诱惑。

你慢慢移动脚步，轻轻踩着松软的草地，就像行走在太空中。你知道，自己已经进入危险的区域，一不小心就会有性命之忧。

你太专注于眼前，竟没有注意到后面有条灰影悄悄向你靠近。

一阵钻心的疼痛从腿上传来，你本能地丢下手中的弩机，扭身猛击那畜生。灰影怪叫着后退几步，前腿用力向后蹬地，脊背蜷成弓形，准备发起又一轮的攻击。你蒙了，后悔自己太低估对手，本想搞个偷袭，反被对方伏击。你抽出了背后的长刀，准备迎敌。

长刀在月光下闪了几闪，你看到了更为可怕的敌人，和两束逼人的幽光。

狼！竟然是头狼！

狼发起攻击，你手起刀落。狼躲开，一口叼住你握刀的手。你惨叫着丢下刀。赤手空拳的你和狼的肉搏战，本就没有悬念。没过多久，你就筋疲力尽地倒在地上，惊恐地看着犀利的狼牙向自己的喉管咬来。

突然，一道黑影横空扑向狼。未等你反应过来，那黑影已和狼撕咬在一起。

藏獒！你狂喜不已，想不到竟是它来相救。

你见过这条藏獒，纯种的"铁包金"，黑背黄腹，跟头小狮子似的。那天，你找这家主人要水喝。它就蹲坐在主人身边，目光警觉，一刻不离地盯着你，让你浑身发紧。

"铁包金"藏獒果然继承了祖先良好的基因，和能征惯战的狼相斗，丝毫不落下风。它们你撕我咬，渐渐远离你。藏獒不惧任何动物，只要领地被冒犯，不管是谁，都会遭到它的攻击。今天也活该那头狼倒霉，居然不结伴出来，没伤着人不说，还招来了强悍的对手。

你捡起弩机，向毡房走去，没走几步，又折回身。尽管原先的对手和敌人出人意料地交起手来，但现在还不能高兴得太早。你小心翼翼靠近"战场"。

你听说过一条藏獒能抵三头狼的传言，但眼前的情景让你大惊失色。藏獒和狼一样满身是血，可它的喘气声越来越急，动作也越来越慢，每个回合下来，身上都会多几道伤痕。很显然，藏獒已经落了下风，而它没有丝毫退却的意思。

你猛然想起，这条藏獒生育不久，难怪体力不支。

这是一场惨烈的战斗。你举着弩机，却帮不上忙。藏獒和狼分开的时间很短，更多时间是厮打在一块儿，你怕误伤了藏獒。

藏獒终于倒下了。狼用尖利的牙齿咬向它喉管的时候，你终于找到机会发射毒弩。狼中毒箭，身子抽搐不止，倒了下去。你一刀结果了狼的性命。

藏獒的后腿已被狼咬断。它支起前腿，拖着沉重的身躯，艰难地向前爬去。

一道长长的血痕划向毡房。

藏獒爬到毡房边，十几条肉乎乎的身影摇摇晃晃过来。是幼獒！藏獒重重地躺下，幼獒们扑过来，含着母亲的乳房，欢快地吮吸起来。

你找来柴火，点起火。你知道，没了藏獒，只有火光能吓阻凶残的敌人。

藏獒前腿扑地，头朝幼獒，缓缓舔着幼獒们的身子。而后，藏獒回头看了你一眼，幽深的眼里闪烁着凄凉而哀伤的微光，似乎是想对你说什么。

不，它不说，你也明白。

幼獒们吃饱了，甜甜地倚在母亲身边沉沉睡去。藏獒用前腿拢起它们，这姿势，再没变过。你呆呆地望着它们。你见过它们，其中三只银灰色的幼獒，正是藏獒中的极品。它们的父母都是"铁包金"藏獒，只有血统正宗的藏獒，才能生出这种罕见的生灵。相传，二十四万例中才有一例，价值不菲。

如今，幼獒们就毫无防备地躺在你面前。有了它们，你将一夜暴富，还清巨额赌债，结束流浪的生活，和分别多年的妻儿团聚。

万籁俱寂。突然间，你听见了眼泪滑落的声音。

·作者简介·

周国华，浙江平湖人，平湖市作协会员，百余篇小小说载《百花园》《小说月刊》《四川文学》《山东文学》《天津文学》等刊。

和明的一次婚外恋

□ 谢大立

　　明的出现，让我的眼睛一亮。

　　见到明，是在昨天的同学聚会上。将近二十四个小时过去了，我还在责备我的眼睛，十五年前，难道你瞎了？你也看到了，多数女同学们都不同程度地成了黄脸婆，唯独明青春依旧，美丽且自信。

　　明是我武大哲学班的同学，我的第一任女友。我和她正是在讨论那个眼睛与美的哲学问题时相恋的。我们都认为世界上本来没有美，只因为有双眼睛，才产生了美。

　　与明无缘，是在一个叫作索河的地方。索河那个地方很偏僻，但很美。我想，她一个女孩子能到那个地方，一定是有人相伴。一打听，还是个男孩子和她一起。我怀疑她和那个男孩子在那里做了不该做的事，就和她提出了分手。

　　约明去索河看荷花！这个时候正是荷花盛开的季节。我为想出这个主意激动不已，发短信时，手指颤抖不已。明也一样，她的颤抖体现在声音上，她说，好哇，什么时候，在什么地方集合？就开我的车去吧……

　　我们是在第二天上午九点多一点赶到索河的。停好车我们沿着河边的栈道往前走。我们时而看看远方的山，山上有淡蓝色的云雾缭绕；时而看看河里的荷花，荷花有红的、白的，还有黄的，都一副出淤泥而不染的高贵。我们谈工作，谈家庭，谈人生，试试探探地涉及我们的过去。谈到那个眼睛与美的哲学问题，我刚想借题发挥，导引出一场轰轰烈烈的婚外恋时，前边的山被乌云罩住了，有雨朝我们这边逼过来。

我们赶紧往回走，还是被雨追上了。我把我的衣服脱下来让她顶在头上，和她一起以冲刺的速度来到了停车场，明脸上的妆还是被毁掉了。明是从我脸上的神色看出她的妆被毁掉的。她一惊，仿佛自己的某处私处暴露在了光天化日下，在她急急忙忙钻进车里，叫我找个地方先在外面待一会时，我想我的脸色一定是怪异到了极点，一定是把她吓住了。这也不能怪我，是她毁了妆的那张脸先把我吓住了，要说怪异可是她吓出来的。她的脸黄黄的，还有斑痕，斑是那种类似于老人斑的斑，我不知道这种斑点怎么会长在了一个刚刚才四十岁年龄的女士脸上，还有一条一条的沟壑，与那张青春依旧的脸反差实在是太大了。

明按喇叭，喊我上车。明的脸又魔幻般地变样了。她对我矜持地一笑，带几分凄美地一叹说，昨天真该离开，真不该又来这个伤心地。我的心里一愣，依她的话，她昨天没走，是不是就是为和我来这旧地一游？她又一叹说，到今天我才理解了当初我们讨论那个哲学命题时老师说的另一番话——人是万物的尺度，其实人追求万物的存在，仍然需要以万物的存在为机缘，万物的存在不显示，人的存在照样归于虚寂。我没法接上她的话，这段话我们哲学班的多数同学都搞不懂，少数认为搞懂了的同学也似懂非懂。

明的车被她开得心事重重，她问我说，想什么呢？我知道她的问指向是什么，但我也知道我的有些想法是不能说出来的，我也就避实就虚地说，你说你把这段话搞懂了，可我至今仍然不懂，我相信我们全班的同学还是不懂……她打断我的话说，不管你是懂还是非懂，懂了还是装不懂，反正我觉得我懂了就行了。

说着她的车慢下来，我才知道已到了分岔口——我们来时的集合点。她把脸向我凑过来，我措手不及地把嘴朝她凑过去，正在想，她为我容、为我煞费苦心，我是不是应该好好地抱抱她、好好地亲亲她……就在我把手犹犹豫豫地伸向她时，她的脸往回一缩，身子一躲对我说，拜拜！我的手也就十分僵硬地僵在了半途，说出的拜拜也僵硬得要死。

从车里下来，刚刚站稳，她的车猛地向前一冲，一会儿就跑得没了影儿。

· 作者简介 ·

谢大立，湖北省作协会员，2009年末开始小小说创作，现居武汉，为《东风文艺》执行副主编。

苏七块

□ 冯骥才

苏大夫本名苏金散，民国初年在小白楼一带，开所行医，正骨拿环，天津卫挂头牌。连洋人赛马，折胳膊断腿，也来求他。

他人高袍长，手瘦有劲，五十开外，红唇皓齿，眸子赛灯，下巴颏儿一绺山羊须，浸了油赛的乌黑锃亮。张口说话，声音打胸腔出来，带着丹田气，远近一样响，要是当年入班学戏，保准是金少山的冤家对头。他手下动作更是"干净麻利快"，逢到有人伤筋断骨找他来，他呢？手指一触，隔皮截肉，里头怎么回事，立时心明眼亮。忽然双手赛一对白鸟，上下翻飞，疾如闪电，只听"咔嚓咔嚓"，不等病人觉疼，断骨头就接上了。贴块膏药，上了夹板，病人回去自好。倘若再来，一准是鞠大躬谢大恩送大匾来了。

人有了能耐，脾气准格色。苏大夫有个格色的规矩，凡来瞧病，无论贫富亲疏，必得先拿七块银圆码在台子上，他才肯瞧病，否则决不搭理。这叫嘛规矩？他就这规矩！人家骂他认钱不认人，能耐就值七块，因故得个挨贬的绰号叫作：苏七块。当面称他苏大夫，背后叫他苏七块，谁也不知他的大名苏金散了。

苏大夫好打牌，一日闲着，两位牌友来玩，三缺一，便把街北不远的牙医华大夫请来，凑上一桌。玩得正来神儿，忽然三轮车夫张四闯进来，往门上一靠，右手托着左胳膊肘，脑袋瓜淌汗，脖子周围的小褂湿了一圈，显然摔坏胳膊，疼得够劲。可三轮车夫都是赚一天吃一天，哪拿得出七块银圆？他说先欠着苏大夫，过后准还，说话时还哼哟哼哟叫疼。谁料苏大夫听赛没听，照样摸牌看牌算牌打牌，或喜或忧或惊或装作不惊，脑子全在牌桌上。一位牌友看不过去，使手指指门外，苏大夫眼睛仍不离牌。"苏七块"这绰号就表现得斩钉截铁了。

牙医华大夫出名的心善，他推说去撒尿，离开牌桌走到后院，钻出后门，绕到前街，远远把靠在门边的张四悄悄招呼过来，打怀里摸出七块银圆给了他。不等张四感激，转身打原道返回，进屋坐回牌桌，若无其事地接着打牌。

过一会儿，张四歪歪扭扭走进屋，把七块银圆"哗"地往台子上一码，这下比按铃还快，苏大夫已然站在张四面前，挽起袖子，把张四的胳膊放在台子上，捏几下骨头，跟手左拉右推，下顶上压。张四抽肩缩颈闭眼龇牙，预备重重挨几下。苏大夫却说："接上了。"当下便涂上药膏，夹上夹板，还给张四几包活血止疼口服的药面子。张四说他再没钱付药款，苏大夫只说了句："这药我送了。"便回到牌桌旁。

今儿的牌各有输赢，更是没完没了，直到点灯时分，肚子空得直叫，大家才散。临出门时，苏大夫伸出瘦手，拦住华大夫，留他有事。待那二位牌友走后，他打自己座位前那堆银圆里取出七块，往华大夫手心一放。在华大夫惊愕中说道：

"有句话，还得跟您说。您别以为我这人心地不善，只是我立的这规矩不能改！"

华大夫把这话带回去，琢磨了三天三夜，到底也没琢磨透苏大夫这话里的深意。但他打心眼儿里钦佩苏大夫这事这理这人。

· 作者简介 ·

冯骥才，原籍浙江慈溪，曾任天津市文联主席、国际笔会中国中心会员、《文学自由谈》和《艺术家》主编、中国文联副主席、全国政协委员。

莲池老人

□ 贾大山

庙后街，是县城里最清静、最美丽的地方。那里有一座寺院，山门殿宇早坍塌了，留得几处石碑，几棵松树，树顶上蟠着几枝墨绿，气象苍古。寺院西南两面是个池塘，清清的水面上，有鸭，有鹅，有荷。池塘南岸的一块石头上，常有一位老人抱膝而坐，也像是这里的一个景物。寺院虽破，里面却有一座钟楼。那是唐代遗物，青瓦重檐，两层楼阁，楼上吊着一只巨大的铜钟。据说，唐代钟楼，全国只有四个半了，可谓吉光片羽，弥足珍贵。只是年代久了，墙皮酥裂，瓦垄里生满枯草。若有人走近它，老人就会隔着池塘喝喊："喂——不要上去，危险——"

老人很有一些年纪了，头顶秃亮，眉毛胡子雪白，嗓音却很雄壮。文物保管所的所长告诉我，他是看钟楼的，姓杨，名莲池，1956年春天，文保所成立不久，就雇了他，每月四元钱的补助，一直看到现在。

我喜欢文物，时常到那寺院里散心。有一天，我顺着池塘的坡岸走过去。

"老人家，辛苦了。"

"不辛苦，天天歇着。"

"今年高寿？"

"谁晓得，活糊涂了，记不清楚了。"

聊了一会儿，我们就熟了，谈得很投机。

老人单身独居，老伴儿早故去了。他的生活很简单，一日三餐，有米、面吃就行。两个儿子都是菜农，可他又在自己的院里，种了一畦白菜，一畦萝卜，栽了一沟大葱。除了收拾菜畦子，天天坐在池边的石头上，看天上的鸽子，看水中的荷叶，有时也拿着工具到寺里去，负责清除里面的杂草、狗粪。——这项劳动也在那四元钱当中。

他不爱说话，可一开口，便有自己的思想，很有趣味。中秋节前的一天晚上，我和所长去看他，见他一人坐在院里，很是寂寞。我说：

"老人家，买台电视看吧。"

"不买。"他说，"那是玩具。钱凑手呢，买一台看看，那是我玩它；要是为了买它，借债还债，那就是它玩我了。"

我和所长都笑了，他也笑了。

那天晚上，月色很好，他的精神也很好，不住地说话。他记得那座寺院里当年有几尊罗汉、几尊菩萨，现在有几块石碑、几棵树木。甚至记得钟楼上面住着几窝鸽子。秋夜天凉，我让他去披件衣服。他刚走到屋门口，突然站住了，屏息一听，走到门外去，朝着钟楼。放声喊起来：

"喂——下来，那里玩不得呀！踩坏我一片瓦，饶不了你……"喊声未落，见一物腾空一跃，逃走了。我好奇怪，月色虽好，但究竟隔一个池塘呀，他怎么知道那野物上钟楼呢？他说他的眼睛好使，耳朵也好使，他有"功夫"。

可是有一天，我忽然发现他死了。那天上午，我到城外给父亲上坟，看到一棵小树下，添了一个新坟头。坟头很小，坟前立了一块砖，上写"杨莲池之墓"。字很端正，像用白灰写的。我感到太突然了，想着他生前的一些好处，就从送给父亲的冥钱里，匀了一点儿，给他烧化了……

当天下午，我怀着沉痛的心情，想再看看他的院落。一进院门，吃了一惊，屋里传出了欢笑声。推门一看，几位老人，有的坐在炕上，有的蹲在地下，正听他讲养生的道理。

我傻了似的看着他说："你不是死了吗？"

老人们怔住了，他也怔住了。

"我在你的坟上，已烧过纸钱了！"

"哎呀，白让你破费了！"

他笑了，笑得十分快活。他说去年冬天，到城外拾柴火，见那里僻静，树木也多，一朝合了眼，就想"住"到那里去。见那里的坟头越来越多，怕没了自己的地方，就先堆了一个。老人们听了，扑哧笑了，一齐批判他：好啊，抢占宅基地！

天暖了，他又在池边抱膝而坐，看天上的鸽子，水中的小荷……有人走近钟楼，他就隔着池塘喝喊：

"喂——不要上去。危险——"

清明节，我给父亲扫墓，发现他的"坟头"没有了。当天就去问他：

"你的'坟头'呢？"

"平了。"

"怎么又平了？"

"那也是个挂碍。"

他说，心里挂碍多了，就把"功夫"破了，工作就做不好了。

·作者简介·

贾大山（1943—1997），曾任河北省作家协会副主席。《取经》获全国优秀短篇小说奖，并与散文《花市》同被选入全国中学语文课本。

焦点

□ 吴宏博

坐在市中心二十楼的办公室正忙着工作时，我接到了父亲的电话，"你妈快不行了，赶紧回来，见她最后一面吧。"

事情有些突然。我火急火燎地和丈夫带着儿子搭车往一百多公里外的山村老家赶。

终于赶到了家里，可还是迟了，我和丈夫儿子跨进家门的时候，母亲已经被停放在了冰冷的棺木盖上，只等着我们见她最后一面后便被入殓。

我哭得死去活来，喊着"妈呀妈呀"，可是母亲永远不会再回应我了。

布置灵堂时，父亲和我才发现，母亲竟然连一张遗照都没有。母亲走时才五十多岁，可是这五十多年里，她竟然都没有走出超过镇子的范围。老家偏僻，村里人很少有照相的习惯和机会。我突然是那么后悔，这么多年了，怎么就一直没有想着给母亲照张相呢。

正一筹莫展，丈夫突然说："我手机里好像有妈一张照片，是今年春节时抓拍的。"

我急忙凑过去，丈夫也翻找着手机相册，"找到了，就这张！哎，可惜妈的脸被你和儿子遮住了一部分。"

我一把夺过手机,"怎么会被我遮住呢?"

仔细一看,哦,想起来了,这张确实是今年春节回家时丈夫给我和母亲以及儿子抓拍的。那天,母亲见到了我们从城里给她带回来的外孙,她大半年都没见到外孙了,高兴地抱着外孙就不撒手了。中午的时候,我和丈夫从家里出来,看见母亲正抱着她的外孙在大门口晒太阳。母亲用手指在儿子的脸上拨弄着,儿子咯咯地笑,母亲也一脸的幸福。丈夫随手拿起手机,就打算抓拍下这个瞬间,就在他按下快门的一刹那,我调皮地蹲到了母亲和儿子的前面,半猫着腰,用手指做了"V",就这么嬉皮笑脸地突然闯入了这张画面。照片里,儿子手舞足蹈着一脸灿烂,一只小手遮住了母亲的一部分左脸颊,而我的"V"指也刚好挡住了母亲的一点点右脸颊。照片里,母亲虽一脸幸福,却没能给我们留下一个清晰而完整的"自己"。

没有别的办法了,我只能用这张母亲唯一的照片布置灵堂了。我把照片导进笔记本电脑,打算把母亲"抠"出来,再PS处理放大洗出来,应该就可以凑合着用了。

我处理照片时,坐在跟前的丈夫说了一句,"看看,你跟儿子倒成了焦点,这照片可怎么用啊?"

丈夫嘴里的"焦点",一下子刺痛了我。记得当初刚拍了这张照片时,我还真觉得它很生活很随意很好看呢。现在想来,那是因为我以前把目光只聚焦在了儿子和我的身上,如今要刻意把焦点放在母亲身上时,才发觉这张照片拍得竟是那么的不如人意。

因为是手机拍的,像素不高,我边看着母亲那略显朦胧的恬淡的笑容边用鼠标沿着母亲的轮廓抠着照片,抠着抠着,我的眼就模糊了。是啊,生活里的母亲,就如这唯一一张照片里的"母亲"一样,虽然看似每天都生活在我们当中,但却常常被忙碌和无知的儿女们遗忘和忽略,她永远只占据着"生活画面"很小的一部分,而且还那么朦胧,那么模糊……

长大后,我们远离了父母,我们的生活焦点也发生了变化,我们有了自己的另一半,有了自己的儿女,父母不知在哪一刻已经慢慢淡出了我们的焦点,就如同长大后,我们竟然会觉得儿时无比好看的母亲手纳的千层底已经不能跟我们的城市生活搭调一样。那是因为,我们慢慢淡忘了世上还有一份浓烈的母爱伴随着我们,不管我们的脚步走到了哪里,不管我们的生活发生了怎样的变化，我们依然甚至一生，都是母亲永远的焦点。

　　处理完母亲的丧事，我们一家三口和父亲拍了张合影，让父亲清晰完整地位于画面的焦点位置。而且，我和丈夫决定，一定要带着父亲跟我们一起到城里生活。虽然父亲说自己还能劳动还能自理还留恋着这片故土，但我知道，我再也不想让父亲走出我生活的焦点了。

·作者简介·

　　吴宏博，陕西省富平县人，在《芒种》等报刊发表作品百余万字，作品《父爱的高度》被选入小学语文课本，有小小说入选本刊。

爬梯子

□ 秦德龙

他又梦见自己爬梯子了。

梯子吊在半空中，上边是天，下边是地，左边是云，右边是风。他在梯子上爬着，艰难地爬着，一不小心，就可能会掉下去。掉下去，肯定是粉身碎骨。这样的梦境，总是让他心惊肉跳，胸口里如揣了一只疯狗。

他经常梦见自己爬梯子，每次从梦中醒来，都是大汗淋漓。

在官场上混，谁不想爬到金字塔上去？有梯子要上，没有梯子，创造梯子也要上。他知道，往梯子上挤的人很多，只有把别人挤下去，才有可能让自己爬上去。因此，他左踹一脚，右跺一腿，干掉了一个又一个逞脸的家伙。但他心里总是不净，总是梦见自己爬梯子。这让他非常痛苦，他就在心里琢磨：又该修理谁了？

说实话，他没少修理人。那种铜头钢脸铁脖子的货，一看就是杠子头，对这号货，有一个灭一个。而另一种闷不叽的蔫货，真恨不得揭开脑瓜盖，咕咚咕咚喝了他！最倒胃口的，是那种半男半女的阴阳货，只要掐一把，除了冒酸水还是冒酸水。在他看来，隔三岔五，就要把这些货捞出来，修理一顿，不然的话，他们就可能在暗地里锯他的梯子，哪怕是拉个小口子，也会让他一落千丈。

有时，他也在想，算了吧，自己能耐再大，也未必能干到联合国。后来又一想，这个思想要不得，真是要不得。你不去联合国，有人去联合国。去联合国的梯子很高很长，你不爬，有人爬，等别人一步一个台阶爬上去了，你不就成了跟屁虫了吗？

一想到跟屁虫，他的脸色就绿了。他不想拾别人的屁吃，只想让别人拾他的屁吃。路只有一条，那就是往上爬。他也知道，往上爬，飘忽不定，是要冒风险的。因此，他每次看见消防战士爬云梯，看见民工爬高楼刷墙面，他都要头晕，都要惊出一身冷汗。是的，每次梦见爬梯子，就说明又有坎坷了。可是，他又希望梦里有梯子。只要梦里有梯子，就表明自己仍然有高升的可能。坎坷算什么？只要有梯子可爬，吃些苦头也是在所难免的嘛。

记得有一次，他在梦里爬梯子，爬来爬去，爬到了一条江边。他也不明白，明明是向上爬的，怎么会爬到了江边？真是荒诞！荒诞的还在后面。江边有人在做"升棺"表演，也就是把棺木从船上吊到空中，而后，再拉入峭壁上的洞穴里。这也叫"悬棺"表演，是千古奇绝。就在他爬着梯子，兴致勃勃地观赏"升棺"表演时，意想不到的事情发生了。棺木在上升的过程中，突然断了绳索！棺木从半空中掉了下来，砸到了水里。一具死尸从棺木里飞了出来，落到了水里，被鱼儿分食。他爬过去去看那死尸，死尸的脸，居然是他的脸！他当时就吓醒了。不错，前些年，去南方旅游，的确是看过"升棺"表演的，可当时棺木并没有从空中掉下来呀！梦见棺木掉下来了，而且，死尸是他的脸，可把他吓得不轻。他从床上爬起来，提上裤子，就去银行提款了。该烧香的烧香，该拜佛的拜佛，见庙就磕头，心里才渐渐平静下来了。

他就是这样落下来毛病的。他常常对着冷月叹息：当官真危险啊！当官，是最有风险的职业！当然，这样的感叹，也只是说给自己听的，是不能对外人说的。说了人家也不信，人家反而会骂他作秀，骂他腐败！

让他想不到的是，他正在梯子上爬着，日复一日地爬着，饶有兴趣地爬着，却忽然间"软着陆"了。上边下来了"一刀切"的政策，他这个年龄线的人，像割韭菜一样，全被割下来了。天下没有不散的筵席，谁不想多坐一小会儿呢！他心里真不平衡啊，可又有什么法子呢？！

从梯子上下来后，虽然意犹未尽，他还是把自己混同于普通老百姓了。其实，他和普通老百姓是不一样的，他还吃着一份俸禄呢，衣食无忧。他每天上街闲转,看见一片树叶落了,也会发出一声冷笑。这天,转来转去,他转到了一家装饰公司的门前。有几个工人正在忙着。让他眼前一亮的是,他看见了一架梯子!

他简直高兴死了,弯下身去,爬开了梯子。

几个工人都笑他:"这个人,神经了,梯子在地上躺着呢,爬什么爬?"

他听见了工人们的谈笑。于是,直起了身子,愣愣地看着躺在地上的梯子。

他在心里恨恨地骂着:"妈的,梯子本来就是在地上躺着的,我却爬了几十年!这几十年,我一直在地上爬着!"

·作者简介·

秦德龙,中国作家协会会员,中国微型小说学会会员,有多篇作品获奖,已出版小小说集十七部。

搜索

□ 张艳霞

母亲来了。

母亲千里迢迢地从遥远的家乡，来到了大刘生活的城市。大刘的父亲走得早，母亲一个人在家乡生活。以前，有过好多次，大刘说："妈，您去我那儿走走吧，我可以更好地照顾您。"母亲不肯，怎么劝都不听。

一大早，大刘要去上班，司机已在楼下等着了。刚打开门，大刘就看到了母亲，一副风尘仆仆的样子。大刘一惊，说："妈，您怎么来了？"母亲说："来看看你呀。"说着，老婆美娟听到声音出来了，拉过母亲的手，说："妈，您如果来，应该我们去接您才是啊。"母亲笑笑，说："没事没事，我这把老骨头，还走得动。"大刘看了看表，想着刚上任没几天，不能迟到。大刘说："妈，要不您在家里先坐着，我晚上早点回来。"美娟说："行，你去吧，妈我来照顾。"母亲也点头，目送着大刘离出。

下午，美娟准备出去买菜，母亲坐在客厅的沙发上看电视。美娟怕母亲一个人无聊，说："妈，要不，您跟我一起出去走走？"母亲摇摇头，说："不了，不了，你去吧，我看一会儿电视吧。"美娟点点头，就出去了。

美娟回来时，打开门，电视机开着，母亲不在沙发上。美娟进卧室时，看见母亲正打开一个抽屉,似乎在翻找什么。美娟不由叫了声:"妈,您在干啥呢?"母亲吓了一跳,回过头来,说:"美娟,你回来啦。我,我没干啥,就是找一把剪刀。"美娟说:"妈,剪刀在外面呢,您等等,我找给您。"美娟走出去,母亲也跟着出去。在客厅的茶几上,美娟把剪刀拿给母亲,母亲拿着剪刀,却没动。

晚上,母亲睡在大刘家里。隔了个房间,美娟小声地把母亲的古怪行为和大刘说了。大刘微皱了下眉,说:"母亲不是那种喜欢翻人家东西的人啊。是不是,母亲遇上什么事了?"

第二天一早,吃饭时,大刘和母亲面对面坐着。大刘说:"妈,您最近有什么困难吗?"母亲愣了愣,说:"没有啊。"大刘又说:"如果您需要钱,或是别的什么,您可直接和我说。"母亲笑了,说:"儿子,我一老婆子,缺什么钱啊。"大刘"哦"了一声,埋头吃饭。

晚上八点多,大刘在沙发前坐着,看了会电视。

门铃响了。进来一个肥头大耳的男人,一进门就喊:"刘局,您好。"大刘微微一笑,说:"李总光临,快坐,快坐!"

大刘和那李总还没聊上几句。母亲忽然从客房出来了。母亲习惯了乡下的睡眠时间,七点刚到,就去睡觉了。这会,不知咋的,母亲就出来了。

李总一见母亲,一拍脑袋,说:"您是阿姨吧?您好,您好!"

母亲点点头,说:"您好。"

李总说:"阿姨是刚过来吗?"

母亲说:"是啊,是啊,昨天刚来。"

说着话,母亲竟然不走了,生生地在大刘身旁的沙发上坐下来。大刘本来是和李总有要事谈的,被母亲这么一坐,就谈不下去了。

大刘暗暗嘀咕着,母亲这是怎么了?

第三天,正好是个休息天。

一大早,大刘就起来了,准备带着美娟,陪母亲好好逛逛这个城市。

车子刚到附近的一个大商场,大刘和美娟,正给母亲挑衣服呢。一转身,母亲忽然不见了。

大刘真急坏了,把这商场的楼上楼下,好一顿的找。可怎么找,也没找到母亲。

美娟说:"要不,咱报警吧。"

大刘忽然想到了什么,说:"等等,我们先回家。"

大刘开着车,急速地赶回家。

打开门,客厅里没人,书房里,有"窸窸窣窣"的声音。

大刘和美娟跑进书房,果然是母亲。母亲低着头,正翻找着抽屉。母亲似乎听到了大刘他们的脚步声,转过头,有点不好意思,说:"大刘……"

大刘打断母亲的话,说:"妈,您别说了,我明白您是在想什么。我向您保证,我一定会做个好官、清官的。"

母亲擦一把额头的汗,欣慰地笑了。

· 作者简介 ·

张艳霞,女,1983年生,上海人,2010年开始小小说创作,迄今已在《小说月刊》《百花园》《天津文学》等刊发表小小说一百多篇。

影青瓷

□ 韦延才

纪项是铜城有名的收藏家，闲着没事就爱到乡下转悠。几年下来，还真淘了不少宝。

这天，纪项又来到凤庄，无意中看到一户人家有只宋代的影青瓷。那是一只小瓷碗，保管得很好。虽然不是什么大宝贝，但在铜城，这种东西已经很少见。纪项就问主人丁大爷，这个碗卖不卖？

丁大爷摇摇头，不卖，这是咱家唯一的宝贝哩。纪项很想得到这件宝贝，开了三千元的价钱，丁大爷还是不卖。纪项只好作罢，都说宝贝与有缘人为伴。如果有缘，用不了多少钱就能得到；若是无缘，即使煞费苦心你也与它擦肩而过。

纪项回家后，常常想起凤庄看到的那件影青瓷。按理说这样的一个小宝贝，纪项是不屑一顾的，他家里的藏品都有半屋子了。纪项之所以想得到这件影青瓷，是因为它另有一番深意。众所周知，铜城是个千年的瓷乡，据《铜城志》记载，铜城的岭垌村，宋代时有影青瓷窑一百多座。而影青瓷是北宋中期景德镇所独创。铜城这个与景德镇相距甚远的小地方，能生产出与之相媲美的影青瓷，可见当时铜城制瓷技艺之高超。这些影青瓷釉色青白淡雅，釉面明丽洁净，胎质坚致腻白，色泽温润如玉，故有"假玉器"之称。因为世事沧桑，现在铜城所产影青瓷存世量已极少。虽收藏价值不高，但对铜城来说，每一件得以保存下来的藏品都有特殊的意义。

不久，纪项又像往常一样去城南的古董街淘宝。看了几个古董店，都没相中什么宝贝，便准备打道回府。在街上没走几步，看到几个人围在一起，拿着一件东西谈论它的真假与来历。纪项便凑上去，一看，眼睛不禁亮起来，那件东西不正是他在凤庄丁大爷家看到的影青瓷么？

卖主是位二十出头的小伙子，长得结实憨厚。看的人中也没几个识货的，价钱大概给得很低。小伙子有点着急，他从一个中年人手中拿回瓷碗，说你们都不识货，别看了，人家可是给了三千块钱的，我爷爷还舍不得卖呢。

围观的人就发出一片不屑的嘘声，有人说，给三千块，脑残了吧，三百我还要考虑考虑呢。

纪项问，那你要多少钱呢？

小伙子说，如果你中意，一口价，五千元。

纪项从小伙子手中取过瓷碗，仔细看了看，确实是那天他在丁大爷家看到的那件影青瓷。便说，这瓷器是铜城岭峒窑的产品，值不了那么多。

小伙子看着他，说这是咱铜城的"土产"不假，但他与景德镇的影青瓷比，品质一点也不差。小伙子头头是道地说过，顿了顿，一脸无奈地说，如果不是爷爷病了急钱用，我还舍不得卖呢。纪项看着小伙子，说货物要以市场价来衡量，你要的价确实过高了。

也许看出纪项是个识货的行家，小伙子问纪项，那你能给多少？

纪项伸出三个手指头。围观的人中有人说，三百也高了。小伙子急了，三百我拿回家去。纪项说，一口价三千元，卖，我就拿走。

小伙子看了看纪项，又看着瓷器好一会儿，眉头一皱，额头上的几道皱纹变得更深了，好一会儿才点头，算是成交。

小伙子拿了钱，急匆匆地向车站方向走。纪项看着焦急而又匆忙的小伙子，在他走出十几步后，把他叫住了。小伙子回转头，不解地看着纪项。

纪项边迎上去边问，你在哪里工作呢？

小伙子看了看脚下，说没有工作呢。纪项就问他愿不愿意去做古董销售，铜城最大的古董店德宝坊是他朋友开的，正缺人手呢。

我对古董不在行，行吗？小伙子诚惶诚恐地问。

一个人，只要肯学肯吃苦，干什么都行，纪项笑着说。就这样，在纪项的推荐下，小伙子去了德宝坊。

时光飞逝，转眼十几年过去。小伙子已经成为德宝坊最有名的古董鉴别师，认识他的人都不叫他的名字丁二根，也不叫他丁老师，而是叫他丁一眼。因为他对一件物品的鉴别，只要看上一眼，就能知道其真假，故此而得名。

一天，丁一眼来到纪项家，说纪老师，我想求你一件事。

纪项说别说求不求的，有什么事你说吧。

丁一眼道，我爷爷快不行了……没等丁一眼说完，纪项拉着丁一眼的手，说，走，去看看你爷爷。

躺在病床上的丁大爷已奄奄一息。见到纪项，呆滞无神的双眼亮起一道光。看着气若游丝的爷爷，丁一眼说，纪老师，我爷爷一生视为宝贝的那件影青瓷，十多年前我卖给您收藏了。今天，我想把它赎回，多少钱都行，我要让它陪着爷爷。

丁大爷向丁一眼招了招手，似有什么话要对他交代。丁一眼上前一步，把耳朵凑了过去。丁大爷声音低沉，缓缓地告诉丁一眼，在他卖了影青瓷的几天后，纪项就把那件影青瓷还给了他，还给了他一笔钱治病……丁大爷还有很多话要说，但只看到他的嘴唇在动，说什么已听不清楚了。

但丁一眼从爷爷变动的口型中能感受到爷爷想要对他说什么。爷爷说完后，丁一眼看着纪项，感慨万千道，纪老师，谢谢您！

纪项拍了拍丁一眼的肩膀，宝物，要留在真正爱宝的人那里呢。

丁一眼点了点头。当他们把目光转向丁大爷时，丁大爷已经静静地离开人世。

· 作者简介 ·

韦延才，广西作家协会会员。发表中短篇小说若干，作品多次被《小说月报》《读者》等刊物选载和收入年度选本，并多次获全国奖。

宋朝的挂件

□ 徐慧芬

床上昏睡的父亲，脸色枯黄，骨瘦如柴，阿贵盯着看了一会儿，别过头去，心里泛酸，七十还不到的人，怎么就要走了呢？

老人家很执拗，从知道自己查出癌症后，就拒绝住院拒绝就医。他说，甭花那冤枉钱了，你要孝顺就过来陪我两天吧。

父亲的脾气阿贵是知道的，倔，木讷，寡言。阿贵从没见过母亲，据说他一出世，母亲就死了。一个男人，独自忍受生活的重压，还能生动得起来么？阿贵也能理解父亲的节俭近于吝啬，否则怎能靠那点微薄的工资将他一点点养大，再帮他成家立业呢？可是儿子成了家，有了不错的婚房，也愿意让他过来一起住，老头却死活不肯，情愿独自守在这潮湿发霉的破屋里和垃圾为伍。也算能温饱了，可捡垃圾的习惯总也改不掉，狭小逼仄的屋子里堆满了他觅来的能换几个小钱的宝贝——破纸板、塑料瓶、易拉罐、废铜烂铁……各种难闻的气味串在一起弥漫空间，好人也受不了，何况一个病人！

想起前几天的事，阿贵的眼睛有些潮湿，他想那天也许不该顶撞病重的爸爸。家中老头看得很紧的一只旧箱子里一直藏着一样东西，是一件玉如意形状的瓷片。瓷片中央有个小孔，系着一根脏兮兮变了色的丝绳。小时候，他问过爸爸这是什么，爸爸说是传家宝，他问哪里来的，爸爸说是祖上传下来的，"将来留给你，你再留给你儿子"。后来他大了些，又问爸爸，这是什么瓷，爸爸说是宋瓷。到他快谈恋爱时，他已懂得宋瓷的价值，曾探过老父的口风：卖了吧？改善改善咱们的生活不好吗？老头恶狠狠瞪了他一眼，一句话呛他：死了心吧！

现在爸爸得了这样的病，需要钱哪！阿贵不想让爸爸就这么等死，他想做一点努力，上星期趁老头睡着，他偷偷将瓷片取出来，去了古玩市场，找专家鉴定。他想，宋瓷是多么值钱哪，有了这笔钱，既可以帮父亲看病，说不定多下来还可以把家里房子再搞大点，因为自己的儿子也大了起来。

可是鉴定下来，阿贵心凉了！这哪是什么宋瓷，根本就是民国年间最普通的百姓用瓷嘛，现在充其量也就能换百多块钱，几个专家都这么说。

偷做的事阿贵本不想告诉父亲的，可是那天不知怎么说漏了嘴。想不到躺着的父亲听到这事后，猛地直起身子竟咆哮起来：我还没死呢，你就财迷心窍想倒卖家产啦！他忍不住顶了父亲：一片破瓷还家产哪，您这不是自欺欺人吗！就这一句，又让父亲怒不可遏，竟将床边一只茶杯向他砸过来，边喘边吼：什么假的，我说真的就是真的！阿贵长这么大，还没见爸爸向他发过这么大的火。现在想想，阿贵有些后悔了，那天真不该顶撞病重的老人啊，也许人老了，脑子也是糊涂的。

床上传来微弱的咳嗽声，父亲睁开眼，醒了，示意儿子坐过去。颤巍巍的手在儿子脸上抒了一抒即刻垂了下来。声音轻微，但在儿子听来是难得的温柔：阿贵呀，我想了想，那天你说的话还是对的，有些事情是不能自欺欺人再瞒你了。

于是父亲断断续续讲起了阿贵这个独生子的来历。

老人十六岁时插队务农在山区，等国家有了政策可以返城时也二十多岁了。就是那次回城途中，火车让道半途停在一个叫宋庄的地方，停了好长时间。他下去吹吹风，顺便抽支烟。就在不远处的垃圾堆中听到猫哭一样的声音，于是循声找去，翻开垃圾里一件破衣裹着的包袱，里面竟是一个婴儿，只颈上挂着一个瓷片，也没有其他标记。他犹豫了会儿，最后把孩子抱上了火车，又抱回家里。可是家里穷，住房挤，兄弟姐妹多，添张嘴不容易啊，父母更担心他一个未婚青年拖了个孩子，以后怎么找对象成家呀？可是他铁了心，不找！为此不惜和亲人都翻了脸。他觉得这孩子跟他有缘，因为孩子第一眼见到他时眼角还淌着泪却张口笑了。就为这一笑，他慢慢养着，养着，竟也养大了……

他听罢，五雷轰顶，扑倒在床榻前，一遍遍叫着：爸爸！爸爸啊！您就是我亲爸爸呀！……

可是爸爸已闭上了眼睛，再也听不到儿子的叫声。

· 作者简介 ·

徐慧芬，上海作家，中国微型小说学会理事，著有《文玩核桃》等多部。曾获"世界华文微型小说大赛奖""小说月报百花奖"等奖项。

红军刀

□ 王 健

皖南，深山，多怪石枯木，长蛇猛兽，人迹罕见。

上山三十里，下山三十里。已九十八岁的爷爷就住在山腰的那幢泥屋子里，一辈子没离开过。泥屋边上有条山路直通到山顶。山顶是老虎崖，地势险要。在老虎崖向北望，是长江，晴空万里；向南望，是群山，浩浩莽莽。

解放前，爷爷为躲避战乱而带着年轻的奶奶躲进了大山，朝夕与毒蛇野兽为邻，艰险异常。为了保护奶奶，爷爷在柴屋外夯起了厚厚的红壤，做成泥屋。泥屋坚硬如石。那年，爷爷第三个女儿出生了，可是不到一个月大，就在奶奶去山沟挑水时被山魈抱走。愤怒的爷爷背上柴刀，带着干粮，在深山里追赶了三天，终于杀死了那只山魈。爷爷剖开了山魈的肚子，看到了一只还未消化完的小手。

第二年，爷爷的小泥屋来了三个陌生人。其中一个面貌清瘦的男子说话带着学生腔，另两人则是山下的本地人，是清瘦男子的士兵，但爷爷不认识他们。他们请爷爷帮着带路，护送清瘦的男子过老虎崖向北方去。爷爷被面貌清瘦男子的言谈所吸引，爽快地答应了。那一年，他们频繁往来，爷爷护送他们多次，每次都安全通过。

年底的那一次，爷爷护送他们到老虎崖后，在路口分手。那面貌清瘦的男子从一位士兵背上拿下把大刀，递给爷爷说：做个纪念，这次任务艰险，希望革命胜利后能再见。

后来好多年过去了，那些人一直没有再来，但政府却来人了，说爷爷是革命的功臣，要接他到山下去住，山下分好了田地和房子。爷爷不肯，说要在山里等一个人回来。再后来，当年那位年轻的士兵也来了，他与爷爷在屋子里谈了很久。爷爷终究还是没有下山，但他同意让奶奶和爸爸他们到山下住了。

爷爷坚持一个人住在山腰的泥屋里。

山里的毒物仍然很多，但爷爷丝毫不惧，每次都能凭着那把刀化险为夷。爷爷住在山里的几十年里，战果累累，杀死过五步长蛇十八条、山蟒十条、野猪七头、黑熊三头，还劈死恶虎一只……

那刀成了爷爷的护身宝物，人在刀在，刀在人在。刀，长二尺五寸，刀锋似水，刀把用细麻绳缠着，一缕红缨系在刀把。

爷爷每天去老虎崖一次，站在老虎崖那块巨大的玄武岩上，倚刀而立，向北望。爷爷的眼神坚定而深邃，透着一股深厚的光芒。呼啸的山风梳捋着爷爷的胡须，白须缕缕，如同爷爷脸上的皱纹一样深细。老虎崖的玄武岩上，山岩合一，岩人一体，爷爷如山神一般威武。山下的人说，只要想到山里还住着爷爷，他们心里就踏实了。

山里风大，湿气重。岁月来袭，爷爷身体渐弱。终于，爷爷要走了。弥留之际，我问爷爷：你要等的人是谁？爷爷说：他早走了，写完《清贫》就走了。

· 作者简介 ·

王健，全国公安文联会员。作品散见于《啄木鸟》《现代世界警察》《人民公安报》等报刊。

卸妆

□ 韦延丽

朋友打电话祝贺他时,他正在处置一起婆媳纠纷。婆媳俩扯着大嗓,你来我往,唱念做打功夫丝毫不比京剧演员逊色。接完电话的他没来由地火冒三丈,大吼一声:"别吵了,再吵我就收拾人!"婆婆一愣,变脸比变天还快,说:"敢情你跟这贱人一伙呀,你来收拾瞧瞧,我不把你狗皮扒下才怪。"他一下子软了,轻轻地说:"不用你扒了,我回去就扒。"

他果真回去就扒了警服,并特地锁进箱底,仿佛要锁住出警时的窝囊气。说实话,他平时就不太爱穿警服,觉得穿警服跟套紧箍咒一样,浑身不自在,坐不能坐得勾腰驼背、站不敢站成枝丫八叉,连笑,也得考虑火候,笑大了,怕别人说狂妄,笑小了,又怕说皮笑肉不笑。可偏偏负责接出警的他,必须天天着装,像极孙悟空的紧箍咒,想脱也脱不了。要说人吧,也真奇怪!儿时,他做梦都想穿警服,几经折腾,后来如愿考上了警校,警服一穿就是十年,穿得丢了初时的自豪,穿得外向的他性格内向,穿得现在的他换了便服就踏实。如今,这警服说脱就脱了,他反倒生出意想不到的惆怅。老婆说,"这下好了,你不是能写东西吗?组织上真是慧眼识金啊,让你一小民警当文联副主席!"他瞪了老婆一眼,说:"你懂什么?"老婆便摇摇头,走开。

他胖，肉乎乎的，便服穿在身上，像捆一个肉粽，这是他以前从未发现的。镜前的他，免不了想到警服，量体做的，只精神气就将他的肥肉遮了下去。更别说警服的方便，那么多的口袋，只要将东西往里一扔，便可以昂首在大街上，面对湍急的人流，目光如炬，一身清爽。而到文联上班后，他每天不得不揣个鼓鼓囊囊的皮包，扎眼不说，那天，他将皮包忘在了车上，车窗玻璃被砸了，这是他穿警服时从没遇到的耻辱。痛定思痛，他决定不拎皮包，也不顾形象了，将皮包束之高阁，将钱塞进袜子，但不久他又觉得别扭，弯腰掏钱时的尴尬、众人诧异的目光，似乎都在嘲笑他的不伦不类。

正好，文友赠送自己写的书给他。文友是个环保人士，很客气，将书装在一个环保袋中，双手捧给他，他当时没在意，握着对方的手，啊呀啊呀地表示感谢。

回到家，他还是没怎么在意，取出书后，顺手将袋子扔在车的后备厢里。直到有一天，他上银行取钱，因为数额不小，才悄然发现这个袋子的好处。

袋子是肉色的，比警服口袋大多了，虽然土里土气，但他可以将一切零碎的东西放在里面而不弄丢。更重要的是，它的作用出人意料。

这不，自从用上了这个袋子，他发现早市的菜价降了许多。当然，这和他的穿着也不无关系，他不穿警服了，混在众多买菜人中，不扎眼，卖菜人一看他和他手里的袋子，也懒得漫天要价。即便如此，他还是要讨价还价，在这以前，他是不会讨价还价的，怕卖菜的说警察斤斤计较。现在好了，他可以报仇似的讨价还价，再也不从警服袋里摸出百元大钞让人家找零。他的袋子里，有零钞，人家找他硬币，他也不会像以前那样拒绝，而是笑吟吟地扔进袋子，转身递给下一家。这时，跟在旁边的老婆会笑笑，说："不穿警服怎么那么好呢？"

当然，脱下警服也有不愉快的时候。

高考那天，提不起笔的他突然想到街上找灵感。他走啊走，灵感没找到，却遇上了堵车的长龙，喇叭声到处撞击空气，向龙头龙尾蔓延。附近旅馆人影晃动，不知咋的，他突然想起了旅馆里乡下的考生，他甚至想到了乡下宁静的夜晚。习惯性上前疏通，指挥车辆倒让、前进，仍是轻车熟路，就在他指挥最后一辆车时，女司机却把头故意转向身旁的男伴儿，说："他以为他是谁呀，来这里充交警，就不听他的。"说完，还挑衅似的扭头看着他。他憋了半天的火龙突然蹿到嗓子眼儿，说老子还真的就是警察，不过说"警察"两个字时气瘪了。

后来还是车上的男人说服女人倒了车，路才得以畅通。

　　或许尾气吸多了，回到家，他隐隐觉出胸闷，倒床便睡。不知睡了多久，急促的敲门声将他敲起，邻居吴大婶喊："李浩，你以前不是警察吗？楼下烧烤桌上喝多马尿的小子疯了，吵得我女儿睡不着啊！你帮忙管管吧，不然明天的考试泡汤啦！"说得他一身的热血上涌，几步冲到楼下，喝令几个小子不要吵。一个醉醺醺的小黄毛站起来说："你谁呀？敢管闲事！"他说我是警察，几个小子就哈哈地笑，说："你还警察呢，老子打的就是警察。"说罢，抄起板凳朝他砸来，血红了他一身。事后，几个小子不但不出医药费，还反咬他冒充警察。

　　在病床上的他刚得知这一切时，越想越气，正欲拔下针头找那几个小子理论，老婆推门进来了，说："我都知道了，跟他们论不清，还不如看看电视，解烦。"说着，调到了他喜欢的戏剧频道。电视里正播放《穆柯寨》，打斗场面十分精彩，翻跟斗、舞刀弄枪……他手里的遥控不由得跟着舞起来。老婆见了，笑着说："呵！入戏了。"声音说得大了些，他一怔，手里的遥控器掉到了病床下，这才想起，原来他没在舞台上，他已经卸了妆。

· 作者简介 ·

　　韦延丽，女，职业警察，全国公安文联会员，云南省作协会员，鲁迅文学院第二届公安作家研修班学员。

长城和猪圈

□ 汤鹏飞

我们站在一个荒芜的山顶，他指着我的脚说："你站的这个地方，老早以前是长城。"

我下意识地把脚缩了一下，生怕把不该踩的东西踩了。但脚下是一片平坦的草地，和周围没有什么两样。

"长城？城墙呢？"

"让人拆了吧，这里太偏僻了，没人到这里来看管。"

"拆这么大的东西，很难吧？"

"一年偶尔来个人拆一点，几千年了，也该拆完了。"

我看着这道山梁，蜿蜒曲折，伸出了视线的尽头。

我跟他回到村庄，找了一个头发胡子都白了的人，他正在喂猪，也许他知道一些关于长城的事。

老头隔着一道矮墙，把猪食倒进槽里。猪快乐地吃起来，嘴上沾满了糠，偶尔把前脚搭在矮墙上，眼睛很真诚地看着我们，希望再得到些什么。猪圈的矮墙是用砖和石头随意堆起来的，很松散。老头抽出一块砖说："这就是长城的砖。"

我大吃一惊，拿在手里反复观看，这就是长城的砖，几千年前的砖。我说："你们拆了长城！"

"没有，我只是在地里捡了几块，回来垒猪圈。家家都有这砖，都是垒猪圈。"

"你们竟然用长城的砖垒猪圈！"

"我们没有拆。是别人拆的，扔掉了，我们捡回来，搭猪圈。"

"……"

老头说："长城要是个整端的，也没人多事去拆它。是因为它有缝子，以前就没全部连起来。"

"没连起来？"

"一个队伍修一截，任务一完成，就换到其他地方，修下一段去了。接头的地方，都留个缝子，打算最后把缝子补起来。到了最后，看看长城的大模样都起来了，也就不像开始管得那么紧了。有些缝子补了，有些就扔那里，没人管了。太长了，管不过来。"

"这有缝子的长城，能挡住敌人？"

"挡不住。你看挡住过没有？没有！"

"那后来，什么时候开始拆的？"

"没人拆。我是说没人真想拆。有些人家里需要一块砖，就在没连的缝子那里，顺手搬一块，放在筐里拿回去。长城那么长，谁都觉得拿一块砖，不会毁了它。没人真想拆。"

"一人拿一块，时间长了，不就拿完了吗？"

"长城的缝子，我小时候还在里面歇过凉。有些人歇凉时，还顺便在里面拉屎。拉完了，顺手拿一块砖，擦屁股。擦完屁股，扔了。时间长了，缝子就变大了。后来就成了一条过道。"

"过道？"

"过道慢慢变宽了，宽到马车都能过，这长城就成摆设了，没多大用了。那没拆的，成了挡路的砖堆子。谁家里要用砖，就去取一些。"

"就是你们这些人，把长城拆了！"

"多少辈的人了，能怪到哪一个头上？哪个人都不是真心要拆它。"

"那还不是拆了？"

"长城没用了,放在那里不好看,还挡路,谁取了,大家还高兴。你生什么气!"老头把桶一扔,走了。

圈里刚吃饱的猪,又把前脚搭在猪圈的墙上,真诚地看着我,希望还能得到些什么。我冲它呵斥一声,它缩了回去。它知道跑不出来,猪圈的墙虽然不高,但对它来说,这就是长城。

·作者简介·

汤鹏飞,生于陕西关中,就职于某电厂,在《羊城晚报》《天池小小说》《公民与法制》等数十家报纸杂志发表散文、随笔、小小说百余篇。

倒插门

□ 赵　新

老汉的名字很特别，叫凑合。

女人去世以后，凑合老汉就跟着大儿子立春在一起生活。凑合老汉原本打算单打独斗，自炊自食，这样可以自己做主，不用看别人的脸色。可是他不会做饭，他一做饭心里就发慌，手忙脚乱，顾了吹笛顾不上捏眼儿，那饭一顿生，一顿熟，一顿硬，一顿软。他有时候忘了添水，把锅烧得通红。有时候菜吃不出味道，原来忘了搁油搁盐。万般无奈，他还是跟了立春过。凑合想，谁让我叫凑合呢，那就凑合着过吧，我已经是六十多岁的人了，还能凑合几年？

倒也能够凑合，凑合老汉和立春一家凑凑合合过了一段时间。

这天早晨吃饭的时候，立春把一碗饺子递到凑合手里。那饺子一闻就香，一闻就非常好吃，凑合也饿了，吃得津津有味，吃得兴致勃勃。

立春问道："爹，好吃？"

凑合说："傻小子，饺子还不好吃？常言说饺子香糖瓜甜，江米粽子黏又黏……"

立春笑了："好吃就好。好吃我们还给你包。爹，我问你一句话，咱们村选举村长的事情你听说了没有？"

凑合点了点头，表示这件事情知道了，听说了。凑合觉得村长的事情离自己很远，大家选上谁算谁，选上谁都好，自己保证听从使唤。

立春却很认真："爹，咱说好了，选举那天请你投我一票！"

凑合的手猛地一抖，两支筷子啪啦一声落到了地上。凑合心里想，我的儿啊，就是讨吃的二狗能够当村长，你立春也不能当村长。立春做人太自私，有什么好处光往自己怀里搂；立春的名声也不好，特别好往女人群里凑……凑合捡起地上的筷子说："小子，这当村长有什么好处呀，光开会，光动嘴皮子，光费脑筋，我看还是不当好！"

立春往他跟前凑了凑："爹，你知道什么，当村长当然有好处，有了权什么都有。这么大的村子这么多的人，咱说了算数！"

凑合说："可是村长得担责任呀，你有那个本事么？"

立春说："什么责任不责任，当上我就有了本事了。爹，我们高一碗低一碗、热一碗凉一碗地伺候你，你必须要投我一票，谁叫你是我爹哩？"

立春亲了亲老汉的额头，走到院里去了。凑合却觉得那饺子变了味道，再也吃不下去了。

凑合把碗一放，不吃也罢！

这是春天，村野里桃红柳绿鸟语花香阳光灿烂。凑合拿了锄头走到麦田里时，二小子立秋忽然从一棵大树后面闪了出来。立秋把老汉拉到田埂上坐下，挨着他的肩膀说："爹，我知道你今天上午要在这里锄草，所以提前跑过来等你。我有几句心里话，想和爹说一说，叙一叙。"

凑合点了一袋烟，让立秋把话说下去。

立秋开门见山地说："我看爹过得凄惶孤单，想给爹找个白天做饭、夜里做伴儿的人。"

凑合的心猛地动了一下。

立秋说："爹跟着哥哥吃饭，寄人篱下，这可不是长法。我嫂子那人阴阳怪气，指桑骂槐指鸡说狗，爹还得看她的脸色，心里憋屈不憋屈？"

凑合悄悄地叹息一声，低了头去看地上的蚂蚁。

立秋说："爹，我老丈母娘今年才五十六岁，据说她愿意再往前走一步，找个老实厚道通情达理的庄稼人，我看你就很合适。"

凑合激动了：那老太太他见过多次，人长得白白胖胖清清爽爽，心眼儿好得光想别人不想自己。有她做伴儿当然好，可是人家愿意不愿意？

立秋说:"爹要同意我就去她家里一趟,听听她的口气。估计希望很大,十有八九能成。因为她在我们跟前老是夸奖你,说你人心好身体好,是个吃苦耐劳靠得住的人儿。"

凑合激动得坐不住了,立起身来红着脸问:"小子,你哪一天去?"

立秋很沉着:"不着急,我准备咱们村选举以后再去。爹,这次选村长,请你给我投一票,这叫你帮助我,我帮助你!"

凑合的心一下子凉了半截,原来立秋别有用意!

立秋亲了亲他的额头:"爹,听说我哥也想当村长,你千万不能选他,他在村里名声很臭!"

立秋走了,一边走一边和他挥手告别,好像是个村长似的。

看着那个背影,凑合心里很不是滋味。

凑合想,亏你说得出口,我给你投票,你给我说媒,拿着选举做交易,这是什么手段,这是什么品质?

凑合想,要不我就投他一票,助他一臂之力?这样两全其美,花好月圆,他也高兴,我也欢喜。

凑合想,不行不行,立秋当村长绝对不行。立秋特别好喝酒,而且一喝就醉,喝醉了张牙舞爪很张狂,舞刀弄棒很吓人,只怕闹出大乱子!

晌午回家吃饭时立春问他:"爹,好话不背人,背人没好话,立秋都和你说了一些什么呀,你们两个嘀嘀咕咕好半天?"

立春很不满意地说:"爹,你在我们家吃饭呢,你不能胳膊肘子往外扭,你不能选他而不选我,记住啦?"

凑合说:"记住啦,记好啦,记牢靠啦!"

选举那天会场里没有凑合。有人给凑合请假说,别等他啦,他看望立秋的丈母娘去啦,可能要在那里住几天。有人马上笑了,插嘴说:"哟,孤男寡女,他这不是倒插门吗?"

· 作者简介 ·

赵新,1939年生于河北阜平,中国作协会员,一级作家,曾任保定市作家协会主席。著有长篇、中短篇小说《张王李赵》《庄稼观点》等。

你跑什么跑

□ 安　谅

1

　　那时正是学生入学高潮，小学生多，学校只能上下午岔开上课。那天上午我们低年级没课，有同学就提议到学校的附近去玩。

　　学校的围墙外，是一片农田。

　　高年级学生正在操场做操。高音喇叭的声音可以传到数里之外，在空旷的田地回响。一位体育老师正在高喊口令，这也是常给我们领操的老师。

　　我们中的一个同学突然喊叫起来，隔着围墙，叫着体育老师的名字，叫得几乎撕破喉咙，一声接着一声，尖锐而高亢，在口令的间歇，非常清晰和响亮。

　　校园内的广播消停了。高年级学生做完操，陆续返回教室。

　　忽然，围墙的一扇小门被打开了，体育老师飞奔而来。我们如惊弓之鸟，迅速四处逃窜。那个喊叫的同学腿快，很快跑成了田地里的一个点儿。我也没命地往前跑，但终究落在后面。高大健壮的体育老师一把逮住了我。

　　我姐和我同校，她比我高几年级。体育老师把我交给我的班主任，班主任把她找来了。

我说我真的没喊呀。

那你跑什么跑！不知谁在说。我哑口无言。

2

在离我家两三里路的地方，有个工厂。工厂的后边，是农田。墙脚杂草丛生，沟渠蜿蜒。还有一个厕所，是厂子里用的，对外，开了几扇通风的窗子。

我们常去那儿捉蟋蟀、抓蝈蝈，玩得忘却时间。

那天下午，邻居一个顽皮的大男生又带我去那儿。瞎玩一阵后，那大男生说他要上厕所，就从窗口攀爬进去。我不敢爬，在墙外等他。但左等右等不见他出来，我叫唤几声，也不见回音。我很纳闷，不知什么原因，也有点焦急和担心。天色渐渐暗了，我还拿不定主意：是继续等他，还是自行返回。

有一个大人快步向我走来，仿佛是冲我来的。我转身就跑，但没跑几步就被他抓住衣袖，甩也甩不掉。

我被带到工厂的门卫室。那个大男生也在，一脸委屈地杵在那儿。

我遭到严厉的讯问。两个大人让我们自报家门，还让我们交待有什么企图。我矢口否认。大人说："你没什么事，为什么看到我就跑？"

是呀，你跑什么跑！我问自己。

3

念初中时，学校有位李姓的体育老师，据说曾是乒乓国手。

那天午饭后，我们几个同学没事干，就在校园里晃悠。一直晃到体育组办公室的窗前。我们踮起脚，屋内的情形就尽在眼底。李老师把两张办公桌当床，整个身子都沉实地压在桌上。他在打盹。

这时，一个小个子同学扔下一句话："真像一头猪。"我们都扑哧笑了，又赶紧缩回脑袋，开溜。

仅仅几分钟后，李老师追出来，我们作鸟兽散。

但李老师后来找着了我，说："你怎么可以这样骂人呢？"我嗫嚅着，半天后才吐出一句："不是，不是我说的。"

"不是你，你跑什么跑！"李老师斥责道。从他的语气和目光中，我知道，他断定是我说的。后来他向我的班主任告了我的状。

我百口难辩但也不无自责。是呀，你跑什么跑！

4

有一年冬天，江南下了场大雪。雪花还在飘扬，很多人就玩起了雪球。

我们几个邻居小伙，把一个墙脚下的废物箱作为靶子，一次次地扔去雪球。但这废物箱摇摇晃晃地，像个不倒翁。我们又一阵阵地将雪球砸过去，好久，都未能击倒它。

这时，一个身上裹满雪花的路人走来，从地上抓起一块石头，就砸过去。但他击中了废物箱上方的一户玻璃窗，玻璃顷刻尖叫碎裂。

那人见闯祸了，脚上像踩着雪橇，带出一阵雪雾，跑没影了。

一如树倒猢狲散，刚才还玩得忘我的伙伴们，也四下逃离。我一步也不挪动。看着他们逃逸，心里充满鄙夷。

那户人家有人出来，看见我，径直朝我走来。我没跑。我神情淡定。从未有过的从容。走近的人气势汹汹，兴师问罪："是你砸的吗？"我坚决地摇头："不是。是刚才一个路人砸的。他是要砸废物箱的，砸偏了。"对方将信将疑。我又以不容置疑的口吻说："我没说假话，那人已经溜了。"

说完，我也转身就走。我这次没跑。

我那时年轻的背影，一定很坚挺吧。

·作者简介·

安谅，本名闵师林，中国作家协会会员，已发表文学作品及出版文学专著约六百万字，发表小小说近千篇。《小说选刊》曾选登其作品。

朱青

□ 聂鑫森

一本书的封面、封底、书脊、版式、扉页、环衬，概称为书衣。为书设计、裁剪书衣的行当，叫作装帧设计。在我们墨花文艺出版社，搞装帧设计（包括插图）的，有近十人，专设一个部室，由总编辑吴进直接管辖。

墨花文艺出版社，主要出版古今中外的文艺类书籍。文字编辑、美术编辑、校对、行政管理、印刷、发行……呼啦啦竟有三百人之多。在圈内，公认该社的书选题精深且视域宽阔，编辑、印刷质量上乘，投放市场后，往往名利双收。四十岁出头的吴进，常有一句话挂在嘴边："朱大姐领衔的装帧设计部功不可没！"

朱大姐姓朱名青，已近五十岁，是装帧设计科班出身，干这一行已经二十多年了，不少书衣作品获全国和本省的大奖，名气很大。同时，她还是一位出手不凡的工笔人物画家，而且只画历代的才女，鱼玄机、薛涛、李清照、朱淑贞、林徽因、袁昌英、吕碧城、张爱玲、丁玲……有人评价她之所以汲汲于此，因为她本人就是丽人兼才女，有一种顾影自怜的况味。

朱青不但年轻时容貌出众、才气逼人，到了半百年华依然风韵不减。她喜欢穿旗袍、穿连衣裙、穿薄呢大衣、穿半高跟鞋，但色彩一律浅素。她不喜欢耳环、项链、戒指之类的首饰，脸上只化点淡妆，不细看是看不出来的。她的父母曾是大学中文系古典文学的教授，自小对她课读甚严。朱青天生就有诗人禀赋，又肯在诗词上下功夫，故写诗作词门径熟谙。诗词她从不拿出去发表，只在同道之间传阅，有很多好句子让人久久难忘，如"芳草碧如此，落花红奈何""凉生草树虫先觉，日落帘栊燕未归""满砌苔痕蜗结篆，一帘花气蝶销魂"……她的老家是湖南湘潭，祖上传下一个小宅院，在雨湖边。父母退休后，闲来无事，养猫、种菊、栽瓜。朱青回家小住，曾写下《鹧鸪天》一词，极受人称赞："湖海归来鬓欲华，幽居草长绿交加。有谁堪语猫为伴，无可消愁酒当茶。三径菊，半园瓜，烟锄雨笠作生涯。秋来尽有闲庭院，不种黄葵仰面花。"

假如朱青成了家，有了儿女，老两口还愁什么？但朱青居然就没看中一个可心的人。有地位、财富、品貌的男子多得是，但才情胜于她的人却难找。没有就没有，绝不勉强自己。

吴进笑吟吟地走进了装帧设计室，一直走到朱青的办公桌前，说："朱大姐，这几个封面都好，我服了。"

朱青放下画笔，问："好在哪里？"

"小说集《边境线上》，都是部队战士的处女作，封面用白底色，皎如雪原，几株剪纸式的树，稚拙如儿童画，与处女作意蕴相通，又预示将来必长成参天大树。"

"还有呢？"

"这本由资深老教授撰写的《唐诗之旅》，封面上盖满书名小印，如遍地花开，细打量，不论倒顺，线条都挺拔爽利，清新可喜，可见你对篆刻亦有钻研。"

朱青问："吴总不应是专门来表扬我的，有事请吩咐。"

吴进说："朱大姐冰雪聪明。我们想集中出一套当代企业家的旧体诗词集，作品也还过得去。他们每本愿付十万元。只是有个要求，封面要华丽、富贵，而且指名要你这个大家亲自设计。这一套十本，就是一百万呵，社里需要这个业务，合同双方都签好了。"

"吴总，让我先读作品，好吗？"

"行。于诗一途，你是真正的行家里手。"

朱青花了十天时间，把这十本书稿全部读过了。她不明白这些事业有成的企业家，要出这种旧体诗词集干什么？无非想体现自己的儒商气质。可惜，他们在这方面缺少天分和才情，又不肯下大力气去钻研，连起码的遣词造句、平仄、对仗、押韵都多有破绽。朱青长叹一声："我要为传统诗词一哭！"这样拙劣的作品，居然指名要她制作书衣，真是冤枉也哉。

正是初夏，气温升高，阳光暖暖的。

出版社的男女老少，突然发现朱青的衣着变了，变得扎眼了。她穿的旗袍，不再是浅素的颜色，而是艳色的，或是浅色绣浓艳团花的。开全社员工大会，开部室小会，进食堂吃饭，都是这种装扮。尽管朱青容貌、气质都不错，但毕竟年近半百，属于"美人迟暮"了，还穿这种艳丽的衣饰，到底有些不合时宜。于是指指点点者有之，背后议论者有之。还有些好奇的人，利用工作时间，有意无意地到装帧设计室去梭巡，为的是看一看朱青。朱青很大方很从容，面不改色心不跳，该干啥还干啥。在社里一贯低调、谦和、不张扬的朱青，变得大红大紫起来。有人猜测，朱青是不是有男朋友了，恋爱使人头脑发热、言行不检，这是常理。社里不知是哪个缺德鬼，为朱青写了一首打油诗，居然传之甚广："不是柔柔弱弱枝，也因时尚强支持。怜她重造荣华梦，惜是荣华衰歇时。"

只有吴进知道是怎么一回事，那十本书的封面，朱青一个也没有交上来，用的是软推暗拒之法。按她的资历、名气，即便是当面回绝他，吴进也无可奈何，可她就是不说，不想让领导失面子。却想出这么个委屈自己的法子，让吴进去体味、去领悟。唉。他本想找朱青谈话，还要特意重申早已故去的著名画家吴昌硕，在上海卖画时说过的一段名言："附庸风雅，世咸讥之，实则风雅不可不有附庸，否则风雅之流，难免饿死。"作为出版社的头儿，要考虑社会效益，也要考虑经济效益，这一百万的业务能随便放手吗？但朱青可以不考虑。再说又是个女同志，面子薄，一旦使起小性子来不好办。

吴进脑瓜子灵，最终想出了一个好法子。十本书仍由本社出版，装帧设计由朱青的部下分担；书上加一根窄窄的大红书带，书带上印几行朱青论装帧设计思想的语录，然后落下手写体的"朱青"两字。对企业家解释是因为朱青实在太忙，无法具体操作，但书带上落名也是一种补救。企业家们答应了。对朱青则说，语录可体现她的装帧设计思想，怎么说都行，只是委屈落个姓名。朱青默然点头。

朱青的语录是："少装饰或不装饰是最好的装饰。看不出设计痕迹是最佳设计。"

这一套书很快就印出来了。

朱青又故态萌生,恢复了穿浅素衣服的常例。上班、下班、开会、吃饭,待在人群里,不细看就找不出她来。有人猜测:朱青的恋爱结束了,到底没终成眷属。

朱青用楚简体写了一个条幅,装裱后挂在家中的书房墙上。用的是庄子的一句名言:"道在瓦甓。"

· 作者简介 ·

聂鑫森,1948年6月生于湖南湘潭市。中国作协会员、湖南作协理事、株洲市文联副主席。曾供职于《株洲日报》。

大印象

□ 刘建超

老街把给人画像的营生称作印象。

老街，能把画像这门手艺做得精绝的是八角楼下的大印象。遇到个急事，有人会拿着照片，找到大印象的店里，说给印象一张。大印象便按照顾客的要求，把照片上的人像放大绘画到纸版上，装裱好，保证和照片上的人物表情一模一样。

去老街找大印象，老街人都会告诉你，大印象啊，好找。去八角楼，宽脸、短眉、眼睛不大，特有精神。

大印象不只是活儿做得好，为人也正直实诚。大石桥段家老爷子意外去世，家人没有找到老人留下的生前遗照，便找到大印象，央求去家里给老爷子画像。做印象这门生意的，极少上门给人画像的，用照片印象，是要借一些技术工具帮助的。而登门画像却全凭手上功夫，况且是给故去的人画像，也是不吉利，晦气生意。但大印象二话没说，收拾起家什就到了段家。大印象对躺在棺木中的段老爷子鞠了三个躬，支起画板开始下笔。正是三伏天，屋内闷热，出于对死者的尊重，大印象连续八个小时不吃不喝，在棂棚搭建起前，画完了肖像。大印象谢绝了段家人的优厚酬金，说我能给老爷子画像也是有缘啊，算我送了老爷子一程。

老街有个清扫街道的环卫工，大家都称他韦老头，每天推着架子车，沿街清理垃圾。韦老头闲的时候，就爱坐在大印象的店前，吸着烟，看大印象画像，拉扯些家长里短。韦老头吧嗒吧嗒有滋有味地吐着烟雾，也不管埋头做着活计的大印象听没听，自己只管说。说他和老婆的恩恩怨怨，说他老婆子因为他没有照顾好妮子，十二岁的妮子溺水死了，老婆子也离家走了。我那妮子啊，长得可带劲了，瓜子脸、大眼睛、双眼皮、长睫毛，笑起来，俩酒窝，学习好着哩。都怨我，都怨我啊。韦老头过足了烟瘾，也叨叨够了，拿起扫把仔细地将店铺前清理干净，推着车子走了。韦老头退休那一天早晨，去找大印象道别。大印象的店铺没开门，门上挂着一幅画像，是个女孩的画像，瓜子脸、大眼睛、双眼皮、长睫毛，天啊，这是我妮子，是我妮子啊。韦老头把画像搂在怀里，老泪如珠，对着大印象的店铺拜了又拜。

大印象生意清闲的时候，端着一杯茶，眯缝着一双小眼看来来往往的行人。有人说大印象的本事是过目不忘。曾经有人打赌，带着四个男女在大印象眼前过了一趟，让大印象把这四个男女画下来。大印象眯缝着眼，一杯茶的工夫，四张画像就出来了，四个男女瞪着惊讶的眼睛，各自拿着画像离去。

老街有不少大印象的传说，是真是假没人去考证。不过，大印象协助警察抓窃贼的事情却是老街人亲眼所见。

那年冬天，流窜作案的盗窃团伙到了老街一带，派出所警察通知商家注意防范。没过几天，老街的一家珠宝店失窃。警察在走访时，大印象拿出了几张画像，说这几个人在老街转悠几天了。警察按图索骥，果然抓获了三名案犯嫌疑人，只是让团伙的头子逃脱了，老街人把大印象画像擒贼的事都传神乎了。原想这件事情就算过去了，没承想事件还有后续。春节前夕，逃跑的盗窃头子不甘心，竟然又潜回了老街。节前商家生意旺，店铺关门也晚。天擦黑，大印象起身要去关门，一个黑衣人裹着寒气闯入店里，反手扣上门。大印象正疑惑，一把冰冷的匕首抵住大印象的咽喉。大印象即刻明白了是怎么一回事，平静地坐到椅子上。黑衣人匕首向上一划，大印象两眼模糊血如泉涌。

翌日，正在饭馆里喝酒的黑衣人，被警察逮个正着。黑衣人挣扎着又哭又嚷，说警察冤枉人。黑衣人被带到派出所，吵闹着的黑衣人忽然安静了，他看到案桌上放着一张画像，那画像是用血绘出来的，画像上的人分明就是自己啊。我×！黑衣人瘫倒在案桌前。

大印象眼睛致伤，不能再给人画像了。有人惋惜地说，大印象画了一辈子像，却没能给自己印象一张啊。

老街人提起大印象还是那句话：大印象啊，宽脸、短眉，眼睛不大，特有精神。

· 作者简介 ·

刘建超，中国作家协会会员，洛阳市作家协会副主席，洛阳小小说学会会长，现居洛阳。已发表小说、散文、评论八百多篇六十万字。

百年校庆

□ 凌鼎年

班长史凡诗是20世纪90年代出国的，在美国混得不错，有车有房，有儿有女，属高级白领。由于父母双亡，妹妹也移民加拿大了，老家娄城也没什么近亲，没有多少牵挂，也就没有再回娄城。

时间过得真快，一晃在异国他乡生活了二十来年了，前几个月，突然接到老家母校娄城中学的邀请信，说今年是娄城中学的百年校庆，希望他能大驾光临，恭逢盛会。

接到这个邀请后，史凡诗兴奋了好一阵，回想起了当年在母校的点点滴滴。不想还好，一想，那种乡情、乡愁立时漫上心头，恨不得立马回娄城，回母校看看。

史凡诗想，此次回去，总得为母校做点什么吧。自己虽然算高级白领，经济条件不错，给母校捐个一两万美金还是没有问题的，但区区一两万美金实在不足以表达对家乡，对母校的那份情感，他想起低自己一届的项博彤有多项专利，赚了不少钱，就问他愿不愿意回去参加母校百年校庆，为母校捐点钱？项博彤连想也没想，就说没有问题。

史凡诗与项博彤都是大忙人，但两人都放下手头所有的工作回国，且都带好了旅行支票。

母校的接待工作很细很踏实，有专车到浦东机场来接。

来到娄城中学，史凡诗与项博彤都傻了，这是我的母校吗？怎么完全变样了，当年那个校门口是不气派，但很有特色，特别是那两棵数百年的老榆树，有好几个鸟窝呢，透出沧桑，那一排悬铃木，少说也有百年，怎么都没有了？代之的是高高大大的门楼，电动的不锈钢大门，一块硕大无比的花岗石横卧在校门内，镌刻着"勤学、拼搏、求实、向上"八字校训。气派是气派，只是没有亲切感。来到校园内，更是找不着北，熟悉的口字楼、教学楼、图书馆都不见了，史凡诗、项博彤都记得口字楼是学生宿舍，口字中间南北各立一块独峰的太湖石，分别刻有"博学""笃志"，相当于校训。不知是恋旧还是没有与时俱进，反正两位老校友都觉得原有的四个字，比现在校门口的八字校训更有文化底蕴。当然，印象最深的是那条长廊，一个发券接一个发券，五六十个发券呢，拍出的照片绝对有味道。还有风雨大操场呢？那可是清代时考秀才的地方，记得中学时，常常去这儿练单杠、双杠、吊环、跳木马……

史凡诗记忆犹新的是有一年冬天，难得下了一场少见的大雪，作为班长的他，与好几位爱锻炼的男同学借了照相机，带了军大衣，来这儿拍雪地肌肉照。史凡诗先让大毛站在风雨操场外，自己对好了焦距，算好了距离，再把照相机给长脚，自己回到风雨操场，把衣服脱了，脱成光膀子，再把橄榄油抹在胸肌上，然后披上军大衣，裹紧后，来到室外大毛站的位置，猛地把军大衣甩给大毛，长脚以最快的速度按下快门。之后，一个接一个重复这个动作与程序，每个人都有一张雪地肌肉照。冰天雪地啊，大毛还冻得伤风呢，但凡是参与这壮举的同学至今没有一个懊悔，回忆起来还一个个津津乐道。

项博彤最难忘的是校最北边的那小河，在那儿，他第一次约了心仪的女同学去帮她复习，应对考试，在书里还夹了纸条给她。虽然没有结果，回想起来，毕竟十分的美好。懵懵懂懂的爱，不知算不算初恋？

可原来的小河填了，影子也没有了。原来的老房子、老树都没有了，代之的是崭新的教学楼、实验楼、图书馆、大礼堂。学校的整个格局都变了，变大了，变新了，变洋气了，变高档了，用时下的话就是"高大上"了。只是，关键的关键，学生时代的信息已荡然无存，即便想发思古之幽情也没有了载体，这还能算是我们原来的母校吗？心里不是个味。

平心而论，这次娄城中学的百年校庆还是组织得非常好的，毕业于母校的佼佼者来了不少，有两院院士，有将军，有省市领导，有著名作家、艺术家，有影视明星，有牛气冲天的企业家。可以说很排场，住得好，吃得好，还有隆重的开幕式与大型演出，以及精美的礼品。谁要说不满意，那真的是没有良心，但与原来想象的太不一样了。

史凡诗与项博彤得出的结论是：学校不差钱，还需要我俩捐赠吗？两人摸着口袋里的旅行支票都不好意思拿出来。

在校友座谈会上，史凡诗拿出了专门整理后带回来的几张老照片：有当年的学生宿舍口字楼，有长廊，有独立而耸的图书馆，有古老的风雨操场，有老榆树，有悬铃木上的那口铜钟，有口字楼的太湖石，有六百年的古紫藤，有已故老校长的照片，有"文革"时学校里的大字报、红海洋，有雪地里的肌肉照。这些照片被记者看到后，如获至宝，电视台与报社的记者都来采访史凡诗，报社还给他做了专版。校领导来与他商量，希望他把这些照片捐给校史室。史凡诗说：带回国的这些照片就是准备捐给母校的。

项博彤有些失落，他问史凡诗：钱，还捐不捐？

史凡诗不知怎么回答他好。

· 作者简介 ·

凌鼎年，中国作家协会会员、世界华文微型小说研究会秘书长、江苏太仓市作家协会主席。在海内外报刊发表过约三千篇作品。

老许

□ 黄克庭

老许又一次晕倒在讲台上了。

等他醒过来时,村长已经坐在他的床前了。他的仅有的六个学生也端端正正地排列在他的床前。他自从十七岁开始到这个山区村小教书起,至今已有三十一个年头了,然而每届学生数从没超过十人的。一个学校也就他这么一位老师。整个学校的一切事务全由他一人承包的。

"许老师,你终于醒过来了……"村长含着泪花,紧紧握住老许的手。村长也是老许教出来的学生。

老许示意孩子们离去,"……看来,我这次是真的不行了,可我不甘心哪……"

"你为教育事业呕心沥血,累成这样……"

"说句真心话,……这穷山恶水的,……我当初选择教书这条路,目的却是……为了能飞出这个山窝窝……"

老许平静地告诉村长,自己之所以一心扑在教育事业上,目的只有一个,那就是想凭借自己的"实力"冲出大山去。可是,人,一旦获得了许多"崇高"的荣誉后,申请调动到城里去的报告,却一直不敢交到上面去。老许又告诉村长,自己之所以至今没能结婚,并非"一心扑在教育上",而是想飞出大山后再生儿育女,免得拖累下一代。老许还说,要不是这穷山恶水的,自己的病定能医治好的。老许最后一再强调说,他刚才说的这些话,千万别让别人,特别是孩子们知道。

"我要是死了,尸体请给我送去城里火化……"村长说:"你要是'走了',我一定将你的坟墓安置在这所学校的国旗杆下,好让人们永远记住你……"

"不,不!……我活着没有……死了要……坟边……"老许抖着拇指,断断续续地说。

村长终未听懂老许最后一句话,默默地点了点头。

老许真的死了。但村长最终却没能将老许运去城里火化。原因是去城里要翻过七座大山,很不方便,没有天大的理由怎能将一个尸体运去城里呢?当然,更重要的原因还是村长怕损害老许已经拥有的崇高形象而不愿将老许的遗言告诉村民。

"要是将许老师的遗言公之于众,他这一辈子不是白干了吗?人们听了许老师的真心话后,还会敬重许老师吗?还会看重许老师的遗嘱吗?"村长心想,"人来到世上还不是为了一个'名'吗?"

老许的墓终于坐落在通往城里的路口边上。令村长惶惑的是:"许老师怎么从来不来托梦呢?"

一日,有几个城里来的年轻人进了村。不再是媒体,交谈之后,村长才想起,老许十七岁时进村,就未回母亲身边,他就一直忙着做了这里的老师,他就没有尽到照顾母亲的孝心。年轻人是老许的亲侄子,他们告诉村长,老许曾在母亲坟上许诺:

"我活着没有孝敬母亲……死了也要葬在母亲坟边,陪着母亲。"

村长终于弄懂了老许临终的那些话的意思,他陷入痛苦的寻思中,该如何回应老许的侄儿?该如何实现他曾经的老师——老许的许诺呢?

· 作者简介 ·

黄克庭,中国作家协会会员、义乌市作家协会副主席,小说集《逃离地球》被美国哈佛大学、耶鲁大学图书馆收藏。

每个门槛下面都有一把钥匙

□ 芦芙荭

村里总共二十多户人家,三三两两地错落在山根下。村子里树多,房前屋后都是。要是在夏天,你是看不到村里的房屋的,只有等到中午或黄昏,那一缕一缕的炊烟从树梢上冒出来,你才会惊叹,原来,这里住着这么多人家呢。

一缕烟,一个家。

顺子站在回村的路口上。现在是秋天,风舔光了树上的叶子。他看见自己家的房子闪烁在那片树林里,心里有些紧张又有些害怕。

三年了。他离开村子都三年了。记得他当时离开村子时,门前的树刚刚长到屋檐高,现在再看看,那树竟然就没过了屋顶了。

顺子自出生起至上高中,就没离开过这个村子。村子里的人都是靠种地为生,每天早上,屋外树上的鸟儿一开始喳喳,他们就起了床,孩子们背了书包去上学,大人们便扛了锄头下地去干活。一把锁锁了门,一把钥匙就丢在门槛下,全村人都可合法地使用,家家户户都这样。

在村里,谁都知道谁家的钥匙放在什么地方。有时,老张家在地里干活,种子完了,要回家去取种子,老李家便从地里冒出头对他喊,老张呀,顺道上我家去取壶水给我捎来吧。老张就会走到老李家门前,从老李家门槛下取出钥匙开了门，拿了水壶。那样子就好像是进自家的门一样。因此，有了门槛下那把合法的钥匙，锁在村子里就成了风景的一个亮点，有了另一种耀眼的意义。

顺子家的钥匙也是放在门槛下的。顺子的父亲几年前就逝世了。尽管那时顺子已远离村子上了高中，一个星期才回家一次，但顺子的母亲还是习惯将钥匙放在门槛下。顺子明白，母亲是怕自己在地里忙了，他回来随时都可以进门。

可是，就在三年前，顺子的母亲突然就病倒了，村子里的人帮忙将顺子的母亲送到了县医院。当医生告知顺子他母亲的病情时，顺子呆住了。要治好母亲的病，需要一大笔钱。

顺子和母亲相依为命，哪来的这么多钱呀。

顺子整整想了几天，救母心急，他决定铤而走险。

顺子有个同学曾带顺子去过他家，同学的父亲是家企业的老板，很有钱，他家的保姆就是顺子同村的人。就在前两天，他的同学告诉他，他们一家要去国外旅游。

那天晚上，顺子等护士查过房，母亲也睡下后，便一个人悄悄出了门。

顺子很顺利地找到了那个同学的家。

他在那扇门前定定地站了好长时间，本能地将手伸向门槛下，门槛下没有钥匙，他便顺手按下了门铃。这时要是屋里有人，他就会放弃那个念头的。

可他等了好长时间，屋里却是没有动静。

也许这就是老天的安排吧。

在确定屋里确实没有人后，顺子从身上掏出了提前准备好的工具。

这是一款梅花牌的锁子，顺子很是费了一些劲儿，才把它弄开。

一切都是那样的顺利，顺子很快就找到了钱，一摞一摞地码在那里。顺子还没见过这么多的钱。他的手都有些抖了。哗哗的，他好像都能听得见自己手抖动的声音。

顺子将钱拿出来，又放了一些回去，再想了想，又放了些回去。他将手里的钱掂了掂，确定这些钱足够给母亲治病了，才将钱揣进包里，欲出门，看见柜子上有纸笔，抖动着手，又不知怎的，他写了四个字：窃钱救母。他想，同学认得他的笔迹，便没有留名。

两天，仅仅两天，警察就将顺子从医院里带走了。

顺子被定为盗窃罪，判了三年半……

顺子沿着回村的路，一步一步往前走着。三年了，他不知道村子里会发生什么变化。

正是黄昏，村子在地里干活的人都开始回家，顺子看见，已有回家早的人，正从门槛下面摸出钥匙打开门。

顺子借着黄昏作掩护，悄悄地走到自家的门前。

门锁着，那锁看起来冷冰冰的。

顺子习惯地弯下身子，将手伸进门槛下面。竟然摸到了钥匙，还是那把，三年呀，难道这把钥匙一直在门槛下躺了三年？

顺子进了门，反手将门关上。想了想，他又拿出那把锁，把手从门缝伸出去，将门锁上，也许是出于习惯，他锁上门后，顺手将钥匙放在了门槛下。这样，从他门前经过的人，就不会发现他回来了。他这次回来，只是想偷偷地看一眼这个家，看一眼他的母亲。他是没脸再在这里待下去的。

顺子走到窗前拉好窗帘，才打开灯。

屋子里的一切都和三年前一样。不一样的是，三年前，每次回到家里，母亲就会忙前忙后，而现在，母亲却一动不动地待在墙上的黑边相框里……

那天晚上，顺子是这三年来第一次睡的一个好觉。直到第二天早上，外面树上的鸟儿叽叽喳喳地叫，他都没听见。

直到快中午时，他才被开锁的声音弄醒。

他竖起耳朵听了听，确实是开锁的声音，而且就是他家的门。

顺子赶忙起床，他从卧房里走出来时，见一个女人正推开他家的门，走了进来。

女人看见顺子，吃了一惊。接着，她的脸由吃惊变为了惊喜。

女人说，顺子，你回来了？

这女人是同学家的保姆，她怎么进到家里来了？

顺子的疑惑写在了脸上。那保姆便说，顺子，回来了好呀，村里人都说你是个孝子。你娘走时对村长说，要他帮着看好这个家等你回来。村长便安排人每隔一段时间，就来你家帮着打扫打扫，他想让你回来时，家里是干干净净的。这不，今天轮到我了。

保姆说着，就开始扫地抹桌子，并用不无内疚的语调对顺子说："你的同学……在国外来电话说我不该报你的案……说你留了字，三年后你就会赚到钱还他，我弄得你三年无法赚钱……"

顺子也在抹，不过他抹的是脸上的泪，不知怎的，那泪越抹越多，他不知道当时是保姆报的案，他说："不，你做得对，我做错了，我没用合法的钥匙开门……我用犯法的手段没有救活母亲的命……"

保姆说，不要哭。

顺子抹干眼泪继续说："但是，这三年我也赚了，赚到了比钱还贵重的东西。我懂了：人人心里都要有一把守法的锁，守法和生命一样重要……"

保姆打扫完屋子，便出了门，顺子也跟着她走出了门。那时已近中午，顺子看见村子里的人开始陆续从地里回来，他们走到门前，每个门槛下面都有一把合法的钥匙，每道门上都有一把锁。

· 作者简介 ·

芦芙荭，陕西省作家协会会员，现任职于商洛市文艺创作研究室，自1987年起，先后在《作品》《雨花》等发表小说、散文多篇。

河里有条大鱼

□ 张建忠

"河里有条大鱼,"二狗绘声绘色说,"有这么长。"他用力伸展双臂比画着。"啊!"听众吐出舌头半天没缩回来。

二狗的话,大家还是有点信的。因为他常年在河里电鱼。七十岁的李老汉呸口痰,说:"我就不信,我打了一辈子鱼,还没见过米把长的,他二狗子电了几年鱼,就敢说看到大的了。"李老汉望着挂在墙上的破破烂烂的渔网愤愤不平。这话传到了二狗的耳朵里。"等哪一天,我电上一条大鱼来,让那老家伙看看!"二狗胸有成竹。

二狗的话,李老汉也知道了。他吧嗒吧嗒旱烟袋,蹲在墙根前盯着那些破网出了半天神。

几天后,李老汉悄悄地把油漆好的破船和修补好的渔网拉到了河里。他分别在两岸对称式地下了网。他暗想:只要二狗说的那条大鱼从这儿过,保准它跑不掉。于是他天天划着小船在两岸来回巡视。

二狗仍像往常一样,每天让妻子划着小船,他自己两手拿着网兜立在船头。他打开电门,两个网兜在水里移动,强大的电流使水花翻滚,大大小小的鱼儿瞬间漂浮到水面。他用网兜一舀,便把鱼儿兜进了网兜,关上电门,把鱼往船舱一倒。鱼儿躺在船舱,小点儿的僵硬着身子;大点的,翕动着嘴巴,奄奄一息。他每天都能电三四十斤鱼,收入十分可观。

李老汉每每看到二狗就说:"你这叫赶尽杀绝啊!以后你还电啥?"二狗撇撇嘴说:"你打了一辈子鱼不还没打完吗?现在不又下河打鱼?"李老汉只好讪讪地笑。"我昨晚又看到那条大鱼了!"二狗把船划到李老汉的船边坏坏地笑着说。"在哪个地方?"李老汉小心地问。"就在这附近。"二狗似乎挺严肃的样子。

二狗说的附近,就是李老汉下网的地方。李老汉暗喜:看来我的经验还是可靠的,大鱼出没就应该在这狭窄的河段。不过,李老汉却说:"不一定吧!大鱼来去无踪,我这样死守也不是好办法,跟踪或许能捕到。"

"嗯,嗯!"二狗非常赞同。在捕大鱼这点上,他们的想法是一致的。

八月十五晚上,一轮明月悬挂天上,大地如同白昼,河面浮光跃银。

李老汉望望月亮,看看水面。他决定在船上过夜。

二狗望望水面,看看月亮,说:"老婆,今晚天气有大鱼出来,我们能电到大鱼。"

月亮的脚步款款地移动,寂静的河面似乎能听到月光把碎银子撒向河面的叮叮当当的声音。

李老汉不时地划动小船在两岸网口观察。

二狗说:"老婆,你把船划慢点,轻点,别把大鱼赶到老家伙那儿,让他白捡了便宜。"

二狗往上游去电大鱼了。他站在船头,两个网兜不停地在水里搅动。很多鱼儿漂浮在水面,二狗不管那些鱼儿,他今晚一门心思要电大鱼。带电的网兜在水里电击的面积达四五平方,也就是说,只要周围有大鱼,二狗蛮有把握电到它。

"嘎——嘎——"小船惊起了一对水鸟,它们拍打着翅膀飞上岸,吓得二狗手一哆嗦。突然,一股巨浪涌起,白色的尾鳍在水面上一甩,水花像珍珠一样撒向四周。"大鱼!大鱼!"二狗抑制不住激动,压着嗓子。他妻子用力划动小船去追。

此时,一朵浮云遮住了月亮,河面顿时朦胧起来。

二狗看到前面一个扁担一样长的黑影在水面一隐又消失了。二狗索性把电门一直开着,随时做好电击大鱼的准备。

浮云游走，皓月千里，水面波光粼粼。

当二狗再次把网兜在水里搅动时，突然，一股巨浪向河中间涌去。二狗想，不好，鱼一旦到深水区，电击就没有效果了。于是二狗让妻子把船划向河心。

他再次把网兜往深水里搅动，一串串泡泡从水里冒出，接着一条大大的尾鳍在水面上搅动。二狗试着用网兜去舀，网兜小了，舀了几次都没有成功。眼看大鱼就要挣脱，情急之下，二狗跳下船就去抱那条大鱼，"啊——"二狗惨叫。二狗老婆赶紧关了电门，大喊救命……

听到救命声，李老汉赶紧把船划去，他没忘记看看二狗的船舱——空空的。等他和二狗的老婆把二狗拖上岸，二狗已经不行了，二狗的老婆在寂静的岸边号啕大哭……

第二天，李老汉悄悄地把船和网拖回了家。

别人询问他有没有看到二狗说的那条大鱼时，他用力伸展双臂，比画着严肃地说："有！这么长！"

・作者简介・

张建忠，蚌埠市作协会员，2011年开始小小说创作，已在全国各地报刊发表文学作品和教学论文近百篇。有作品入选中国小小说年选本。

"二战"时期的爱情

□ 侯发山

那是1938年的初夏，法国青年施罗克利用假期到德国旅行。他喜欢异国他乡的木屋、牧场、葡萄园，还有古堡、钟楼和宫殿，踏着格林兄弟的足迹，仿佛置身于童话般的景致中。他在旅途中认识了德国姑娘娜娜。娜娜温柔善良，热情大方。两个人一见钟情，很快就坠入了爱河，爱得一塌糊涂，恋得如胶似漆。

他们泛舟莱茵河上，一边观赏着矗立在岸边的罗累莱山岩，一边憧憬着美好的未来。施罗克说等他学业结束，就来接娜娜去巴黎，让她见识埃菲尔铁塔的雄姿，领略香榭丽舍大道的风情，感受巴黎圣母院的神秘……娜娜幸福地依偎在施罗克的怀里，脸上洋溢着新娘般的灿烂。她接过施罗克的话题，忘情地说，我们晚上在塞纳河上划着小船，听着肖邦的小夜曲，该是多么浪漫呀。

第二次世界大战的炮火把他们的美梦粉碎了。施罗克不得不与心爱的娜娜姑娘吻别，匆匆返回了法国。从此，两个人天各一方，失却了音讯。

巴黎沦陷后，施罗克作为一名热血青年自愿加入了同盟军，成为一名战斗机的驾驶员。他把对娜娜的思念转化为对法西斯的仇恨。在战斗中，他表现出色，每次都能完成侦察或轰炸任务。每到夜晚，听到前沿阵地上炮弹的呼啸，看到爆炸的火焰照亮天空，他的心就紧紧的，担心娜娜是否被卷入了战争，她的正常生活秩序是否被打乱，甚至想到她是否加入了法西斯侵略者的队伍……他不敢想象，但又不能不去想。如果娜娜被强征入伍去当慰安妇或是护士，她肯定会痛苦不堪度日如年的；假如她不助纣为虐，希特勒的追随者会放过她吗？施罗克在祈祷着反法西斯盟军收复失地打败德国的同时，又害怕娜娜受到伤害成为战争的牺牲品。

美法盟军发起的"龙骑兵"战役出动了近五千架飞机，其中就有施罗克驾驶的一架。伴随着飞机的行动，数百门盟军的大炮昂首齐吼，像雷电打闪一样开始了急袭。天在摇，地在颤，天地似乎要裂开了。施罗克很是激动和兴奋，他完全沉浸在复仇的快感里，飞机一阵俯冲，炸弹成串地朝下面投掷，到处是一片烟和火的海洋。

施罗克驾驶的飞机在低空盘旋着，搜索着攻击的目标。德军的高射炮似乎发现了他驾驶的这架飞机，"飕飕飕"地发射着炮弹。施罗克镇定、沉着，凭着他娴熟的驾驶技术，躲避着炮弹的袭击。猛然，一枚炮弹从侧面飞来，准确无误地打到了他的飞机上。感觉到飞机剧烈地一抖，他就绝望地两眼一闭，似乎要感觉飞机爆炸的那一瞬间。然而，出乎他的意料，飞机只是剧烈地摇摆了几下，并没有意外发生。他大喜过望，心说既然这条命是捡回来的，还有什么可怕的？于是，他又驾驶着飞机勇敢地冲进了敌占区。蓦地，他发现了德军的一个重要军事目标——那是德军占领捷克斯洛伐克后控制的一座大型兵工厂！飞机俯冲下去，他瞄准目标，随着抛下的炸弹，一声尖利的、直刺天空的声音过后，引发了兵工厂内的弹药库里的炮弹，接二连三的爆炸撼天动地，地面成了红色火海。施罗克下意识地看了一下仪表盘，发现飞机油箱的指针在非正常地闪动，他急忙驾机掉头返回了基地。

施罗克驾驶的飞机伤痕累累，惨不忍睹。令战友们惊讶的是，一枚德军的炮弹竟然钻进了飞机的油箱里，就是施罗克看到从侧面打去的那枚炮弹，居然没有爆炸！机械技师小心翼翼地从油箱里取出炮弹，拆开弹体，发现弹壳里根本没有炸药！里面有一张用德语写的小纸条：

我痛恨战争，但我能做的仅此而已！

在场的人都哑巴似的沉默不语，脸上充满了对这位反法西斯者的无限敬意。施罗克随意地翻转了一下纸条，突然发现在纸条的背面也有一行字：

亲爱的施罗克，你在哪里？
想你的娜娜

施罗克的大脑瞬间成了一片空白。当他大脑里的内容恢复后，他的脸扭曲着笑了笑，喃喃自语地重复着几个不连贯的词：炮弹、娜娜、兵工厂、轰炸……

后来，盟军在战场上又发现了十几枚同样没有炸药、有着一样内容的纸条的炮弹。

1945年第二次世界大战结束后，施罗克被送进了精神病院，一直到死都还是疯疯傻傻的。当然施罗克也不可能知道，在他轰炸那个兵工厂之前，娜娜就因反法西斯行为被察觉而罹难。

· 作者简介 ·

侯发山，河南巩义市作家协会主席，在《北京文学》《小说界》等报刊发表小小说上千篇，多篇被《小说选刊》《读者》等转载。

狗友

□ 刘永飞

　　我一直觉得在他们的事情上我有着不可推卸的责任，否则，顾泽凯和沈明浩应该还是很好的狗友。

　　"狗友"一词并非贬义，它和"驴友""渔友"异曲同工，都因一种爱好聚在一起，乃至成为朋友。

　　其实，在他们成为狗友之前，俩人并不认识。那是在某个清晨抑或傍晚，俩人在马路的人行道上遛狗。如果他们牵的不是狗，而是公文包，那么，他们注定会像两个陌生人般擦肩而过。

　　可他们偏偏牵的是狗，同时，两只狗相遇不仅没有剑拔弩张，相反的，却表现得十分友好。它们先是面对面的一阵摇头摆尾，然后是一阵嘴对嘴若即若离的互嗅，然后就孩子般地嬉闹起来。这使得二位主人大为欢喜，于是两个陌生人开始了交谈。开始时他们的话题围着狗，后来围着人，这一谈才知道他们两人同住一个小区。

　　就这样，他们因狗成友。人们时常会在某个清晨或傍晚见他们一起遛狗，他们有说有笑，亲密无间。

　　后来，他们的孩子被分在同一所幼儿园的同一个班，这使得俩人的友谊得到了升华。他们结伴送孩子上学，然后结伴带孩子回家，久之，俩人的孩子也成了朋友。

那是九月的一天，幼儿园让每个孩子捐一件东西，可以是八成新的玩具，也可以是自己读过的书籍，然后标上价值，园方再以此为底价搞一次拍卖活动，拍卖的所得全部用于贫困山区的孩子，说这样可以培养孩子的爱心习惯。当然，参与竞购的都是家长。

孩子们捐的多是新品，价格标得却很便宜，比如原价三百元的溜冰鞋，起拍价只标到一百，而成交价一般不会突破三百。但也有例外的，那就是我的那串手镯，在拍卖前，我讲述了这串手镯的来历。

我说："三年前我被单位外派到坦桑尼亚工作，有一天，当地的一个部族首领知道我的孩子出生后，就送了我一副手镯，据他说这手镯是用五十年象龄的象牙做的。今天，我决定拿出其中一串拍卖，也算是为山里的孩子尽些绵薄之力吧。"我的发言获得了热烈的掌声。

手镯的标价是五百元，但价格很快被叫到两千，价格被交替拉高，从乱叫价，到最后的四五个人叫价，再到最后的两个人叫价。这两个人一个是顾泽凯，另一个是沈明浩。起初，俩人的喊价声淹没在人潮里，后来叫价的少了，他们成为主角，两个原本面带微笑的脸上渐渐没了笑意，看得出他们都想把这件东西拍下，至于俩人是否真心为了捐钱，我不敢肯定，但可以肯定的是一场拍卖变成了俩人斗气。开始，两个人喊价时还笑眯眯地看对方一眼，仿佛在说："加油兄弟，让我们为山区做点事儿。"可是后来，他们不再看对方，而是机械地喊价格，谁都没有停止的意思，如果开始时竞拍是为了得到象牙饰品或奉献爱心，而此时十足地是为了面子。你知道的，这是个富人区，这里的人不缺钱。

当价格被叫到五千时，人们都屏住了呼吸，不知道这件事该如何收场，甚至担心会不会演变成一场闹剧。价格交替上升，跟着上升的还有他们铁青色的脸。

终于，象牙手镯在一万元的价位上成交了，获胜的人，手举镯子向众家长致意，他获得了雷鸣般的掌声。而失败的一方，内急似的出了场地，直到结束也没出现。此后，我再没有见到顾泽凯和沈明浩一起溜过狗，两家的孩子也再没有一起上过学。总之，他们的关系回到狗友之前了。

开头时，我已经提过，我一直觉得在他们的事情上我有着不可推卸的责任，因为，那个镯子是假的，地摊上标价五元。当然，我也没去过坦桑尼亚，故事是我自己编的。亲爱的读者，但愿你们能原谅我这么做，因为我是个生活在富人区里的穷人，有时候我必须这么做，至于原因，你懂的！

· 作者简介 ·

刘永飞，河南省作协会员，作品散见于《北京文学》《四川文学》等全国一百多家报刊，有作品被《小说选刊》《读者》等刊物转载。

头炷香

□ 唐 静

大年初一,刚过子时,山谷里一片寂静,没有人语、没有鸟叫、没有虫鸣,只有漫山遍野的雪,白茫茫地将夜色一点点推开去,仿佛要把黑暗与污浊推至白的尽头似的。

圆通大师闭目坐在蒲团上,他在等,等一个人。

十年前,正是这个时刻,一架肩舆悄悄停在山门外,那人从轿上走下,来到佛前点燃了头炷香,虔诚地拜过菩萨,记上一笔香火便匆匆离去。他走后,功德簿上触目所及一个惊人的数字令圆通眼前一亮,那可是寺庙有史以来数额最大的一炷香火。在这小寺庙礼佛半辈子,做到住持,还从未遇见过如此慷慨的施主。小小的欢喜过后,他用那笔钱将庭前院后好好修缮了一番,给菩萨重塑了金身,还有些多余的,打整打整庙里的菜园子,种了些时令鲜蔬,找来几个名厨给伙房僧人传授了好几道素菜的做法,寺里便大变了样,斋饭也渐渐远近闻名。

圆通让寺僧将那人来烧头炷香的消息悄悄散了出去,没多久,寺庙前了无人烟的山路热闹起来,都是循着那人的足迹来烧香拜佛的,香钱因此暴涨,功德簿上多了好些个达官显贵的名字。此后,慕名前来烧香的人络绎不绝,寺里一时香火鼎盛，一个月倒有好几次施粥吃斋饭讲佛经的日子，寺外的乡民也跟着享了些福。

十年过去，五雷寺出了名，圆通周身隐隐透出些佛光，有了得道高僧的庄严宝相。圆通住持成了圆通大师，不远千里来与他讲经论法的人络绎不绝。而每年初一的子夜，圆通大师都会屏退左右，开始在蒲团上打坐静候，直到那人来了，烧头炷香，虔诚膜拜在佛前，圆通大师便为他念诵一卷经。那人有时焦灼，有时狂躁，有时一脸戾气，但都会在这祥和的经文吟诵间慢慢平和下来，然后就着一盏淡茶，和圆通大师对弈几局，待曙色从山那边微微亮起，便翩然离去。他走后，功德簿上照例多个令人咋舌的数字。近几年，数额越来越惊人，但圆通大师早已不再翻看，一任那些数字渐渐腐朽。

"吱呀"一声，殿门开了，一股清冷之气呼啸而入，那人静默走进，大师沉眉敛目，身形未动，道："阿弥陀佛！施主，你脚步虚浮，可有……"

"大师……"那人开口，声音中带着克制不住的颤抖。

"施主，早知今日，何以一再执迷？"一声叹息在大殿中嗡嗡回响，震得那人心似乎都要迸裂了。

"我是心中有佛的人哪，这多年的虔诚，佛难道不曾看见？为何不佑我啊？"那人的脸因为不甘变得有些扭曲。

"施主不知，佛心中亦有佛！"大师合十低首，悲悯之色俨然。

"何为佛心中之佛？"

"我佛慈悲，心怀苍生，苍生才是佛心中之佛！施主叩拜佛祖之时，可曾念及苍生？"

"苍生？苍生？苍生！苍生……"灯火忽明忽暗，那人跌坐蒲团，百念顿生。

五年前，洪灾，他弃百姓不顾，挪用赈灾款跑官。去京路上，触目尽是衣衫褴褛、骨瘦如柴、双目空洞的饥民，他视而不见，满心焦虑晋职之事。果然，这笔银子用在了刀刃上。他管辖的地界，饿死人数一路飙升，但他成功从县丞晋升知府。

三年前，国舅强抢民女，将女子夫家一家五口尽皆打死，那女子告状无门，一头撞死在府衙门前，民愤滔天，他却纵容凶手逍遥法外。

一年前，爱妾兄弟于热闹街市跑马，踩死踩伤百姓十多个，他仅花了几百两银子便堵住了死者家眷之口。

……

深知罪孽深重，便找了这隐匿深山的小寺庙祈求菩萨的庇佑。多年来，只有烧了这头炷香，他才能获得片刻的安宁。

如今新皇登基，整顿吏治，头一个便要拿他开刀，一场腥风血雨将由他揭开序幕，风声既现，坊间奔走相告：污吏人头落地时，乾坤朗朗自清明。

"上报四重恩，下济三涂苦，若有见闻者，悉发菩提心，尽此一报身，同生极乐国……"大师缓声低诵，经文如潮水般蔓延开来，漫过那些让他惊惧绝望的往昔。他颓然垂下双臂，再无力擎起近在咫尺的一炷香。

· 作者简介 ·

唐静，女，湖南常德人，微小说作家。已在《天池小小说》《微型小说选刊》等刊物上发表多篇小小说作品。

高速路上的农用车

□ 田　夫

　　二亮的这个念头是半夜十二点伴随着一个梦来的。二亮就激动得睡不着了，老翻身，就把身旁睡得正香的媳妇弄醒了。媳妇先有点不高兴，后来想，反正也睡不着了，这段时间别浪费了吧。但"表示"了一下，二亮却没反应。媳妇就觉得今天的二亮有了很沉重的心事。按照以往惯例，"狗肚子盛不了四两油"的二亮一会儿就得说出来，媳妇就在一旁静静地等。但这一次媳妇好失望，二亮连一个字都没说。

　　破例，二亮今天比媳妇起得早。起来就灶膛生火，煤气炉也打着，一时间吹风机响，电炒锅也叫，这通子闹腾。主妇倒成了打下手的。打做饭到吃饭到饭吃完，媳妇的眼睛就没离开二亮：这家伙像屎憋的！可撂下碗二亮并没去茅厕，而是毛颠颠奔向了院里的农用车，一屁股坐进去，"刺啦"一声就打着了车。媳妇慌忙追出来：

　　"喂，你等我刷完碗呀。"

　　"今天你就别去了。"

　　"咋不用去了？"

　　"你就歇一天呗。"

"二亮你今天葫芦里卖的啥药,你跟我说清楚……"

农用车启动,车开走了。

媳妇站在那跺了一下脚:往日开车出去干活,都是二亮他俩。她知道,今天的活很累,俩人一个车都够呛。当然,活累挣钱就多。可二亮……

二亮开车来到村头,这里已经有了几辆车,全是农用车。里边都坐着两个人。就有人问:"你媳妇呢?"二亮答:"不来了。""咋不来了?"这时,那辆车右侧的媳妇就捣了男人一杵子:"问那么细干啥?女人的事你又不是不知道。"二亮就缩着头笑,说:"你们先走吧。"那人说:"咋我们先走?"二亮学刚才的女人:"问那么细干啥。"

他们定好的去给邻村的一户人家运土垫屋基。但二亮今天要"临阵脱逃"。他要开农用车上高速。

笑话!农用车能上高速吗?能。那要看啥时候。二亮知道今天到"时候"了。

就在村边,一条高速公路将要竣工——路边的铁栏栽好了,路中间的"绿墙"竖起了,黑路面黝黑铮亮。听说都敲定了通车的日子。整条路都几乎全封闭,只有稀拉拉几个路口,通行着扫尾的车。等这几个路口一堵上,不掏钱你甭想上去。掏钱,就像农用车做梦都上不去。二亮的农用车没少在路上出力干活,但结果农用车却没上路的资格。二亮心里不平衡。二亮就是要今天上一回路。

路口就在脚下,但二亮不敢。不是施工车辆是不允许的。被逮听说要被罚款。但二亮就想冒一回险。跟在两辆施工车的后头,二亮一踩油门就上了高速。

啊呀!好宽好气势的路哎。车在上面行走,人都跟着高了一截。都不知咋美了!二亮屁股冒黑烟"突突"跑了阵,就下车,拿出手机照相——走远远的,把农用车定格在高速路上。他又来到农用车跟前,用手机拍自己和农用车。也想拍张远景的,但做不到。正在"啧啧"时,过来了一辆小车。二亮就摆手:"师傅,过来帮个忙呀!"其实,他不喊小车也会停的。车上齐呼啦下来好几个人,全是怒脸。

二亮挨了一顿训斥。但这一点也没削弱二亮的兴头。

小车走了。车上人丢下一句话,如果二亮不赶紧下去,一会再见到就把他弄到好地方去。二亮怕啊。二亮不敢在路上美了。离村头的路口也不是太远,二亮转过车急急驶来:啊,路口已被封堵!

只好再寻别的下道口了。二亮就开车往前走,可一个个他知道的下道口全都被堵上了。二亮心里就有点发毛。

　　后来二亮想，我急个啥！我不就是要在高速上美一圈吗？那就放肆地美吧！反正路会有尽头。于是，二亮一边举着手机照相，一边把农用车开到最高时速，呜呜呜，哇哇哇；一会水箱开锅，雾气腾腾，人如同驾云一般。碰到的几个看样坐着领导的小车都不敢挡他。不是以为飞车了，就是看开车的是个疯子。

　　后来不久，二亮后头就有了哇哇叫的警车。警察干喊话但不敢靠近他。

　　二亮回到家是第二天下午了。农用车进村时车楼里多了村长（村长不去保他，警察不定要"圈"他几天呢）。媳妇在村头等二亮，见到二亮开车过来，拿手作枪状"毙"了二亮一下。二亮就缩了一下脑袋。但往日怕老婆出名的二亮，今儿心里却一点都不悲苦——他打算，把手机里空前绝后的照片全部冲洗放大，挂满屋子。

·作者简介·

　　田夫，内蒙古赤峰市人，内蒙古作家协会会员，喀喇沁旗作家协会副主席。已发表小小说作品一百余篇，作品《贴窗花》曾入选《小说选刊》。

重塑灵魂

□ 尹全生

瞎子和跛子可以算作村里的"塑神专业户",远近百里的庙宇,凡需要重塑山神、土地神像的,都请他们去。

塑神像的活儿,每次都是瞎子唱主角,跛子只管打杂。

瞎子怎能塑神?他说自己心中有神,因此他塑的才是真神。瞎子这话是真的瞎忽悠才对,其实他每次塑神,事先都由跛子根据自己所见来描绘一番,心灵手巧的瞎子便依其所云塑造罢了。

这次,要塑一尊河神,可跛子从没见过河神,没法描绘,瞎子也就无从下手。若说不会塑河神是不行的,不但丢了生意,还要遭人耻笑,但如果随便按山神、土地之类的模样胡乱造一个,恐怕也砸了日后饭碗。

两人搜肠刮肚几日无果,为难得抓耳挠腮,便一同外出打酒回来解闷。途中过河,瞎子背着跛子蹚水过河。这条河水浅而宽,河床间柳丛多,堪称"水清石出鱼可数,林深无人鸟相呼"。

走到河中间,跛子突然压低嗓门道:"柳丛里有人洗澡!"

瞎子当即有些激动地问:"是光着身子的女人洗澡?"

背上的跛子浑身发抖、牙打战,结结巴巴地指挥瞎子悄悄往柳丛附近靠拢。两人顿时像通了电,跛子在上面抖,瞎子在下面抖,这一抖,瞎子的腿就不听使唤了,"扑通"一声,两人倒在河中,激起一片水花,响声顿时惊得洗澡的女人抓起衣服逃之夭夭了。

跛子爬起来见没了女人,懊丧得直拿拳头擂胸脯,"这是从没见过的白花花、赤条条的女人哪!可一转眼就不见了!要不是跌那一跤……"

瞎子也惋惜——跛子形容描绘过的女人不少,但白花花、赤条条的女人还从没形容过。要不是跌那么一跤……

过了一会儿,懊丧的情绪突然着了火,瞬间燃起来。瞎子先咬牙切齿地朝着空气瞎轮起一拳:"熊蛋包!要不是你在我背上抖……"跛子也来气了,照准瞎子的黑脸甩了一巴掌:"窝囊废!要不是你摔那一跤……"

就这样,两个同居一室、相依相伴几十年的老光棍儿,拳脚相加,打得天昏地暗。他们都太遗憾了,窝在肚子里那股由失望、悔恨、愤懑汇成的烈焰,不喷发出来非活活憋死不可!当血从嘴里、鼻里,以及更多的伤口里涌出来时,他们都感到爽快极了。最后他们瘫倒在河滩上,恨不得号啕大哭一场,惊得树林中的鸟儿尖叫着飞远。

情绪发泄了,跛子心里甚至浮出了几分自豪:"咱这五十几岁总算没白活,也看到白花花、赤条条的女人了!"

瞎子来不及悲哀,急忙爬起来求告:"我的爷,快讲出来听听吧!"

跛子就动情地形容起来,那白花花的臀,让瞎子想到了曾在秋阳下摸过的轻柔柔的棉花;那细嫩嫩的胳膊,让瞎子想到了曾在清晨摸过的脆生生的豆芽;那鼓鼓的胸,让瞎子想到了曾在饿急时拿到的热乎乎的馍馍……

听完跛子的描述,瞎子脸上忽然生出严肃的表情:"这么说,我们今天怕是遇到神了——当年我行骗,骗了一头两百多斤的猪,扛了三里路都不喘,可今天我喘了,连腿都软了!"

"谁说不是?——当年我入室行窃被发现,刀架在脖子上都不抖,可今天我抖了,没了骨头似的!"

瞎子注视远方良久,猛然一拍大腿:"我们今天碰到的,说不定就是河神吧?"

跛子缩脖子愣了半天,低喝:"没错!"

回到家,跛子开始和泥,瞎子开始塑神。

虽然常年干塑神的营生，但瞎子和跛子从来不把所谓的神放在眼里，他们只是靠塑神的手艺混饭吃，所以，人前他们就夸神灵如何神通广大，人后他们就说些不入耳的污言秽语。可塑这尊河神时，两个人都感到诚惶诚恐，一种神圣的感觉使他们紧张得不敢直腰，更不敢大声说话。

河神像塑好了，弓腰立前，瞎子和跛子竟觉得被圣洁的灵光笼罩，不由自主地想跪下去……

打开庙门，早等候在外面的善男信女们燃着香火拥进来，看到神像先是一阵惊愕，继而像开了锅的粥议论声四散开来，"这哪是河神，明明是个光着屁股的骚娘儿们嘛！"

瞎子和跛子急了，本想骂人，可转念一想：罢了，愚钝之人有眼无珠，不识真神，两人大半辈子就塑这么一尊真神，怎能留给他人呢？撇下河神在这里少不了还要受虐待和非议。他们干脆不要工钱，把河神拉走，供奉在他们合住的屋子里。

从前，瞎子和跛子两个人的生活轨迹差不多，无非是偷鸡摸狗、坑蒙拐骗。他们不信神，也从不相信轮回报应。可自从在屋子里供奉了河神，他们就感到了一种敬畏，好像时时被一种神秘的目光注视着，又似乎被一双神秘的手臂呵护着……

这以后的日子，他们再不干歹事了，瞎子觉得眼前总是亮堂堂的，跛子觉得世上的路都是平坦坦的。

· 作者简介 ·

尹全生，中国作家协会会员，襄阳市作家协会副主席；已公开发表中短篇小说、微型小说作品上千篇，著有《狼性》等七部个人专集。

特别赏赐

□ 戴 希

天有不测风云。这不，左骁卫大将军长孙顺德满以为其贪腐之事压根儿不会走风，哪料未出三日就传得满朝皆知。

这是贞观元年（627年）。

唐太宗闻之气恨交加：一者，当时位高权重的宰辅大臣温彦博、戴胄等人，哪个不是倾心于治国理政，以"我瘦天下肥"为荣？二者，一粒老鼠屎，搞臭一仓谷。可这粒老鼠屎，干吗偏偏就是自己的叔岳父长孙顺德？这个长孙顺德，干吗这样不守气节、不顾声誉？

满朝文武拭目以待，他们要看唐太宗如何惩处长孙顺德。

唐太宗彻夜未眠。苦思苦索一番，天亮前终于心生一计。

赶紧叫中书舍人岑文本迅速拟好诏令，命五品以上在朝官员翌日全部参加早朝，谁也不得迟误。

早朝之时，文武百官各就各位，站得整整齐齐，无一不是洗耳恭听的模样。

唐太宗端坐金銮殿上，环顾文官武将，然后紧盯长孙顺德，重重地干咳两声。

"顺德公啊，受贿绢绸一事，还是你自己通报吧！"唐太宗语气温和。

长孙顺德却面如土色，浑身筛糠似的抖动。

"……这几个奴仆联手偷盗宫中财宝被我发现。他们魂飞魄散,齐刷刷地跪在地上向我求饶……说什么也要塞给我二十匹绢绸……然后……"长孙顺德嗫嚅道。

"那——各位爱卿,你们说,长孙顺德为什么要收受绢绸?"唐太宗下意识地问。

谏臣魏征脱口而答:"很简单,他就是个贪官!"

"可他为什么要贪绢绸?"唐太宗追问。

"这个嘛……"魏征皱眉。

唐太宗不愠不火道:"这不是和尚头上的虱子,明摆着吗?长孙顺德家里紧缺这玩意儿。顺德公家里紧缺它朕却不知,朕也有失察之过啊!既然这样,不如朕再赏赐他五十匹绢绸,让他背回家去?"

"皇上,"魏征急了,"不可,万万不可呀!"

"那你说咋办?"唐太宗笑问。

"王子犯法,与庶民同罪。长孙顺德虽是大唐开国功臣,也应交大理少卿胡演查处,按大唐律法治罪!"魏征正色道。

唐太宗捂嘴而笑。

"魏爱卿可见过猫捉老鼠?"

魏征不假思索:"当然!"

"猫捉到老鼠后,不是要把老鼠抛一抛、玩一玩吗?"

"这……"

"就听朕一次,这回先赏赐赏赐顺德公吧?"

唐太宗喝令:"来人!"立马有人搬来五十匹绢绸。

"顺德公啊,还得让你屈尊一下,弯腰弓背哩!"唐太宗悠然下殿,轻轻拍拍长孙顺德的肩膀。

长孙顺德的额头就开始冒汗,腰背弯曲得几乎让头叩地。

"来呀,把绢绸一匹一匹地放在顺德公的背上!"唐太宗指着长孙顺德的背。

于是,那些个绢绸就开始一匹接一匹地压向长孙顺德。

每放好一匹,唐太宗都会关心地问:"顺德公,不重吧?还能扛得住、背得起吗?"

长孙顺德羞得脸一阵红、一阵白、一阵青、一阵紫。对唐太宗赏赐的绢绸,自然是欲卸不敢、欲背不能。僵在那里,他大气不敢出,恨不得找个地缝钻进去。

目睹此景，满朝文武都忍不住窃笑，俨然在看一曲诙谐、幽默而辛辣的闹剧。

早朝完，文武百官一身轻松、匆匆散去。

唐太宗欲起驾回宫，胡演却忧心如焚，紧跟在其身后。

"皇上，长孙顺德贪赃枉法，罪不可赦，您干吗反其道而行之，加倍赏赐他？"胡演小心探问。

唐太宗轻轻转身，笑道："胡爱卿，你说，只要长孙顺德还有人性、良心未泯，那么，朕在众目睽睽之下加倍赏赐绢绸给他的羞辱，是不是会比判他下狱伏法更剜心？反过来，如果面对如此羞辱，他仍无动于衷、不知愧疚，那他不就是一介禽兽，即使杀他又有何用？"

"可是皇上，不怕一万，只怕万一。万一……"胡演忐忑不安。

"放心，我自有安排。"唐太宗安慰他。

胡演将信将疑。

之后，长孙顺德就像一只泄了气的皮球，很长一段时间都消沉、沮丧，不敢抬头走路。

唐太宗观之，又反其道而行之，诏令他为泽州刺史。

长孙顺德感恩不已，发誓一定改邪归正、改过自新。

果然，上任不久，他就大胆地将前任刺史张长贵、赵士达在郡内多占几十顷良田之事上报朝廷，把全力追回的田地尽数分给当地贫穷的农民。此后，他又亲自查办了泽州的几个贪官，硬是把泽州治理得道不拾遗、风清气正。老百姓都夸他是廉洁奉公的好官。

唐太宗龙颜大悦，有意召胡演进宫。

"胡爱卿，可曾听说老百姓怎样评价现在的长孙顺德？"唐太宗佯装担忧。

"都夸他是青天大老爷呢！想不到啊想不到，"胡演禁不住感叹，"能让长孙顺德发生如此大的改变，皇上，您真神！"

"真的吗？"唐太宗这才"转忧为喜"，笑道，"那也不能夸朕神，要赞就赞咱大唐政治清明，个别贪官根本没有立足之地啊！"

· 作者简介 ·

戴希，中国作家协会会员、常德市作家协会副主席、湖南文理学院客座教授。多篇小说被《小说选刊》转载。曾获小小说金麻雀奖。

自己的墓葬

□ 蒋 殊

表哥打来电话，说明天就完工了，你们是不是抽空回来看看？告诉母亲，她松了一口气，说那就下周吧，一桩大事了却了也就罢了。母亲说的大事，是在家乡给她与父亲砌墓葬的事。

多年以前，父母就提过这个问题，然而几次被我拦下。我以为，人好好的，干吗提这些不吉利的事？人还好好地活着，怎么就要给自己掘墓葬？

然而，父母一年年唠叨，说凤英姨家的墓葬早砌好了，说会明舅舅的也准备齐了，说邻里邻居都差不多把这事解决了，咱还拖什么？

我惊问，凤英姨姨才多大？六十多岁，怎么就准备起这个了？母亲说，还有五十岁就准备的呢，再说这也不是坏事，不是见不得人的事，也是早晚需要解决的事啊。更重要的，是你说不清自己什么时候死。

母亲最后这句话让我惊了好长一阵。悄悄了解，果然是。村里许多人，都早早在自己的地头选一个好方位，或者拿自己更多的风水不好的地换取别人一小块风水好的地，找工匠掘好了自己未来的坟墓。

于是，不得不把这事放在心上，以了却父母多年的一桩心愿。一切交给在家乡的表哥。他是舅舅的儿子，办事自然让人放心。这天，电话很快就打来了，墓葬已完工。

回乡。匆匆吃过表嫂包的饺子，去看墓葬。

想象太宏大。到了地头，只看到在地中央挖了一个一人多深的坑。工匠站在坑边，下巴上支着手里的铁锨把，一只脚踩在锨上，嘴里叼着一根烟。

老公快走几步，又递上一根。他伸在眼前瞅瞅，别在耳朵上。很久没见过男人在耳朵上别烟了，因此我笑出声来。他也笑，说好烟，留着慢慢抽。我看看老公，他会意，把手里缺了几根的一盒烟递过去。工匠看看，笑着说："怎，都要你的？"老公说："拿着抽吧，辛苦你。"

他不再拒绝，拿起，把耳朵上那根也取下来轻轻地一点点推进烟盒，再装进裤兜里。

他说，就差封门了，你们下去看看吧，也好知道里面是啥样子。搀扶着母亲，顺着洞两边凿出的刚够踩进半只脚的"台阶"，一步步走下去，再进去。

"呀，很宽敞！"母亲先进去，有点欣喜地叫。我也进去，确实是。这个墓葬，已经全部用青砖砌好，顶部是像窑洞一样的弧形，看上去有十多平米，里面空空的，什么也没有。母亲却像个兴奋的孩子，东瞅瞅、西看看。

"这可比咱以前的地窖好多了。"母亲说。是啊，以前家里的地窖不仅小还直不起腰，再说只是土洞并没有用砖砌。母亲不断用手摸摸墙，自语着这么两天就完工了是不是结实呢会不会漏雨啊。我笑着说："妈，你以为这是人住的窑洞啊，要那么结实做什么？"母亲却认真起来说："这可比窑洞还重要，莫非住进来隔几年还换新的？"母亲的话让我没有办法回答。人的一生，可以用一辈子来形容，那么死后呢？是多久？"怪不得，以前帝王将相的墓葬都豪华得像地下宫殿一样。"我自语。

"再大能怎么样？还不是落得骨头一把？还不是掘开了给人看？"母亲说，"还是老百姓的好，起码能安安稳稳到头。"

"什么时候是头？"我与母亲都说不上来，所以都不再言语。就那样站在墓葬里，瞅一阵、看一阵、想一阵。

母亲又与我探讨，"以后我和你爸，就是谁先不在了谁先进来。后来那个再进来，还得挖开。"很不想探讨这样的问题，所以我没接话。

正好，上面的人在叫，听出来是工匠，他说："差不多了吧，这么长时间有什么看头呢？知道里面什么样子不就行了？"

085

"上去吧。"我对母亲说。她答应着,边往外走边笑着说:"管它谁先进来,管它什么时候到头,反正以后就在这里了啊。"

母亲突然的这一句话,让我的眼泪不由得涌上来,赶紧低头,两行泪在不知不觉中滴进脚下的土里。我笑着说:"妈你真逗,以后还很早,你看你早早备下这有什么好。"

母亲也笑了,说:"能有多早?一晃都老成这样了。"母亲刚刚七十岁,却觉得老成这样了。我在下面推着她,被上面人拉出墓葬。工匠问:"怎样,还行吧?"母亲点点头,说:"行啊,挺宽敞。"

工匠说:"我办事你们放心,肯定做得宽宽敞敞,让你们满意、舒心。"话音未落,他已经与周围的几个工人将一扇临时用的木门推下去,几个人又跳下去合力封了墓葬的门。母亲还要探下头看时,工匠已带头把一锨土扬了下去,周围的几个人也跟着扬起手里的锨,开始填埋墓葬外面的坑。尘土立时飞扬在这块土地上,我带着母亲急忙走远。

秋日的午后,斜阳淡淡的,风儿轻轻的。远处掩埋墓葬的尘土飞过来,咬在牙缝里倒觉得暖暖的。突然发现,上面地里站着一个人。母亲喊他,他也认出母亲,走到地头问:"把葬砌好了?"母亲说:"好了。"他说:"这是件正经事,早就该做了。"

"你的呢?"母亲开口就问。我推推母亲,觉得她不该问这个话题,不管这事在他们看来多平常,毕竟不应该作为聊天话题放在嘴上。没想到他大声说:"我的早砌好了,就等进去了。"

母亲大笑着说:"进去还早,砌好就好。"

他说:"你看进财不是好好的就突然不在了?谁知道咱哪天也就走了这一步?反正墓葬也好了,棺材也好了,等死就算了。"说这些话时,他一直笑着,像说吃饭下地一样轻松,我却听得很是瘆人。

母亲说:"别瞎说了,好好活着吧,尽量多活两年,让孩子们也高兴高兴。"

"唉,人家说不定还想让你早点去呢。"这时他似乎觉得当着我面说这些不妥,于是改口,"我是说我啊,我家那几个,指望不上。"

母亲打断他:"别瞎说了,你试试你死了,孩子们不知道哭成啥样呢。"

他反驳:"哭能证明孝?咱村谁最会哭你不知道?他是不是最孝?"母亲知道他说的是谁,我也听说了。那个当时在父母坟前哭得惊天动地的人,竟然借口单位走不开连父亲最后一面也拒绝见。父母患病期间，都是村里的妹妹在照料。他与母亲突然都沉默下来，一下让这个很会哭的人搞得没了话题。

"好了啊！我们回了！"恰在这时，工匠在那边喊了。扭身望，刚才的一个大坑已经变得平展展，尘埃也已落定，地里恢复了原样。相信一场雨一阵风过后，没人发现那下面原来早掘好一个大的墓葬。

"以后，还能找得到吗？"母亲担忧地问。确实，多年以后，能找到准确位置吗？工匠说："放心吧，我把尺寸给你写下了，即便做的标记不在了，也能找到。"边说，他已走过来，把一个皱巴巴的纸条递给母亲，上面，就标着那个墓葬在这块地里的准确位置。

母亲装起，与工匠告别。回身，再陪母亲走近墓葬。地上被工匠们处理得干干净净，母亲还是弯下腰，把一些无关紧要的小石块拾起来，投向远方。

突然，一只喜鹊飞过来，落在工匠竖在那里做标记的石头上，叫了两声，又飞离。

母亲说："咱回去吧，今天是个好日子！"

· 作者简介 ·

蒋殊，山西武乡人，山西省作家协会会员，山西省女作家协会理事，大型影像文化期刊《映像》杂志编委，专栏作家。

砍头游戏

□ 蓝 月

小时候，村里的孩子们喜欢玩一种"砍头游戏"。剪刀石头布，最后输的就要被"砍头"。小孩子伸出巴掌，五指并拢，说砍头了，嘴里发出"咔嚓"的一声，脚下不管多污秽，被"砍头"的小孩子就很逼真地笔挺挺倒地。

这个游戏大都在孩子们之间玩，李大头是孩子们唯一可以在大人身上玩砍头游戏的人。李大头，过来。李大头就过去，孩子五指并拢，嘴里喊着"咔嚓"，李大头就倒地不动了。孩子一哄而散。李大头起身，摸着后脖梗子，好像真挨了一刀。

李大头咧咧嘴，我是真该砍头的人哩。

这李大头是傻子吧？错了，李大头非但不是傻子，还是一个征战过沙场的传奇人物，而正是因为那场战役，给李大头系上了难以解开的心结。

褐红色的土地上，到处是弹头弹片弹坑，到处是横七竖八缺胳膊断腿的尸体。散落的枪杆早已扭成了麻花，空气里充斥着弹药、血腥还有烧焦的泥土味道。

李大头被压在尸体下面，苏醒的瞬间，他碰到了坚硬的刀柄，眼睛顿时有了灼灼的光芒。这把刀伴随他南征北战，不知道砍掉了多少敌人的脑袋。刀刃卷了磨平，磨平再卷，卷了再磨平。刀几乎成了他身体不可或缺的一部分。

他听到了小心翼翼的脚步声，喘息声里还夹杂着压抑的呜咽。

不争气的东西！他在心里暗暗不屑。目光透过尸体的缝隙，他看见两条纤细的腿，穿着土黄军服。妈的，小鬼子！

他一跃而起，手中的刀也顺势举起。黄军服显然被吓到了，嗷的一声抱住脑袋滚到一边。

没出息的小鬼子。他撇起嘴笑了，就这熊样还出来打仗，今天你爷爷就送你回老家！他再次举起了刀，刀的光芒映射在黄军服的脸上，白刷刷的。黄军服闭上眼睛，仰起脸，嘴巴里喃喃叫了声：妈妈。泪水将满是污垢的脸冲出一道道印痕。

还叫妈妈？真像个孩子。他在心里再一次鄙夷起来，目光傲然扫视。

突然，他发现这是一个手无寸铁的兵，不，如果不穿这身黄衣服，根本就是个孩子，十四五岁的样子。嘴唇干裂，腰间的皮带松松垮垮的，能够想象衣服里面的嶙峋瘦骨。

他的心突然抽搐了一下，擎着大刀的双手也有了微微的颤动。

你滚吧，快滚！他背过身子，把大刀狠狠地插向地面。

黄军服赶紧爬起来，却像得了软腿病一般东歪西扭。

他从口袋里掏出半个干硬的馒头，扔在地上，拔了大刀一瘸一拐地走了。

战斗胜利后，他被授予三等功，站在领奖台上，他流泪了，他说我不配。

他在组织面前坦白了自己私放敌人的事实，要求组织给予处分。功过两抵，部队让他复原回老家。

于是他又变成了农民。

农民的身份让他幸福而满足，他把刀深深地埋在了院子里的枣树下。他点燃三支香说伙计，这辈子我都不会用上你了。

然心中一丝不安却始终萦绕心头挥之不去。

终于，他被揪了出来。

李大头，李拐子！别以为你打仗打瘸了一条腿就是大功臣了，你放走了一个日本兵就等于杀死了无数个中国人，砍你十次头枪毙你一百次都不过分。

他也不分辨，低着头说我有罪！我确实有罪！

他认罪态度诚恳一点不掺水分，主动进了牛棚，脏活累活抢着干。就冲着他这个认真认罪的态度倒也没有吃太大的苦头。只是每次都会被拉去陪毙，或者谁不高兴了就可以用手掌砍他一刀。他也是非常地配合，抻长了脖子就像一只待宰的鸭子。

后来，给他平反了，都说他是抗日英雄，没有人再敢和他玩砍头游戏。李大头时常摸着自己的脖子，说不得劲，不得劲。李大头扯住自己的老婆不让走，非让她砍自己一刀。老婆端着碗，用筷子在他脖子上轻轻来一下，不耐烦地说，咔嚓。李大头就觉得舒坦多了。

十年后，小镇来了个日本人。说是来镇上投资办学校，说是来寻找当年的救命恩人。

镇里人带着日本人找到李大头的时候，李大头已经病重了。

日本人弯下腰深深地鞠了一个躬，连比带画说当年要不是您刀下留人，就没有今天的我。要不是您那半个馒头，就算您不杀我，我也会饿死的。

李大头苦笑了说，为了你我可是被砍了无数次头啊。现在我能不能向你提一个请求？

日本人说，哈伊，您尽管提。

李大头说，能不能让我砍你一刀？

哈伊哈伊，日本人连连点头。弯腰撅腚，抻长了细细的脖子。

李大头双目精光毕现，乱蓬蓬的胡子无风而动，瘦瘦的胳膊举起来，五指并拢。对着阳光仔细看，他这把刀，蛮像当年在战场上用过的那一把。

好刀呀。李大头高高地举起了手——

但是，李大头的手掌没有劈下来。他就扎着挥刀的架势永远地走了。

日本人跪在地上，砰砰地磕着响头。

·作者简介·

蓝月，原名陈雪芳，江苏省作家协会会员，《小小说大世界》主编。部分作品收入文丛年选。著有小说集《阳光穿过的早晨》等三部。

绝招

□ 石磊

天蒙蒙亮，太阳还没有出来。张老汉穿着一身很不像样的衣服进县城，找县长告状。昨天，村里有人听说张老汉要进城找县长告状。就有人劝他说，别去找县长，县长不是那么容易找的，别说见县长，怕连县府的大门也不让你进去。张老汉铁了心，他说找不到县长绝不回村子。

张文老汉为何找县长告状呢？原来是这么回事，张老汉的孙子和村主任的孙子打架，张老汉的孙子把村主任的孙子打出了鼻血。村主任的两个儿子知道后，把张老汉的儿子毒打了一顿，后送县城的医院抢救，住院八天，花费两千七百多元。张老汉几次找村主任理论，要他们出住院费，他们扬言一分也不出，说有本事就去告他们。村里人都说村主任太过分了，但又有什么办法呢？镇派出所所长是村主任的女婿，张老汉找过派出所所长，所长不但不理，还把张老汉训了一顿。张老汉又找徐镇长，徐镇长也不予理睬。

张老汉走后，村里人都在议论这个问题，他能不能找到县长，就是找到县长，县长又会如何答复呢？张老汉能告倒这个蛮不讲理的村主任吗？村里人都不大相信有可能，肯定是白跑一趟。

黄昏，一辆小车开进了村子，张老汉坐小车回来了。张老汉刚刚下车，村里人就涌了过来。人们围着张老汉七嘴八舌问他，找到了县长没有。张老汉看到村里人那一双双急切的眼睛，说："我找到刘县长了，刘县长真是一个大好人。刚才那辆小车，就是刘县长叫他的司机送我回家。"

"文叔，你真的找到县长了？"有一个村民有点不相信地问张老汉。

"我张文什么时候骗过大家？哦，刘县长还送我一包烟。"张老汉边说边从衣袋里掏出一包大中华香烟，他把香烟举得高高的，在金灿灿的夕阳照射下，闪闪发光。这回，大家看到大中华香烟，相信了。

"文伯，刘县长怎么说？"又有一村民问张老汉。

张老汉一边给大家发烟，一边激动地说："刘县长听知后非常生气，他拍着桌子说，真是无法无天。刘县长叫我尽管放心，他答应我，过两天他就来处理这件事，他一定要给我一个满意的答复。刘县长……刘县长还说，他要处理一些人呢！"

"文伯，你不是在说大话吧，刘县长真是这么说？"村里的一位老师大声地问张老汉。

"哎呀，刘县长烟都送我了，这话还有假？你们一定不相信，中午，刘县长还请我到食堂吃饭呢！"张老汉有点急了，看着那位老师又问："刘县长的烟怎样，不会是假烟吧？"

"这烟太香了，香死人了，今天，我抽到县长的烟了！"那位老师品着烟说。

张文老汉对大家所说的话，有人很快就传给了村主任。村主任是亲眼见到张老汉坐小车回村子的，又见人那么说，他真的急了。他急忙打女婿的手机，把这一情况全告诉了他。他的女婿听到这一情况，就埋怨岳父，说他不该这样做。他当这个派出所所长是很不容易的，这回怕是完了。最后，两人达成共识，赶在县长未到之前，把这件事处理好。

当晚，派出所所长满脸堆笑地来到张老汉家。这回张老汉懒得理他，所长老是向他赔不是，说他们错了，愿意拿出三千元赔他儿子的住院费。所长说了不少好话，张老汉才接过他的钱，并在协议上签了名。最后，所长要张老汉把处理结果告诉刘县长。

所长把事情办妥后，压在心上的一块大石头落地了。他来到岳父家，村主任在看电视，村主任见女婿来，就急着问："怎么样？他肯接受吗？"

"办好了,办好了。他要是不接受,我这个派出所所长就难保了。"女婿如释重负地说。

忽然,村主任叫了一声:"啊!你看,市委市政府在开两会,那个坐在主席台上的不就是刘县长?今天,他哪能见到刘县长?咱们都给耍了,他妈的。"

村主任越说越气,他走出屋外,说:"我到他家里去,把钱拿回来!"

所长追了出来,拉住岳父说:"爸,算了,算了。能给他出这一招的人,绝对不是一个简单的人。"

在女婿的劝说下,村主任只好回来。村主任他们又不敢把真相说出去,只好把打断的牙齿往肚子里吞。

是谁给张老汉出这一绝招呢?就是村里那位老师,他为张老汉抱不平。张老汉买了一包烟,又请了一辆车,总共不到一百元,就打了一场漂亮仗!

· 作者简介 ·

石磊,中国作家协会会员,广东省作家协会理事。曾在《小说选刊》《北京文学》等报刊发表小说、散文四百多篇,四百多万字。

这事就往粗里弄

□ 李立泰

　　局里建好宿舍楼几年了。说心里话同志们佩服局长，在边缘时间打擦边球。好几位局长想把楼分下去，没分成。

　　盖楼的局长没分成。其实刚研究，麻烦来了。关于工龄。本局工龄、外单位工龄。你的职务、职称、级别、非领导职务。夫妇双方身份，干部、农民、工人。聘任制啊，以工代干啊，人事代理啊，还是临干啊？是局机关的，还是下属单位的？你是全额单位，还是差额单位，还是下属自收自支事业单位的，还是事业单位企业化管理啊等等。这局的编制，就是国情。

　　分房方案正研究的时候，同志们意见分歧正大的时候，局长正一筹莫展唉声叹气的时候，形势突然有了转机。

　　县委叫局长离岗。刚一说离岗，局长心里疼了一家伙，有点小不痛快。

　　局长是非常热爱本职工作的。革命工作还没干够。还愿意当公仆再为人民服几年务。有的同志还没提起来。不少事还没来得及办！现在下岗，"夜大"不白念了吗？没少麻烦同志们替考、弄小抄啥的。五十出头，正年富力强哩，身板壮得很，总觉得有使不完的劲。正是出成绩的时候。但是这摊子烂事也把他难为坏了。

唉，也罢。一刀切哩。基本上高高兴兴提着包回家了，站圈外看局里热闹去了。

新局长来了。上任不久有了小感觉。虽然这局有房住，有车坐，有饭吃，有酒喝，有礼收……但是烂事难事也不少。最突出的就是分房。

他努力回避分房。我先熟悉熟悉工作。工作熟悉一年多了，东西弄得也不少啦。干部职工该提拔的也提起来了。开始找他分房子。他一边让办公室起草分房方案，一遍遍地修改，他则一趟趟的往地区跑。

分房这马蜂窝他也不想戳。得罪了老人不行，得罪在职的也没好果子吃。他是能拖就拖，能诿就诿。分房方案一张榜，意见上来了，工龄问题，在外单位的工龄不是给党干的吗？你在这局里就有理啦。停下来研究。第二稿一出，事业单位和自收自支事业单位、企业化管理事业单位意见也来了。要求比局机关份儿不能少了。又研究。三研究两研究，把新局长研究走了，到外县当常委去了。

民间组织部，县长小姨子姑姥娘儿媳妇娘家妹妹的姨表姐在局里传达了：谁谁谁要来当局长了。

新局长果真来了。新局长年轻气盛，大刀阔斧，在乡镇干得不错，来到这个局想一展身手，干出点成绩。像《南征北战》里张军长说的，"叫美国顾问团看看！"

在座谈中知道了局里的老大难，分房。

局里盖的楼，既不是福利房，也不是商品房，是局里补贴钱的房。贴了多少钱？对不起，对外不讲。可是要把好事办好，也不像喝二两小酒儿。

上两任局长，都不是简单人，是有本事有能力有点子的高人。人家都县级了！

局离退休领导，在职班子成员和全体干部职工八十人。人员复杂，父子父女儿媳女婿孙子孙女外孙外孙女侄子表侄子等等，战友同学老乡，同学的同学，老乡的乡亲，哎呀多了去啦，还有部委办局跟局里交换的人员，大都是根儿上的。你动这儿那儿落落土，你会没散县长就知道了。上上下下左左右右前前后后里里外外纵横交错的关系网，稍不留神绊家伙跟玩儿似的。

都对好楼层有好感。现在是八十颗心往一处想，都想上好楼层。新局长总结前两任分房经验。这事越细越不好弄。那就往粗里弄！这天下午叫办公室通知。

"全局每家来一人参与分房,要法定行为人。明早八点在新楼前集合,过时不候。"

全局人员都像过年似的,欢欢喜喜地站在新楼前说笑。新局长夫人也在人群里站着。女干部围着她,夸她利索穿的衣服可体好看。新局长夫人乐得合不拢嘴。八点每家每户都到了。办公室主任点名。

这时新局长出现在六楼阳台上。俯瞰大家。下边主动安静了。他讲:今天马上分房,高调不唱了。意义也不讲了。方案也不用了。不弄那些片儿汤了。都是老中医你少用偏方。我在上边扔钥匙。一人只准拿一个钥匙,拿多无效。钥匙上标明了单元、楼层、房号。新局长说完,扬手横着一撒,"哗",钥匙天女散花般落下来。

人们"哇哇"地叫喊……抢啊……抓啊……

局长夫人把拾的钥匙,紧紧地攥在手里……

· 作者简介 ·

李立泰,中国作家协会会员,山东省小小说学会副会长兼秘书长,《东昌月刊》执行主编。出版中短篇小说和小小说集八部。

齐好收

□ 徐国平

谁也没想到,齐好收去了一趟省城,闷声不响地骑回来一辆锃明瓦亮的自行车。而且,还是永久牌带包链盒的。

自行车可是稀罕物,整个大队,也就老支书有辆破旧的国防自行车。除了铃铛不响,车架子全身响。

社员们都弄不清,齐好收哪来的这么大能耐?

谁都知道,齐好收是个弃儿。据说,刚剪断脐带就被生母扔进了麦秸垛里,幸好,被村里一个老光棍拾粪遇见抱回家。这人一口奶,那家一口饭,长大成人,娶妻生子。

齐好收平时脾性孤僻,寡言少语,极少与人来往。社员们也都懒得搭理他。可自他骑回那辆自行车来,队里一些小年轻都围着他,这个摸摸车把,那个摇摇车铃铛。齐好收嘴上没法说,心里却疼车子,生怕车子碰少了一块似的,赶紧骑回家。

齐好收天天把自行车当成了一宝。每天下地干活儿回来,饭碗不端,头一件事就是擦车。

一次,齐好收的老婆趁他没在家,偷偷推出自行车到屋后的场院里想学车,不料刚骗上腿就连人带车摔倒在路沟里,腿磕破了一道口子。齐好收听说后,跑回家先是心疼地检查一番自行车是否摔坏,却对老婆的伤视而不见。老婆气得问她是人值钱还是洋车子值钱,齐好收振振有词,你腿碰破换层皮就好了,洋车子磕坏了就长不上了。老婆扔下一句,你以后搂着两个轮子睡觉吧,一撅腚抱起孩子便回了娘家。

这事在全大队传扬开来,社员们便给齐好收取了"二轮"的外号。

齐好收骑车,凡遇着沟沟坎坎的地方就下来推着车子走。遇到路上的水汪和泥坑时他就扛着自行车走。一次,他赶集买猪仔,回来时下起了雨,满路的泥泞,齐好收心疼自行车就连猪仔带车子一起扛着硬是跋涉了六七里地跑回家。社员们见齐好收骑着自行车的时候没有扛自行车的时候多,就嘲笑,这玩意太娇气了,过河得骑人,遇水遇泥还得骑人,到底是你骑它啊,还是它骑你。

村里有人串亲访友,想借他的车。可齐好收都是一口回绝说,不行,借老婆我也不借洋车子。

开初,人们对他议论纷纷,后来见他一视同仁都不借了,心中才平衡,怨气也少了一些。谁也没想到,后来发生了一件让人意想不到的事。

那是秋收,社员们正在生产队场院里忙着剥玉米穗。三驴家的媳妇突然得了急病,可能是急性阑尾炎,痛得在地上打滚儿。三驴修水库去了,没在家。村子离县城有七八里路,最快的办法是用自行车带她去县医院动手术。队里有一辆拖拉机,可天没亮就到外地拉化肥去了。众人很快就想到了齐好收的自行车。心想你齐二轮平常不借,这非常时期总该大方一回了吧!可令人想不到的是,他还是满口拒绝。众人看他如此不近人情,乡里乡亲,你还有没有人味儿!可是,任众人如何数落,齐好收就是不应口,最后竟背起三驴媳妇朝公社跑去。七八里路,他竟一气跑到了公社医院急诊室。不想到将三驴媳妇一放下,她扑哧一声笑了,对齐好收不好意思地说,俺可能是岔了气,你一跑一晃,气通了,肚子不疼,好受了!

三驴媳妇边说边看齐好收,只见他面色苍白,满头汗水,脸越来越扭曲,最后一下瘫痪倒地。医生连忙抢救,可心脏已停止了跳动。

三驴媳妇边哭边骂。那些跟随的人也都很后悔,当时应该追上去几个人,替他一替。可又对齐好收十分地不理解,他为何宁愿出力背人而不用自行车呢?齐好收的尸体临时放在了医院太平间。他老婆悲悲切切地说,出了这事,一定要告诉他生母一声，才能火化。

　　人们这才知道齐好收已私下里找到了他的生母。果然，第二天，医院门口停下一辆小轿车，走出一位鬓发斑白的女干部。见她满脸悲痛，看了一眼齐好收的遗容，便老泪纵横。

　　随后，女干部道出实情。原来，她就是齐好收的生母。早年，她曾在这一代搞过土改。有一次，工作队被还乡团包围了，正巧她临盆分娩，婴儿呱呱坠地。突围时，为了不暴露目标，她只好忍痛将婴儿包裹在随身的军用书包里，放到一个麦秸垛里。解放后，她来旧地找过几次，都没有找到。后来，工作繁忙，又加上丈夫牺牲在朝鲜战场，就把寻子的事搁下了。直到去年，她在火车站等车，偶然间看到齐好收身上背的军用书包，经核实，母子这才相认，哭诉一番。齐好收怨恨无比，为啥生下他又抛弃了他，让他在乡下这么些年一直抬不起头。生母愧疚难当，非要留下他，给他安排工作。可他执意要回去，说自己娶妻生子，早已习惯了乡下的生活。生母见阻拦不住，就拿出自己私蓄，托人买了一辆自行车，送给齐好收，他说啥不要。生母就哭着说，娘知道苦了你，用啥也补偿不了，可当时形势残酷，你要理解为娘的苦衷。

　　最后，齐好收挥泪推走了那辆自行车。

　　众人恍然大悟，万没想到事情是这样的。

　　齐二轮出殡那天，他老婆雇了纸糊匠扎了一辆自行车，送到了他的坟前，一把火烧了。

・作者简介・

　　徐国平，山东省潍坊市人，现居临沂。2000年开始小小说创作，现已在《人民文学》等报刊发表小小说二百余篇。

灯殇

□ 陈永林

　　这天晚上，六根对女人说："再过几天就中秋了。你明天去买十斤月饼，三斤糖块，三十挂小鞭炮……烟我已买了。"每年的中秋晚上，许多村里人都在六根家挂一盏灯笼。鄱阳湖一带有这种风俗，一到中秋这晚，村里人便在德高望重的人门前挂盏灯笼，表达自己的敬意。这几年，六根门前挂的灯笼最多。村里人在哪家门前挂灯笼，哪家就得放鞭炮迎接。大人敬烟，小孩散糖，女人吃月饼。六根的女人有点不愿意："每年花一百多块钱换几十只灯笼，一点也不值。那些灯笼既当不得衣服穿，又顶不得饭吃。"六根沉了脸，骂："你懂个屁！这灯笼拿多少钱也买不到的。别人想自己门前多挂几个灯笼还想不到呢。这是村里人对我的信任，对我工作的肯定。"女人说："钱呢？"六根问："家里一百多块钱也没有？"女人说："儿子前几天上学，把家里的三千块钱全带走了。"六根就翻口袋，口袋翻尽了，才翻出五十多块钱。六根说："要不，你明天提一只母鸡去卖。"女人小声嘟囔："哪有你这么当村长的！别人当村长，家里要啥有啥，可你每年只得几十只灯笼。"六根再懒得搭理女人了，想，如自己当村长不廉洁，那他门前每年咋挂几十只灯笼？六根把这看得很重，每年村里人挂的灯笼，他都没扔，都堆放在一间房里。

中秋节这天，六根早早吃过了晚饭。女人买来的糖块、月饼也摆放在桌上。鞭炮拆了封。只等提灯笼的人一来，就放鞭炮。月饼样的圆月好不容易从鄱阳湖里爬起来了，一些小孩已在月光下疯闹了。六根坐在门前悠然地吸着烟，眼光却不时往路边上瞟。终于来了一个红红的灯笼，六根兴奋地站起来，喊女人："快拿鞭炮放，灯笼来了。"鞭炮噼里啪啦地响了。可是灯笼并没进他家，而是进了春生的家。六根气得骂女人："谁叫你这么早放鞭炮？"女人不敢辩，反而安慰六根："急啥？等会儿，灯笼不就都来了？"六根的气才消了一些。

又来了一只灯笼。拎灯笼的是谷子。六根喊："谷子，这么早来了？"可是谷子没听见样径直往前走。片刻春生家响起欢欢悦悦的鞭炮声。六根惊得傻傻地立在那。往年，谷子每回都给他送灯笼，今年却把灯笼送给了那个发了横财的春生。六根气得大骂："这世道变了。人都被金钱蒙住了眼。"六根的女儿劝道："爹犯得着生气吗？春生早在村里传出话，谁送他一盏灯笼，他就给谁一百块钱。"六根还是生气："春生是啥货色？他怎么配村里人送灯笼？他的钱不是靠坑蒙拐骗来的吗？"六根说的是实话，春生先是在城里办了个皮包公司，骗了一些单位的货款却不给货，只给单位的头送些钱。春生有了钱，就在村里办了个罐头厂，钱大把大把地进。可交税时却说厂子亏损。春生办了厂后，村里人都想进他的厂，村里人给春生的笑容越来越多，看春生的目光越来越谄媚了。"唉——"六根就长长地叹气。六根掏出烟，点了，狠狠地吸。烟雾整个裹住了六根满是阴云的脸。

春生家的鞭炮噼里啪啦地响个不停，春生门前已挂了二十几个红灯笼了。可六根门前还一只灯笼都没挂。六根感到极难过。自己当了十几年村长，爱村，敬业，没为自己多捞一根柴火，没做一件昧良心的事。可在村里人眼里竟不如一个损人利己赚到了钱的春生。

一只只大红灯笼从六根眼前飘走了，进了春生的家。

女人把六根拉进屋："犯得着生气吗？别气坏了身体。"女人关紧门，可噼里啪啦的鞭炮声仍是那么刺耳。女人就开了电视机，有多大声开多大的声。女儿说："爹，村里人送的灯笼已没一点价值。我们给自己家挂个灯笼吧。"六根骂："别丢人现眼。"

此时，门被拍得砰砰响。六根开了门，一个小孩举着一盏灯，灯后跟着十几个活蹦乱跳的小学生。小孩齐声说："村长，我们给您送灯来了。"六根的眼睛竟湿了。六根忙放鞭炮，又不住地给小孩散糖。一小孩说："六根叔你别生气。奶奶告诉我们，爸妈被钱迷了心窍，心都被狗吃了，他们分不清好坏，为得一百块钱给春生送灯笼。春生用钱买通大家送灯笼，这灯笼没啥好看的。今日我们送您一盏电子照路明灯。奶奶说这灯很进步，亮多了，又安全，您开山修了路，让我们上学有路走……"六根听到这里，接下灯，眼一涩，脸上竟有两条小虫子爬。

六根把三十挂小鞭炮全放了。六根又喊女人与女儿："你们把房里的旧灯笼全拿来。"几百只灯笼很快堆了一地。六根拿出打火机，点了火。片刻，灯笼全着火了。一小孩问："六根叔，你咋烧灯笼？"六根说："这些旧灯笼也没啥好看的了，没有什么用途，烧了。"片刻，几百只灯笼就化为一堆过眼的火红。

六根把那盏电子照路明灯挂在村口。一个月一个月过去了，夜来灯亮，大道直行，风吹雨淋，不失光明。

·作者简介·

陈永林，1970年代生于江西都昌，中学毕业后拉过人力车、烧过锅炉、开过出租车、当过兵，现为《微型小说选刊》主编。

智能手机

□ 申 弓

老婆说，全世界的电话，她就只记住一个，那就是我的。比如有一次，她在被小人困扰时，就拨了我的电话，五分钟后我就来到了身旁，为她解了困。再比如一次，她在出差的旅途中，匆匆忙忙给我打回了电话，说找不到联系人的电话了。不到一分钟，她便收到了我提供的电话号码。

老婆是聪明的，记住了我的电话，就等于记住了全世界的了。

那时的手机还是黑白时代，大家都在使用手机的同时，外加一个小本本，记录着朋友的或常用的电话。每次拨出都要念上一串的数字，打得多了，自然也就能记住了。记得有一次朋友聚会，我们还搞了一个活动，那就是比赛谁记的电话多。冠军的奖品是一只钦州泥兴工艺品高鼓花樽。我一口气报出了一百个，力拔头筹，在众目众目睽睽之下捧走了奖品。

后来，手机换代了。我将所有朋友的电话都输入到手机的电话本上，这样使用起来就方便多了，再也不用为中间是三个7或者四个7而苦恼，也不再为十一位或十位数字而绞尽脑汁。什么时候要打谁的电话，只需在键盘上按上一个姓氏，那电话就能准确无误地拨出去。是谁的电话打进来，一看也就一目了然，再也用不着问"请问你是哪位"了。

一天，老婆的手机欠了费，打不出去了，让我帮她充一百元的话费。我一口答应了，不就是一百元吗？一会儿便可以马到功成。不想来到收费处，却想不起她的号码来。偏偏来得急，忘了带手机，便只好又跑了回来。

老婆一见我，就责备说，怎么舍不得一百元？

我说没有的事，我跟你，谁跟谁啊。是忘了号码了。

什么？你将我的电话号码给忘了？

我说是的，到了交费处，怎么也想不起来了。

你到底怎么了？竟然连我的号码都忘了！我可一辈子都没有忘记你的啊。

是啊，你听我解释，自从用上了这智能手机……

你不用解释，算我白痴了，我全世界的电话就只记住你的，而你却将我给忘得一干二净了。

不是将你忘了，是忘了电话……号码也没丢，还存在电脑、手机里……

那不是一样？我的号码就是我，那是我的代号，你竟然给忘了，说明我在你的心中已经没有位置了，我的位置只存在你的电脑、手机里……

你跟电话是两个概念，老婆你言重了……

一点都不重，算我白痴了。

由是，老婆整天眼皮耷着，脸色阴着，一天比一天忧郁起来，还跟我打起了冷战。家里失去了原有的融和，变得像冰窖，更严重的是老婆一句话也不跟我说，吃饭不同一个桌，睡觉背对着背。

我明白，都是手机惹的祸。想当初书信热恋，白纸黑字，书法艺术，字字爱，句句情，力透纸背，心心相印……

进而我的行动也开始受到了监视，比如说我的电话响了，她就要走到最近的地方听着我的对话；我的短信来了，她也要用冷冷的眼光来扫描。每当我外出，后边总有个影子不即不离地跟着。特别是有作者来访，要是男的，她就不管，要是女的，无论是年长年幼、高矮胖瘦、黑白俊丑，她都要左右不离前后地一直陪着。

我十分明白，那是手机惹的祸。我也十分清楚，任何解释都是多余的。

不过，这种瓜田李下的生活，也真让人厌烦。

这天，我看见她在满世界找手机。当我打开洗衣机，却发现给洗坏了。原来丢魂走魄的她，竟然在洗衣时，连手机也忘了掏出来。

我想，也好，这手机用了好几年了，也该换换了，便请缨去帮她选购了一个 3G 智能的。回来教会她发短信、上网、上 QQ、上微博、照相、玩游戏等，还帮她建立了电话簿，将一批常用的电话号码都输了进去。还特别建立了一个快拨电话键，将联系最密切的电话输入，我的自然排在第一，需要给我打电话，就只拨一下快捷键就可以了。

老婆学会了这些，还乐滋滋地使用起来，对我的态度好像也慢慢改善了。不到半个月，她便用得得心应手了。我心里想，别看这个老婆，平时工作忙碌，容易丢三忘四的，可在使用智能手机上，一点也不落后，有时甚至还超越我这个师傅呢。比如没过几天，她居然会使用微信了，我至今还不会用呢。

大约过了半年，中秋节的晚上，儿子和女儿早早地将一个圆桌摆到了离月亮最近的天台上，还请来了老外婆，一家子在一起吃月饼赏月。突然想到要做一个游戏，外婆将大家的手机收起暂为保管着，然后比赛看谁能说出所有家里人和亲戚的电话号码。奖品是我手指上的金戒指。结果，我们四个拥有手机的，谁也说不出来。还是外婆厉害，等到我们都停了下来，她竟然一个不落地报出了在座所有人和不在座的所有亲戚的电话号码，外婆得到了最高奖赏，由我亲手将那金灿灿的戒指戴到了她的手指上。

老婆在沉思，又望着我，怎么了？老婆说："老公，对不起了，以前错怪你了。"

老外婆接着发表得奖感言："是的，你们是错了。有了电脑工作，可不要忘了脑力劳动；有了智能手机，可不要丢了善良心机；有了机器人的服务，可不要'久病床前无孝子'；科学发展，自强不息，世道人心，还是厚德载物，金光闪闪……"

老外婆一顿一挫的发言令我们全家激动得拥抱在一起，清风满月，光明无际，老外婆不愧是老清华的高才生，使我们高山仰止。

· 作者简介 ·

申弓，中国作协会员，广西人。1986 年毕业于广西师范学院中文系，1971 年参加工作，1981 年开始发表作品，著有十多部小说集。

去乡下

□ 秦德龙

若是真的没人种庄稼，我们以后吃什么呢？董阳一直在想这个问题，并为此而担忧。他决定去乡下搞一个调研，看看农民都在干什么，分析以后如何解决口粮问题。

穿过一片又一片茂盛的玉米地，他的脑子还在想着这个问题。这也申遗，那也申遗，要不要把种植庄稼的技术作为非物质文化遗产申报呢？

到了一处乡村，只见到几个老人和一群孩子。类似的报道他在报纸上读过，成年人都到城市挣钱去了，村里只剩下些孤寡老人和孩子。那么，是谁种下了那一片片庄稼呢？

董阳问村里的一位老人。老人告诉他，播种的时候，外出打工的人会回来，回不来的，就花钱找人播种。收割的时候也是这样，总不能让庄稼地荒着。

董阳又问，花钱找人，能找得到吗？

老人肯定地说，能找到。老人又说，总有一些人离不开土地，只要多花钱就是了。

董阳继续问，你能帮我找几个留下来的农民吗？

老人摇摇头，表示不能。老人说，他们忙着呢，哪有闲工夫陪你说话？

停了一会儿，老人说，你过年的时候来吧，能见到许多人。这些人都有个新名字——进城务工者。呵呵呵。

董阳也笑了。看起来，老人的笑容里有内容。

从乡下回来后，董阳对一些人说了自己的感受。董阳说，我就是好奇，那一片片玉米是谁播种的？

有人点着董阳说，这有什么好奇怪的？城里这么多下岗职工，可以去给农民种地呀。浇水、打药、锄草……什么都干。

这可真让董阳奇怪了，他还是头一次听说，城里的人下乡种地。

人们笑着说，你真的没听说过？你看看，现在城里的多少人包了农村的土地？骑摩托车去，打个来回快得很，不耽误回家洗澡、看电视。有条件的，还开着小汽车去呢！

以后，董阳便留心了，果然看见一些人往乡下跑，带着农具，谈笑风生。

年底，他想起来了那个老农民的话，决定再去趟乡下。

在路上，他看到集镇上人很多，一些青年人正在置办花红柳绿的年货，也有人正在杀猪宰羊，到处都是热腾腾的景象。

董阳进了村子，发现村里的人果然很多。可是先前的那位老人，却不知道去了哪里。

他进了一家农舍。几个青壮年汉子正在屋里打牌。董阳没话找话说，正在打牌呢？

一个人看看他说，不打牌，干什么？

另一个人问，你是谁，我们怎么没见过你？

几个打牌的人都乜了董阳一眼，他们没有停下来手里的牌。

董阳做了自我介绍，给自己找了个台阶。

一个人说，你真是个闲人，闲得往乡下跑。打牌的人全都笑了起来。

董阳也跟着他们笑。不过，他的笑，很勉强。

打牌的人让董阳随便坐，还指着花生、瓜子、糖果，让他随便吃，自己拿。

这时候，一个人对董阳说，你别到处瞎转了，过年都这样，我们在外面干了一年，就这几天，休闲休闲！

董阳想说，一年之计在于春，可不能光顾着休闲虚度了光阴。可是，话没说出来，话到嘴边就变成了"回家就打牌，地里的庄稼怎么办"。

几个人都笑了起来。

有个人对董阳说，一看，你就是没种过地。大冬天的，地里有庄稼吗？有，也是麦苗，下场雪就盖上了棉被子，不用管它。

另一个人说，你和他啰唆什么，快出牌。

又一个人说，农业上的事，和他说得着吗？

几个人就不再搭理董阳，把他晾在了一边。

董阳摸了摸下巴，钻出了屋子。

这时候，他看见了先前那个老人。老人的身上，套着新崭崭的唐装，正被几个大人小孩们簇拥着，也不知道，是不是老人的儿孙。

老人也看见了董阳，热情地和他打着招呼，来了啊？

董阳说了些给老人拜年的话。老人感动得直笑，伴着欷歔。老人指着身边的人说，这些人，都不是我家的，都是我花钱雇来的。我家的人，都没回来，在外头过年了。

董阳吃惊地张着嘴。

回城后，董阳将调查报告的提纲撕了个粉碎。他想，开春后，也去乡下打工。

· 作者简介 ·

秦德龙，天津市蓟县人，中国作家协会会员，多年从事小小说创作和理论研究，有二十部文学作品专著出版。

机关制造

□ 游　睿

易如初打来电话之前，他正皱着眉头。

他拿起笔，在稿子上划了一下说，公文字体不对；又划了一下说，行文方式也不对。然后他抬起头，瞟了一眼对方说，你居然留着长头发，穿着花衬衣？你以为还在过随心所欲的校园生活吗？

他的面前，站着一个惴惴不安的年轻人。此时他的话如一记勾拳猛然击中对方，年轻人立刻脸色发红，佝着身子不敢直视他。

他顿了一下说，念你初进机关，不过多责怪你，一个星期内，必须改变！

年轻人如释重负，连忙双手捧起稿子，迅速退出了他的办公室。

易如初的来电就在这时让他的手机习惯性震动起来。他犹豫一下，接了。易如初开门见山地说，你想好了吗，参不参加？

易如初是他的老同事。十年前，他在甲县文化馆搞美术创作，易如初就和他在同一个创作室。易如初擅长油画，而他擅长素描，当年两人在小县城里也算颇有名气。只是十年之后，他已经在乙县主政一方，易如初依旧在甲县文化馆搞美术创作。十年来，他和易如初一直没有联系。就在三天前，易如初突然联系到他，一阵寒暄之后才说甲县文化馆马上八十周年馆庆，想搞一次画展。

易如初说你可是咱们文化馆原来的素描大师，你的作品是万万不能少的。

他当即愣住了，整整十年，他从未提笔画过画，连他自己也快忘记了曾经是文化馆的美术创作员。易如初的提醒倒是唤起了他不少回忆。想当初他也曾留着一头飘逸的长发，过着无拘无束的自由生活。

他笑着告诉易如初说，我多年没画了，没有作品如何去参展啊？其实还有一个原因他没告诉易如初，他现在的身份，也不方便去掺和那些事，说不准就会弄出些意外来，还是小心为妙。

易如初哈哈大笑说，你当年的画稿我都存着呢，只要你答应，我署上你的名字直接参展就是了。

即便如此，他依旧顾虑很多。他不好直接推脱，就说，容我想想如何？

不料，现在易如初再次来电话，直接问起此事。他略加思考说，老易啊，谢谢你还记着我。我已经多年不创作了，之前的画稿更让我无所适从，还请海涵。

易如初显然有些失望。叹了口气说，好吧。想来你应该不会参加了。但不邀请，我又不甘心。不过说实话，你当年的画稿对我个人影响很大，你放弃创作我感到十分惋惜。忘了告诉你，我现在除了油画，也学着你画些素描。

他恭维说有机会一定欣赏，也欢迎易画家随时来做客。然后双方就草草挂了电话。

几天后，他收到一个包裹，是易如初寄过来的。他打开，里面是一幅素描。仔细一看，竟是一幅他的画像。让他想不到的是这画像无论是五官、体型，还是衣着、发型、仪态都与他本人十分接近，可谓跃然纸上，似乎就是一幅放大的黑白照片。

他与易如初十年没有见面，而且甲乙两个县相距数百公里，易如初是如何画出来的？不说别的，单说体型，这些年来他足足长了几十斤肉，早已经不是原来瘦弱单薄的身体了。

带着疑问，他拨通了易如初的电话，颇有感慨地说，没想到十年不见，你竟然也能画出我的画像来，而且画得很像。易如初说，老实说，如果你觉得画得很像你的话，我心里反倒挺不好受。他一惊，问为什么？

易如初说，你还记得十年前你离开甲县时主管我们的文化局长吗？

当然记得。他说，此人我一辈子都不会忘记，处处为难我俩，老是强调这样规矩那样规矩，天天挨他的训呢！

易如初说，现在他早已退休了。仔细想想，他只是履职而不是苛刻。易如初又说，当初，我无比佩服你，许多次想学你，但我又没勇气。我只是好奇，如果换成现在，你还会像当初一样吗？

他不得不去回忆，十年前的那个夏天，当局长又一次喋喋不休地批评他时，他猛然推翻局长的桌子，然后把一幅局长的素描扔在他的脸上说，看看你自己的嘴脸吧！然后毅然辞职到了乙县。他自己也没想到，到达乙县后，因为种种原因，他放弃了美术创作，最终考上了公务员，然后一路走到今天。想起这番往事，他感慨万千。他深呼吸了一下后对易如初说，现在想起来，当初的行为十分莽撞和可笑，换成现在我怎么也做不到。

易如初呵呵一笑，沉默片刻说，对了，我忘了给你的画像取名，现在加上如何？

还取名？怎么取？他问。

就叫《机关制造》吧。易如初说。

他猛然皱起眉头，什么意思？

易如初停顿良久，终于深深地叹了口气，我真的很难受，我希望你能明白我的难受。其实这幅画就是当初你扔给局长的素描，我只不过简单地尝试着把局长的脸换成你的脸而已。

· 作者简介 ·

　　游睿，男，1984年生，重庆市作家协会会员，出版有小小集多部，曾获第六届《小说选刊》奖、巴蜀青年文学奖等奖项。

广厦

□ 袁省梅

秀找到大高的工地宿舍时,天已快黑了。大高刚从工地上回来,见到秀,先是惊喜,然后,就责怪秀不提前说一声,也没个准备。嘴里一个劲地怪着,眼里的笑呢,却藏不住,采蜜的蝴蝶般,在秀的脸上绕。小别胜新婚,何况,他们还是新婚。结婚一个月,秀就去了县城的商场打工,大高呢,也跟着工程队走了。算算,他们已经分别八个月零六天了。怎么会不高兴呢?

秀抿着嘴笑,乜他一眼,没说话,从包里给工友们掏红枣、掏炒豆子和花生,叫大家吃,说都是自家地里的,豆子也是自己炒的。

说笑了一阵,队长说不早了,叫大高领着秀去城里住去。大家也都叫大高让秀住宾馆,五星级,最高级的,说媳妇好不容易来一趟。

大高看秀一眼,嘿嘿笑,说那是肯定了。

大高和秀从工地出来,走了好长一截了,宿舍那团灯光渐渐地远了,工友们的说笑声也渐渐地听不分明了。大高不走了,他前后看看没人,一下搂住秀。

他们走过一条街,又走过一条街,渐渐地,走进了城区。

他们的手紧紧地牵着,没有松开一下,好像是手一松开,对方就跑了。

秀说,真去住宾馆?

大高说，当然。

秀说，那找个便宜的。

大高不依，说，要住就住最好的，不能让你受屈。

秀说，跟你在一起，住哪儿都是最好的，住哪儿我都高兴。

大高的心潮一下就荡漾开来，春风拂面，又柔软，又温暖，太美好了。他轻轻地把秀的一双手都抓握在自己的手心里，是想说什么又不知说什么好，只一下一下地摩挲着秀的手。

大高没想到看得上的宾馆，一晚上就要好几百，终于选定了一家，要登记时，却发现没有带身份证。身份证前几天叫队长拿去办银行卡了。大高叫秀拿她的身份证登记，秀在包里找了半天，竟也忘带了。他们只好又走到了大街上。

正是吃晚饭的时间，附近小区的高楼低楼都亮起了灯。灯光璀璨，富丽堂皇。一盏灯就是一个家。大高看着楼房上亮的窗户，繁星般看得眼花，告诉秀说这个小区也是他们建的。走到一个小区边，又说，这个小区也是他们建的。转眼想自己建了那么多的楼房，竟然没有一间房子让秀住，就有些落寞，也伤感，把秀的手捏了又捏。秀呵呵笑，说没啥的，有啥呢？不住省钱，咱也正好看看城里的夜景。大高问秀在大街上走一晚上？秀说，走一晚上就走一晚上。大高突然想起了他们工地的楼房，那里，有好几十栋的高楼，楼体已建成，只差外包装和内粉刷了。

大高说，要不，咱回工地？

秀说，好。

他们，又回到了工地。

宿舍已没了灯光，唯有门房前的灯静静地亮着。月亮挂在半空，是个满月，硕大，明亮，把工地照得亮亮的。大高牵着秀的手，叫秀轻点，不要吵醒了门房老刘的狗。秀听说有狗，心里一紧，就把大高的手抓得更紧了。通过门房时，那条黄狗倏地从暗处跳了出来，对着他们"汪"地咬叫了一声。大高忙说，老黄是我，不要乱咬好好睡你的。叫老黄的狗看了一眼大高，"咻咻"地低声哼了哼，又钻到黑里去了。

大高带着秀走进一栋高楼，说是那几天下雨，宿舍里漏雨，他们好多人就扯了凉席，睡到这楼里。大高说，这栋楼的上水下水都齐了，电线也到位了，接个灯泡，屋里就亮了。他们在里面玩牌洗衣服，老赵还把他买的电视机抱来，把天线扯来，看电视。秀说，你的生活倒好，有滋有味。大高说，没你，哪好？秀乐了，悄悄地掐他一把。大高问秀想住几楼。大高说，你想住几楼就住几楼，今晚，这栋楼都是你的。大高说这话时，好像他是这栋楼的主人，也豪迈，也气派。秀看一眼晦暗里的大高，笑得咯咯的，说，当然要住最高楼。大高说，好咧。说着，就背起了秀。六层楼，大高一直把秀背了上去。

这是一个大房子。房里并不昏暗，皎洁的月光透过洞开的窗户，给地上照下一块一块水样的亮。地上的沙子水泥灰点砖头，都看得清楚。大高领着秀看了客厅，看了卧室厨房卫生间。有个房间里，竟然铺着一领草席子。大高说，肯定是谁睡了没带走。秀说，是给咱准备的。大高说，就是。秀咯咯笑着，拉着大高挨个房间看，刚说睡在最小的房间，转眼，又说还是大房间好。大高说，要住就住最好的。秀乐了，大高也乐了。他们捡了个水泥袋子，清扫了地面，又在楼下的房间找来几个水泥袋子，铺在草席子下。大高拍拍草席子，说，这就是咱的五星级。秀说，这就是咱的席梦思。大高说，跟宾馆差个啥？秀说，就是呢，还不用掏钱。大高说着是，眼睛却湿了。

早上，大高和秀从楼里出来时，正好碰上上工的人们。人们纳闷，你们怎么从这里出来？大高嘿嘿笑，赶了个早，带媳妇参观参观咱盖的楼。

· 作者简介 ·

袁省梅，女，1970年生于山西河津，2009年开始发表小小说。已发表二百余篇作品，散见《百花园》《山西文学》等几十种报刊。

寻找张五斗

□ 蔡中锋

总编安排我去采访张五斗："他住在城南的乐园小区。"我问："他具体住哪号楼哪单元哪个房间呢？"总编说："这个我也不清楚。可是他这么一个大名鼎鼎的人，你到他居住的小区还不好问吗？"我想想也是，于是就马上赶到了张五斗居住的乐园小区。

在小区门口，我看到了一位老人："大爷，你知道张五斗在几号楼住吗？"老人说："张五斗？我从来没有听说过。"我说："他是一位大作家，已经发表了一千多篇小说，出版了三十多本书。"老人听了更加迷茫："咱小区还有这么个大人物？我怎么从来没有听说过呢？"

往小区里面走了一段，我又遇到了一位中年妇女："大嫂，你知道张五斗在哪号楼住吗？"中年妇女摇了摇头说："不知道，从来没有听说过他。"我说："他是一个非常有爱心的人，前一段还为一个灾区捐了五十多万呢。"大嫂非常吃惊："咱小区还住着这么一个大好人啊？我怎么从来没有听说过呢？"

我再往里走了一段，遇到了一个小青年："小兄弟，你知道张五斗在几号楼住吗？"小青年说："我从来没有听说过这个人。"我说："他是一个很有能力的人，曾经帮助过一百多个家庭脱贫致富呢！"小青年说："他能力这么强啊？我怎么从来没有听说过呢?"

　　看来想找到张五斗是不可能了!我正准备返回报社,却看到了一群人正在小区的广场上打麻将:"请问一下,有谁知道张五斗在几号楼住吗?"大家齐声说:"不知道。"我说:"就是十年前县里开春节联欢会,他在台上唱歌时突然放了一个响屁的那个人。"大家听了,齐声说:"你怎么不早说!他就住在18号楼3单元602室。"

・作者简介・

　　蔡中锋,中国作家协会会员。先后在《人民文学》《小说选刊》《人民日报》等数百家中外报刊发表微篇小说两千余篇。

孤儿

□ 刘斌立

秦浩又查看了一下打包的行李，确定无误了才去厨房。

他妻子四点就起来煮了红薯粥，他看了看那半锅粥，舀了一碗，又倒进锅里一小半。妻子并没有注意到，但仍旧习惯性地提醒他"早饭要吃饱"。

秦浩进屋子只看了一眼孩子，没敢亲她。小家伙睡得浅，弄醒了，知道爸爸要走，必然哭天喊地。一个大背包上了肩，手里还有一个大尼龙面子灰突突的行李包，秦浩看着妻子，没有再说话，只是下巴抬了抬。妻子知道其中的含义："我走了，家里靠你了！"

这只是秦浩每年里都要经历的分离，可能大家都已习惯了。走下楼，秦浩就看见路灯底下已经有两个同伴在那儿抽烟等他了。他们手里都有一个大大的尼龙面子的行李包，在路灯下，包上"锡山矿务局"的印字特别显眼。

那几个字也印入了秦浩的眼睛，他手里也有一个。"锡山矿务局"那几个字在他心里狠狠地戳了一下。

曾经锡山矿务局是这个城市最好的单位，不管是工资、福利，甚至是秦浩背后的那片家属楼，都曾经是这个城市最让人羡慕的。或者换句话说，这个城市就是因为有了锡山矿务局，才建设起来。他们手里这个大行李包，就是某年单位组织外出考察学习时，给每个员工发的福利品。而如今，秦浩还得用这个包装起自己的衣衫琐碎。颇为讽刺的是，现在他们都是离开矿务局家属区，出去打工的。

三个人相互看了看，点了点头，一起朝矿区大门而去。黑黢黢的矿区内，空无一人。路灯已没几盏好的。三个人抽着烟，倒是烟头一亮一亮的，显出了几分活力。大门口的铁门虚关着，他们发现那儿还站着一个人。

"广路，你怎么又来了？"秦浩先发问的。

卫广路把烟头掐了，狠狠用脚踩着，边碾脚边说："我把娃娃交给我妹妹了，这儿不可能找得到工作，我必须出去打工。"

"你走了，你娃儿不是成孤儿了，要不得哦。"另一个声音说。

秦浩赶紧用手止住那人，但是昏暗的灯光中，已看见广路眼神瞬间黯然了。

"算了算了，走，挣到钱再打算。"他一只胳膊拉起广路。

秦浩看了一眼大伙儿，边走边说："也好，又是我们四个一起，互相有个照顾。"

卫广路和秦浩他们一起在外面打工两年了，可是在家的妻子一直到肝部疼痛到无法忍受才去医院，确诊是肝癌晚期。广路赶回家不到三天，妻子就去世了。这个矿区里，很多职工都死于这个疾病。大家其实都知道，有些工种因为当年缺少劳动保护，职工身体受到了很大的侵害。本来有一年大家还准备上访争取一些基本权利，但是就在那年，矿区停产了，接着被宣布为资源枯竭。

秦浩他们坐上了早班长途车，他们接下来的两天都会在路上。长途车要走四个小时，把他们带到省城，再换火车北上十七个小时，到达北方的一个省会城市。

秦浩是第一批走出去的锡山矿务局的工人，他当年是负责矿区锅炉班的班长。锅炉班负责整个矿区的热水供应，三班倒二十四小时从不停歇。当年矿场停业，秦浩整整一年都无法在这个城市找到工作，因为矿场倒了，几万员工和十几万的家属顿时都没有了生计。而这个大山里的小城市，哪里能承载得了这个负担呢？

秦浩北上之路，经历了三个城市，最终找到了现在的工作，为一个小区的供暖站负责整个冬季烧锅炉。他站稳脚跟后，陆续把自己锅炉班的一帮弟兄都介绍了过来。工作从每年的深秋囤煤开始干起，到次年春天的三月停止。每个冬天，秦浩都能挣到一份相当辛苦但至少能让家人温饱一年的收入。而家乡那个城市对他来说，就是永远十分想念，但却没有希望的地方。

长途车上，司机开了收音机，中央人民广播电台的早间新闻已经开始播音了。

第一个让秦浩他们打开话匣子的话题是，播音员说为了响应中央关于节能的号召，今年北方城市普遍延后了开始供暖的时间，同时供暖的温度会下降。节能意味着烧炉工工作量减小，虽然只是延后三天，但是秦浩他们似乎已经感觉到今年能拿到手的收入一定会减少了。

大家开始七嘴八舌，但意思都是一样的，就是明年春天烧炉的工作一结束，必须得留在当地再找找工作，争取多挣点钱再回家。

秦浩没有参与讨论，因为他又听到另外一则新闻。播音员正念着一串城市的名字，那是国家公布的第二批"资源枯竭性城市"名单。秦浩听到了熟悉的那个名字。

长途汽车已经盘山走了一段，秦浩回过身去，从车窗回望着已经在大山深处的城市。清晨，那些星罗棋布的灯火，只是那个城市里还没有断息的活力。只是离世界越远，就越像一个孤儿，即将被永远地遗忘在大山里了。

·作者简介·

刘斌立，1978年出生于重庆，现居北京。发表《多伦多的外科医生》《老人与马》《相亲》《夜袭》等诸多优秀微型小说作品。

报恩

□ 仲达明

回到家里，老李只是叹气。

媳妇翠玉问，老头子，有什么想不开的？老李说，年轻的一个个提拔走了，我这人武部长干了十多年了，实在也够了。

翠玉说，说得也是，就不能上一步？不做个正书记做个副的也行呵。

老李说，说得好听，上一步比登天还要难啊。

接着屋里一阵寂静，老李点上一支烟，兀自吸着，解闷。

门外，一群鸡"咯咯嗒"地在土里找食吃。

翠玉说，哎，对呀，你不是有两个老战友在省城嘛，兴许能帮上忙。

老李说，每年也就是发发信息，问候一下，毕竟十来年没见着了。

翠玉说，管他呢，试试，行就行，不行就不行，咱也没什么亏吃。

老李想想也是，当年在部队，他们仨处得最好，几乎形影不离。退伍后，他们俩回了城，听说官做得还可以。他回到农村，转业到乡里做了人武部长。按说每年收入也还可以，尤其是每年一次的征兵，这家请那家带，他还真是吃不过来。可在一个岗位上待久了，再多的激情也磨光了。

想到这里，老李起身，走到屋里打开橱柜，里面两瓶茅台正散发着淡淡的酒香。这两瓶酒是去年征兵时刘河村刘二贵送的，听说他家孩子今年在部队一个月能拿一千多。

老李弯身摸了摸两瓶茅台酒，心里有了主意。

第二天他跟书记请了假，说是省里有个招商会，他过去看看。

实际上，老李不是去招商的。老李提上两瓶酒，是到省城找两个老战友给他想办法的。

下了客车，老李找了个僻静的地方，先拨通了老孙的电话。

电话里传来动听的音乐声，但老李哪有心思听音乐，一颗心提到了嗓门口。

音乐停了，没人接听。他再打一遍，却是"你拨打的电话已关机"。

没办法，他只好再拨老钱的。这一次干脆，电话里传来的是"您拨打的电话已启动短信呼叫服务……"

老李笑了，心想这样也好，心倒静了，干脆等等，说不定两个人都在开会。

他坐上一辆出租车，司机问他去哪。

老李说，开吧，我转转看看。

于是，老李就坐在出租车上，转了半小时，看够了，决定下来走走，透透气。

老李提着酒，走在人行道上欣赏着省城的风景，心里很是畅快。心想：什么官不官的，要是能让他到省城做个普通百姓他也愿意。

走累了，老李看看手机，快十一点了，便继续拨打两个战友的电话。老孙还是关机，老钱还是"启动短信呼叫"。

老李看着两瓶茅台酒，心里极不是滋味，想到自己在乡里干得也不错，收入也还行，何苦到省城趴在别人下巴下面受这份洋罪。当年的自己，也是一个汉子，哪里向别人低过头。

老李没有耐心等下去，站起身来，准备找个地方吃点饭，开瓶酒尝尝，肖城除了两个战友再也没有别的熟人了。

他看看两瓶酒，心里说道，要是在当年，自己一个人也能喝光了。

这时候，一家三口向他走过来，每人手里拿着一个白色的小瓷碗，让老李行行好。

老李看着衣衫褴褛的一家人，此时正无聊，便说：行好就行好，走，我请你们下馆子，喝茅台。

正是吃饭时间，一家三口好几天没吃餐饱饭，也不客气，难得有人请吃饭，还有茅台酒。

饭店在一个大学的边上。四个人围着一张桌子，两个大男人一人一瓶茅台酒，女人和小孩子吃得不亦乐乎。边上吃饭的学生老师人等，都看着这穿着和茅台极不相称的一桌。

半瓶酒下肚，微醉的老李话便多起来，说着说着就把自己到省城的不快全倒了出来。男乞丐也激动地跟着倾倒心中苦水：因公司倒闭几年，待业无由生计，只好一边行乞，一边寻业，以渡难关，"我也是当过兵的……"，朦胧中老李听到此话，激动得酒醒了，最后，从钱包里掏出一张名片，倾囊中所有送给这行乞战友一家，还说有机会到他那里去，还承诺说，别的不敢说，吃住不成问题。

这一幕，被桌旁一个晚报记者拍录了一个正着。

老李走后，记者又对这一家人进行了采访，决定报道一下这个远道而来的好心人。

老李到家，翠玉急忙问道，事办成了？老李不想让翠玉难过，便说，办成了。

第二天，老李接到了老孙的电话。老孙在电话里骂道，你这个龟孙子，提着茅台不给我们兄弟喝，却送给乞丐喝。

老李没头没脑，不知如何回答，只说，打你电话也不接，我这路费还要乞请你报呢。

晚上，又接到老钱的电话，说是他请乞丐的事上了省城的报纸，报纸上还印着他的名片。

说完这一切，老钱也骂他不够意思，到省城也不找他。

原来是这样。老李终于明白了怎么回事：到趟省城，战友不理，竟和乞丐连在一起了……自己不也像个行乞战友？

回家告诉翠玉，说战友打电话来了。翠玉听了很高兴，说，战友都打电话来了，估计没问题了吧。老李没有告诉她实情，笑笑，说，差不多吧。

没多久，县里找老李谈话，问他有没有当书记的意愿。老李不明所以。县领导解释说，你在省城招待乞丐的新闻，连省里的领导都关注了，让我找你谈谈。

这完全出乎老李的意料之外。老李实话实说，书记就算了吧，当个副的就不错了。县领导从来没有遇到这么谦虚的人，只说让他回去，组织上会考虑的。

　　老李回去没多久，就被提拔为一个乡的党委书记。

　　大家都觉得奇怪，只有翠玉不奇怪。翠玉说，省里你还应该再去一趟，好好感谢人家一下。老李说，是的，是该好好感谢。

　　第二天，老李坐着车，在省城各个大街小巷，寻找那天同吃饭的行乞的那一家恩人。

· 作者简介 ·

　　仲达明，江苏省宿迁市沭阳人，青年作家，微型小说作品曾被《读者》《青年文摘》等刊物转载，近来创作了大量有影响力的作品。

再见座山雕

□ 刘 泷

老头儿其实不愿意来山里，架不住老婆儿絮叨，就闹着情绪来了。

山里是条沟，叫北窑。北窑是满目的林子。黄太平，黄金梨，紫海棠，还有落叶松，杨树，柳树，榆树。灌木，乔木，果树，杂木。葳蕤，绚烂，葱翠，风光。

林子是一家企业在铜台沟买下的。秋冬时节，企业的人下山回城，每月给老两口五百元，要他们在这里巡山、守护。五百元当然不扎手。但老头儿当初死活不肯来。他怕蛇。山里蛇多。他私下跟老婆儿说，如果当年小日本把我抓去，甭灌辣椒水，甭使美人计，一条蛇放出来，我就得当了汉奸。

老婆儿奚落他，看你那点儿出息！

孩子在外地打工，尽管怕蛇，老头儿还是让五百元动摇了意志。

既来之，则安之。老头儿让老婆儿守院子，自己天天去山上林下巡视。北窑为葫芦形状，山高，肚子大，林子好似绣花针精致的绣品，缀在山坡和河道边，熙熙攘攘的，有些世外桃源的况味。大自然就是一剂良药，让他忘记了恐惧。

他是个闲不住的人，像上足了发条的时钟，每天都要把北窑走个遍。

那天日落时分，他发现一只大鸟颓唐地倒卧在阳光的边缘，瑟瑟抖动。是什么呢？天鹅？比天鹅大。鸵鸟？难道山那边植物园的鸵鸟跑了出来？那大鸟的一边翅膀耷拉着倾斜扫地，与簸箕相似。喙如钩，如刀。奄奄一息，但目光如炬。他战栗。但见大鸟的眸子濡湿，有无奈和无助在里面，就走上前去。

大鸟兀立着，凝固一般。

他知道它病了，病得不轻，抱起它就跑。大鸟很重，有六七十斤。他忘了它的重量。

老头儿把大鸟抱回院子，太阳快落山了。

老婆儿问，这是什么，山鸥吼吗？

金雕吧？我也不知道。他话音未落，匆匆跑了。

铜台沟人把山头上蹲伏的大鸟一概称山鸥吼。老婆儿见这鸟儿长得奇怪，头顶是秃的，几根绒毛掩盖着老年斑样的皮肤，脖子根部长一圈褐蓝色长长的羽毛，很像人吃饭围的餐巾。它有气无力，但羽毛鲜亮、华丽。到底是个什么鸟儿呢？老婆儿还在纳闷，老头儿领着乡里兽医走了进来。为救大鸟，老头儿下了血本儿，花五十元从村里打车去乡里接的兽医。

兽医不说话。扒开大鸟嘴巴和眼睛，看。又检查其被长羽覆盖的肛门。就一挥手，说，食物中毒。不定哪个丧良心的猎人干的呢！兽医边说边给大鸟输液，边吆喝老两口帮忙给大鸟洗胃。此时，兽医指挥若定，俨然将军。

终于，大鸟长出一口气，咕噜叫了几声。兽医也长出一口气，说，活过来了。

兽医说，这是秃鹫，也叫狗头鹫，就是传说中的座山雕，国家二级保护动物，不得了呢！

老头儿挺逗，像相声的捧哏，说，座山雕呀，那是威虎山上下来的呀！

此座山雕非彼座山雕。它知道感恩，痊愈后，依恋着老两口住的院子，依恋着老头儿。老头儿叫它起就起，叫它落就落。即使在奋翮翱翔的高空，老头儿两声口哨，也会箭一样扎下来。而且，在暗中护佑着老头儿。

深秋，老头儿去山里捡山梨，猫下腰没等伸手呢，傻了：一条胳膊粗细的草蛇正在前面不远处的草丛里一动不动地凝视着他！他紧紧闭上了眼睛，有些短路的感觉。是座山雕，斜刺里飞过来，一叼，又飞过去，吧唧，把蛇扔在了山下的河床。

夜晚，老头儿听山林有动静，蹑手蹑脚走去，见有个黑影盗伐杨树，就拎把镰刀喊叫着奔向黑影。那黑影居然贼胆包天，抡着砍刀径直奔他而来。蓦地，座山雕穿空而至，伸展开一米多长的翅膀，一扇，那黑影扑腾就趴那了。黑影站起身，还在四处找刀，老头儿喊，还不快跑，要不，座山雕叨死你！

一时，座山雕成了铜台沟的传奇。

正月，山外有个人找到了老头儿，说要买座山雕做标本。

做标本？老头儿惊诧。

就是要把它放在展览馆里给大家看。

不卖！这不是糟践人嘛！

给你一千！

不卖！

两千……三千……五千！

啊——

不久，老头儿在城里一个商店，发现了座山雕。座山雕盘踞在橱窗中，直勾勾地望着他。老头儿不禁打个口哨，可那老鸟依然死死地望着他。老头儿扭头走去，眼泪，潸潸流出。

· 作者简介 ·

刘泷，蒙古族，内蒙古作协会员，曾在《人民日报》等报纸杂志发表文学作品一百多万字，作品曾被《小说选刊》转载。

临时协议

□ 赵晏彪

　　如饥似渴的朱海军和米兰花，在男欢女爱之后，渐渐地平静下来。米兰花知道，一旦有了第一次便会有第二次，甚至……她低着头，小声对朱海军说："咱俩既然已经这个了，就签一个临时协议吧。"

　　米兰花和朱海军年龄差不多，都是三十一二岁，来自同一个县，芜湖市正东县。他们两家的村子只隔着一条小河，三年前朱海军告别了妻子和六岁的儿子，到北京打工。米兰花也是三年前来到北京打工的，丈夫因为车祸腿断了，在家只能干点力所能及的活，米兰花要养活一大家子人，所以只身一人出来打工，家里有一个五岁多的女儿。两人同在一个建筑工地上做工，朱海军是小工，米兰花是清洁工，因为是老乡所以很快就熟悉了。现在的农民工大多是两地分居，一年才可以回家乡一次，他们又都年轻力壮，就像一堆堆的干柴，沾火星就会燃起熊熊大火。这个工地有一百多名农民工，已经有几十对组成了"临时夫妻"。朱海军和米兰花开始还讨厌那些乱住在一起的人，这些人中有很多还因此给家庭造成了破坏，有的离婚了，有的因为打架残废了，有的还出了人命。所以他们两个人一直都坚守不渝，见"腥味"不沾，也有找过他们想"搭伙"的，但他们都坚持住了。第三个年头了，这天米兰花有些感冒，朱海军本来应该上班的，却鬼使神差地不小心把手搞破了，就这样两人遇到了一起，陷入了欲海。

朱海军问米兰花："签什么临时协议？"

米兰花红着脸说道："咱俩只是临时夫妻，也只是在北京期间，一旦回家了就自动解除协议。"说到这儿，米兰花抬起眼来看了看朱海军接着说："你花你的钱，我花我的钱，咱们不拌合，如果你愿意，就一起租个地下间过日子吧。"

朱海军没有说一句话，一直认真地听着，他说："就听你的，不用签什么协议，一切都听你的。"

"还是明明白白的好，好合将来也好散。我不想到时候闹得离婚，没脸再回家，临时就是临时的，签到年底，明年如果咱们合得来就再签，合不来就自动分手。"

朱海军认同了，米兰花起草了一份临时搭伙协议书，房租、饭费，一切开销都由两个人承担，双方本着自觉自愿，不许管对方，不允许介入对方的家事，不允许闹离婚。

协议书写好了，米兰花首先在上面签了字，然后朱海军也签了字。

一轮新的太阳升起了，这对临时夫妻强烈地感受到了温暖和幸福，他们在北京终于有了"家"，有了付出的对象。

突然，米兰花感到一阵恶心，她强烈地意识到，这或许是一条不归路，抑或是一条绝望之路……

·作者简介·

赵晏彪，《民族文学》杂志社副主编。小小说《孝顺》、散文《父亲的毒酒》等被各省市选入高初中语文课本，并被译成多种版本。

东洋生灵

□ 申 平

杨老大进城去捡"洋落儿",没想到却捡到一个人和一条狗。

这是1945年的一个秋日,苏联红军犹如钢铁巨流,自东北方向席卷而来。被小日本统治了十三年的县城,顷刻间天翻地覆。日伪人员死的死,逃的逃,城内和周边村庄的百姓冲进日本人的住处和他们开设的商铺,见啥抢啥。但是等杨老大闻讯赶来时,却毛也没剩一根了。

杨老大垂头丧气地往回走,忽听身后有响动。扭头一看,却是一条瘸腿白狗跟着他。那白狗的嘴里,还叼着一个军用水壶。杨老大眼前一亮,嘿,这是谁家的狗这么仁义,知道我没抢着东西,特意给我送来了。他看那条狗的长相并不凶恶,便上前去拿水壶。但是那条狗却掉头就走,而且走走停停,一直把他引到路边的一条沟里来。当它最后停下的时候,杨老大看见那里躺着一个人。再仔细一看,不由吓了一大跳,那竟然是个穿军服的日本兵!他浑身是血躺在那里,眼睛紧紧闭着,只是肚子似乎还在起伏。

好家伙,这狗肯定也是个日本狗!它这是拿水壶当引子,要我来救它的主人哩!但是杨老大的第一反应,却是弯腰捡起一块石头。狗日的小日本,你们欺压我们这么多年,烧杀抢掠,无恶不作,还指望我来救你!老子砸死你个狗日的！可是杨老大往前一凑，那狗却呜呜地吼起来，露出尖利的牙齿。哎哟，还挺忠心的嘛。那好，那你们就在这里自己等死吧，老子走了。

没想到刚迈出几步，那狗却追过来，用嘴咬住了杨老大的裤脚，喉咙里发出了哀嚎之声，好像在乞求他。随后那狗又跑过去，用舌头舔去日本兵脸上的血迹，这下杨老大看清了，这日本兵还是个孩子，最多也就十七八岁。他马上就扔了石头，心说一个孩子能有啥罪恶呢？罢罢罢，救人一命胜造七级浮屠，谁让这狗这么通人性，把我引过来了呢！他把日本兵背起来，带着那条狗回了家。

杨老大家住山脚下，很偏。家里只有他和老伴。他把日本兵放下，跟老伴说了事情经过。老伴听了，就格外多看了那狗几眼，说这狗这么精啊，也许咱们活该救他。然后就忙着烧水熬汤去了。

杨老大脱去日本兵的衣服，看清他伤在腿上。正好家里有红伤药，杨老大就给他上药包扎。其间，日本兵疼醒了，尖叫起来，接着又昏迷过去。杨老大包完他，又把白狗受伤的腿也包了一下。白狗摇着尾巴，眼睛红红的，好像很感动的样子。

接着就喂汤喂饭，也喂了白狗。这一兵一狗，就这样在杨老大家待了下来。

日本兵是第三天才清醒过来的。看见中国人，他很害怕，后来看见白狗在，他才慢慢平静下来。他竟然通一些汉语，说他叫相山，十八岁，是专门喂养那条狗的。那条狗是条军犬，它的命比他还要值钱。

家里一下多了一人一狗，粮食很快就不够吃了。老两口就吃糠咽菜，把省下的粮食给相山吃。白狗腿好了，竟然知道上山去打猎，把野鸡野兔什么的叼回来。老两口把野味炖了，仍然舍不得吃，肉给相山吃，骨头给白狗吃。

有一天，相山终于知道了真相，他感动得泪流满面，趴在炕上给老两口磕头，说你们就是我的中国爸爸和妈妈！这下杨老大高兴了，他说："我一辈子没儿没女，你就留下来当我的儿子吧。还有白狗，也算是咱家一口人了。"

这期间，也有人来查过相山的身份，都被杨老大巧妙地应付过去了。

转眼冬去春来，相山的身体完全康复了。他身体好了，事情也来了。相山开始嫌老两口生活不文明、不卫生，经常谈论大和民族如何优秀，嘲笑中国人如何愚蠢。对这些话，杨老大有的听不懂，有的装糊涂。可是这天，相山突然提出要带白狗回国去。老两口一时目瞪口呆。

怎么劝都没有用，相山坚持要走。万般无奈的老两口，只好把一些话说给白狗听。白狗听得非常认真，好像听懂了一样。

这天半夜，杨老大被一阵狗叫声惊醒，起来一看，相山身背包袱，正准备出门。白狗拦在院门口，不让他走。杨老大一时觉得心都被掏空了，急忙扑过去喊："孩子，你不能走啊！"说着上前死死抓住了他。谁也没有想到，相山竟然把杨老大死命一推。老汉猝不及防，仰面重摔，后脑勺恰恰碰在锋利的镐尖上，立刻血流如注。可怜他蹬了几下腿，就不动了。更不可思议的事情随即发生了，只见那条白狗突然怒吼着跳起来，张开大嘴直取相山的喉咙……

后来，这条日本军犬就与杨老太太相依为命，一直走完生命的全程。

·作者简介·

申平，中国作协会员，国家一级作家，发表各类作品四百多万字，曾获小小说金麻雀奖、冰心儿童图书奖、全国优秀小小说双刊奖等。

少年当家

□ 王义宝

清朝有一位叫陈廷敬的大官，是一代重臣，曾做过康熙的老师。陈廷敬老家在山西皇城村，陈氏庄园深受朝廷庇佑，一连几代，都是紫气缭绕，人丁兴旺。

转眼到了乾隆这一朝。这年八月十六日，乾隆从江南回京，在路上，忽然想起已故的陈廷敬，寻思道："这陈廷敬是一代名相，但是陈氏庄园到底是什么模样，还未曾见过。"于是，他吩咐随从，转道去山西皇城村。

到了陈氏庄园，乾隆怎么也想不到，带头出来迎接他的竟是一个不满二十的少年，那少年跪伏在地，朗声说道："陈氏庄园庄主陈春秋恭候皇帝大驾，吾皇万岁万岁万万岁！"声音中稚气未脱。

乾隆又好奇又纳闷，一下子没回过神来，便问："你再说一遍，叫什么名字？你今年多大了？你真是陈氏庄园的庄主？"

那少年恭恭敬敬地回禀说："臣姓陈名春秋，今年十七岁，过了腊月二十就满十八了，担任庄主一职已经四年。"

乾隆觉得很有意思，想考考这个少年，便问："陈氏庄园现有多少口人？"

那少年胸有成竹地回答："庄园现有男丁一千四百八十八名，女眷一千一百零九名，合计两千五百九十七人。"

陈春秋一边答话，一边陪着乾隆一行来到庄园内。乾隆只觉得陈氏庄园接驾礼节庄重气派，食宿安排细密周到，不由得暗暗称奇。乾隆猜测：这是不是有人在暗中辅助他呢？为了进一步考察陈春秋的治家才能，乾隆决定临时出个难题，看看陈春秋的应变能力。

乾隆吩咐随从取出两个鸭梨和两个柿子，端到陈春秋跟前，说："这是江南呈上的贡品，今天赐陈氏庄园御梨、御柿各两枚，希望你不要辜负皇恩，要让陈氏庄园两千五百九十七口男女老幼都能领受朝廷的恩泽。"

陈春秋看看盘里的鸭梨和柿子，想了想，拿起两个鸭梨，交给庄丁，说："速速找两个大缸抬到庄园门前，把鸭梨捣成梨汁倒进缸里，再把大缸打满水。"下人按照陈春秋的吩咐，有条不紊地办事去了。

陈春秋又吩咐值班庄丁通知每家每户，让他们到庄园门前品尝皇帝赏赐的御梨。不一会儿，庄园门口就排起了两行长长的队伍，男左女右，秩序井然，每人都走到大缸前领取一盅梨水。最后统计结果，来领取梨水的共计两千五百八十九人，没有前来的八人都是卧病在床的老弱病残。陈春秋把缸里剩下的梨水分成八盅，分派人手送到他们家里去。乾隆见陈春秋办事忙而不乱，不偏不倚，不由得连连点头。但他看到盘里还有两个柿子，便不解地问："这两个柿子你怎么处置？"

陈春秋不慌不忙地拿过柿子，凝视片刻，说："谢皇恩浩荡！"说完，自己一口一口把柿子慢慢吃进肚里。

乾隆见了，脸上露出不悦之色，问道："你为什么把鸭梨分给庄园里所有人，这两个柿子却自己独享呢？"

陈春秋不卑不亢地说："这两个鸭梨是熟透的，我要让陈氏庄园的每一个人都分享到圣上的恩泽。至于这两个柿子，它们是从本地柿子树上刚采摘下来的，还没有经过烘烤，苦涩难当，我不能让庄园里的人尝了苦涩的柿子后对朝廷有一丝丝抱怨。苦涩的滋味只有自己承受，这叫吃不得涩柿子，当不了庄园主！"

乾隆听后，击掌叫好："小小年纪，天资聪颖，又知道担当，可喜可敬，不愧是陈廷敬的后人！"

回京后，一晃年关已过。这天夜里，乾隆忽然想起陈春秋，他感慨万千地对皇后说："山西陈氏庄园庄主陈春秋真是一个少年老成的人才，偌大一个庄园,四十一位贡生、十九位举人、九人中进士、六人入翰林,人才辈出,却让一个少年管理得头头是道。就是偌大一个皇宫,恐怕也找不出一个像陈春秋这样能齐家治国的人才。"

皇后听后,沉思良久,说道:"小小年纪,就有那么高的才能,要是再长几岁,那还了得?山西历来是出反贼的地界,皇帝要是不早想办法,到时候只怕养虎为患,后果不堪设想。"

一句话提醒了乾隆,他恍然大悟,默想道:"是呀,看他处事决断的本事,让我都大吃一惊,等他长大成人,说不定会超过我。"

皇后察言观色,敲着边鼓说:"皇帝何不找个借口,除掉一患?"

乾隆说:"这个容易,上次御赐的柿子,他自己吃了,那就是罪证。"

皇帝准备御驾亲临的圣旨很快传到山西。这天,乾隆一行又来到陈氏庄园,老远就望见庄园门前有两排人员接驾。到了庄园门口,只见为首一人跪地接驾:"陈氏庄园庄主陈国栋恭迎皇帝大驾,祝吾皇万岁万岁万万岁!"乾隆大吃一惊:"去年秋天,朕记得庄主不是你……"

陈国栋朗声答道:"回万岁,前庄主陈春秋今年年满十八周岁,已经娶妻,早已退位。我们陈氏一门有祖训相传,凡族中男子,一旦成婚,即一律不得担任庄主一职。"

乾隆饶有兴趣地问:"还有这样的祖训?这是为何?"

陈国栋一字一顿地说:"回万岁,结婚是人生大事,人一结婚,妻子儿女就可能成为他处理公务的羁绊,再理智的人有时候也会听信亲人的谗言。这样对庄园的决策就会产生影响,处理事情就会有失公允。"

一席话惊醒梦中人,乾隆急忙启程回京。从此以后,他吸取教训,家国分明,并且规定后妃不准参与国事,否则一律废黜。也正因如此,乾隆成了一代明君。

· 作者简介 ·

　　王义宝,男,1966年2月生,中国散文学会会员,日照市作协会员,曾在各类文学刊物发表小说散文几百万字。

深山飞彩虹

□ 谯义三

两山夹峙，山沟狭长。

山沟中坐落一小镇，早先也不过二三十户人家。平时冷清，赶集天还算热闹。

小镇闭塞，一条穿镇而过的公路，据说是抗战时期修建的，是进山出山的唯一通道。

小镇的前面有一条不宽却相当深的小河，没有桥，镇上的人要过河，或者河对面的人要到小镇上去，都只能在渡口坐船。

长年累月摆渡的，是一个须发皆白的老人。听上了年纪的人说，老人是从他父亲手中接过船和桨的。船已修补过，岁月的风霜一眼可见，木桨和竹篙，已被磨得光滑锃亮。

老人性情温和，水性极好。一般船工遇到洪水暴涨都不敢摆渡，而老人却艺高胆大。只要有人敢坐，他就敢过河。

一次大雨如注，渡口被淹。河对面有个年轻人高声呼喊，说有急事。老人冒着狂风暴雨硬是将小船撑到了对岸。返回时到了河心，一个大浪差点将小船打翻。老人站在船头使劲将竹篙插向河底。年轻人吓得面如土色，双手死死抓住船舷。又一个大浪打来，年轻人两手一松，被抛出了船舱，没等老人转过身来，船已倾斜，年轻人掉进了洪水中。老人急忙扔了竹篙，飞身入水，很快就抓住了年轻人的衣领，然后单手奋力向小镇游去。上岸后，老人将年轻人倒提起，让他吐出了几口浑水，好半天才回过神来。自那以后，落水的年轻人再也不敢雨天坐船了，而且几乎所有的人下雨天都不敢坐船。因此，每到雨天，渡口就少有人影。

人们佩服老人的水性和胆量，可对他也有不满。

一是说他性子慢，无论你多么急，他总是慢慢悠悠地撑篙。尤其是风和日丽的天气，他站在船头，一边漫不经心地撑篙，一边眼望蓝天，兴致高时还沙哑着嗓子唱两句山歌。人们催他快点，他却笑笑说："莫急，安全第一。"照旧慢慢地撑。

二是说老人把钱看得重。不管男女老少，坐船都得掏钱，而且隔不了多久就涨价。老一点的人说他年轻时可不是那样，老弱病残和学生，他一律免费，收钱也不多，最初只有五分，"文革"过后也不过一角。这些年简直是见风涨，由五角涨到一元，后来竟涨到两元了。人们心中不满，但要过河，别无他路，只得坐船。

有年轻后生憋不住便质问："你无儿无女，单身一人，要那么多钱干啥？"

老人笑笑说："钱多有钱多的用处嘛。"

"怕是给相好的攒着的吧？"

人们哄笑。

老人笑而不答。

有人更放肆，说你积点阴功嘛，死了还要人给你抬棺材呀！

老人不生气，还是笑笑。

无论人们怎么议论和不满，老人照样收钱，老弱病残，概不例外，学生也只是减半。

不少人都曾望着小河感叹过："要是有一座桥多好呀！"

下雨天，没人过河，老人也不回家，其实，大半辈子风风雨雨，他吃喝拉撒睡都在小船上。年轻时，有相好，也在小船上。小船就是他的家。

一个夏天的雨后，他突然看到小河上空出现了一道美丽的彩虹。他好兴奋，两眼一直望着彩虹。彩虹散去，他才仿佛从梦中醒来，又呆呆地俯瞰着汹涌奔流的河水。

一天，从小镇对面过来一个年轻人，兴奋地告诉大家一个喜讯，说离他家不远的邻县发现了一个特大的天然气田，正在修净化厂。人们都惊喜地问："真的吗？"

"千真万确！"

果然，不到两年，那个亚洲第一、世界第二的天然气净化厂就修建成功了，并正式投入了使用。

又隔了一年，一条从净化厂通到小镇的公路，就快铺到小河边了。小河上将架起一座桥。人们欢呼雀跃。坐小船时，有人肆无忌惮地渲染修桥的事，甚至拿老人寻开心：

"桥修起了，你就该下岗失业了。"

"不是失业，是光荣退休。"

老人不应，神情有些漠然。

终于，一座长八十米、高十米、宽八米的钢筋水泥大桥，横跨在了小河上。河两边的人们再也不用乘渡船过河了。饱经沧桑的小木船，静静地躺在渡口旁那株苍老的柳树下。老船工的身影从河边消失了。后来才听说老人离开了小镇。到哪儿去了，没有确切的说法。有人猜测很可能到他女儿那里去了。听说年轻时，老船工曾经有过一个相好，还生了个女儿。

确切的消息说，老人得知政府要修大桥时，交给了镇长一个特大布包，里面尽是叠叠纸币，一元两元的不少，角角分分也多得是。老人还写了几句话，大意是说，他原本想用这一生攒下的摆渡费，修一座人行木桥，现在政府修钢筋水泥大桥，就把这些钱捐给修桥人买点水泥钢筋，表表心意吧……

听了这些传闻，人们感情挺复杂，时不时叨念起老船工来。

一个夏天的暴雨后，小河上空出现了一道很美的彩虹。

有人说彩虹下有个人影，极像老船工。

但是，老船工再也没出现在小镇上，更没现身于渡口。

那株柳树日益苍老，柳树下系着的小木船也更显沧桑了。

· 作者简介 ·

谯义三，四川宣汉人，笔名山石、辛书，毕业于四川外语学院法德语系德语专业，四川宣汉中学高级教师，四川省作家协会会员。

裱画徐

□ 马 犇

淮城南门大街东边的一条巷子里,有个徐姓的裱画师,他家一直坚持手工装裱。

徐家的裱画史不短。他家祖上学裱画时,认识了淮城人边寿民,常给边氏裱画,与其交流,向其取经,渐渐的,他的祖上善裱、能画、工篆刻。这几样,裱画徐全盘承继了。

常言道"三分书画七分裱",不难看出,装裱之于书画作品的意义。裱画的程序复杂烦琐,讲究颇多,对裱画师傅的综合素养要求极高。徐家裱画有"三规":不丢画、不作伪、不因作者水平高低调价。

有些不太识货的人,巧得名画抑或祖上有旧藏,是最易受骗的群体。有一回,南门靠西的一户人家,带着画作,慕名而来。裱画徐仔细看了画,不动声色,又看了看来人,议好价钱,即送走来人。

此画竟是徐渭的画,裱画徐亦善写意,尤以花卉见长。他能模仿个九分像,不懂行的人根本看不出差别。但裱画徐除了欣赏时间稍长一些,像裱普通的画作一样,平静地按工艺走,裱完后,他在卷轴旁不起眼的地方钤印,此印极小,表明是裱画徐裱的,以防日后起争议纠纷。在约定好的日子,画主交完钱取走了画。此事成了行业里的段子，用来形容裱画的人傻。

裱画有原裱和揭裱之分，原裱是裱初次待裱的画，揭裱是重裱已经裱过的画，揭裱最难，很少有人敢接这个活。但揭裱也给部分技艺高超却无良的人有了作伪的机会。一张宣纸可揭出几层，裱画人如存贪念，就会将老旧的名画揭成几幅，这些作品的色彩较原作淡很多，裱画人就上手补救，然后再做旧。一幅变多幅，倒卖给黑市。

淮城藏家多，很多古画因年代久远，受潮被虫蛀在所难免，对于这些作品而言，每年的梅雨季节更是火上浇油。淮城几乎所有的揭裱都会送到念芦斋，光揭裱一项，经裱画徐手的，少说也有千幅，但他没弄坏过一幅画，也从未借机作伪。就是把顾恺之、展子虔的画送到念芦斋，画主也可安心回家，按日子去取，不会出意外。

可惜的是，裱画徐后继无人，孩子都已迁居国外。晚年，裱画徐独自一人生活，雇了个人做饭，他仍坚持对外裱画。他不想在有生之年放下祖传的手艺。

本想平静地过完一生，哪知晚年并不平静。改革开放后，淮城有几个去南方下海的人，禁不起物质诱惑，垂涎于逐渐兴盛的书画市场，而且看中了倒卖赝品这行。他们第一时间想起家乡的裱画徐，他们知道徐老爹裱画、绘画的技艺都很高超。他们或者通过私密渠道搞来原作，请裱画徐借揭裱制假；或者直接报上画名，逼着裱画徐画。

裱画徐不从，这些人就动粗，见裱画徐想寻死，这些人就留下狠话："不老实做，我们迟早去海外找你孩子的麻烦。"

与他们纠缠不起，裱画徐按照要求，完成了一批赝品。这些人拿着这批赝品再次南下。没有不透风的墙，很多人知道了这件事，他们骂裱画徐早年清高不做假，晚年糊涂，晚节不保。

不久，裱画徐生了场大病去世了。不久，这几个倒卖赝品的人被抓获。

淮城人惊叹不已，更加糊涂。

警察通过地方报纸透露了案情。原来，裱画徐临死前给公安局寄了封信，写明事情经过，并说他的仿作在画轴夹层里都盖了一长条印"身不由己，赝品而已"，还附上了那几个人的肖像，是裱画徐凭印象用毛笔勾画的。

念芦斋成了景点，很多外地人，一些淮城人，常常来此参观纪念。

·作者简介·

马犇,江苏淮安人,负笈于南国岛城,谋生于北国春城,从事编辑工作五载,业余喜读文、码字、吃茶、游走。

拯救计划

□ 朱道能

  自从退休以后,锻炼身体就成为老田第一要务。清晨和傍晚,老田都要去公园打两个小时的太极拳。

  这天晨练归来,老田照例买份早点和报纸,踏着轻快的脚步回到家中。可报纸上的一篇新闻,却让老田心里一阵发堵,饭也吃不下去了。报道说,因害怕惹祸上身,一位老人晕倒街头半个小时,却一直无人搀扶,最后还是警察赶到,老人才捡回了一条命。老田很清楚,自己眼前身板还算硬朗,可毕竟岁月不饶人,说不定哪一天,自己也会像新闻中的老人一样,突然栽倒在街头……整整思考了两天,老田终于想出了一个完美的"拯救计划":自己假装晕倒街头,如果有人伸手搀扶,就当场颁发一万元奖金。他想通过这个方式,倡导助人为乐,让大家相信好人自有好报!

  这天早上,老田揣着一万元现金,走上了大街。转悠了半天,最后选定了一个十字路口,来实施自己的"拯救计划"。为了不造成交通堵塞,老田走到马路边上,在一家服装店门前,故意一趔趄,然后栽倒在地上。

  很快,就有路人围了上来。

  有人就问:"老大爷,你没事吧?"老田立即装着一副痛苦的表情,不断地呻吟。路人见状,下意识地后退了一步。

老田透过余光,看到人越聚越多,却一直没人走过来。老田感觉地上很冷,心更冷。可老田不甘心这样的结果,于是他停止了呻吟,伸着手说:"我现在好多了,麻烦把我拉起来吧,我会好好酬谢的!"

话音一落,便有人交头接耳地嘀咕开了。终于,有个小伙子走出人群。正当老田满心欢喜时,人群中有人喊了一声"小心有诈!"小伙子一愣,突然停下了脚步。然后一转身,跑开了。

老田躺在冰冷的水泥地上,一时间不知道该如何收场了。正在这时,一阵很熟悉的音乐声,由远而近。还没等老田明白怎么回事,围观的人群散开了,纷纷朝他身后跑去。

老田一惊,原来是一辆洒水车,被围观者挡了司机视线没有发现躺地的他,正向他冲了过来。此时更无人管他了,再不自己站起来就要丧命。老田慌了神,一旦碾死,这寒冬腊月的,还让洒水车劈头盖脸地浇一身洗街污水,死得也不干净。千钧一发之际,老田一个骨碌爬起来,迅速跑离危险,洒水车擦身而过,把他怀里装着一万元的小布包挂在车后,钞票飘散满地。

这时围观的路人,都在车后抢钞票去了,唯有刚才准备拉他的那小伙子,拍着脑袋,用鄙视的目光看着老田,说:"好危险,差点上当受骗了!真是个骗子!"

惊魂稍定的老田虽活着但被浇了一身洗街的冷水,他感到脸上火辣辣的,脊背却一阵发凉,他的"拯救计划"彻底失败。

· 作者简介 ·

朱道能,湖北孝感小小说作家沙龙理事会副会长兼秘书长,发表作品二百余篇,出版有微型小说集《一路向北》。

两条金鲤的爱情

□ 殷贤华

这是一座深山老林，幽美静雅，真是人间天堂。

环绕这座深山老林的，是一片绿湖。深不见底，闪着翡翠一般的光芒。

在湖底，生长着一种美丽的金鲤。他们是鲤中的精，鱼中的灵。

"老公，你真笨，快一点！"她使劲一甩尾，箭一般地游到前面。

"老婆，你真厉害，等等我！"他按捺住力气，故意气喘吁吁地赶上来。

她游得比他快，当然很快乐。她快乐了，他就快乐。他的职责，就是要让她生活得快乐。

他们是两条新婚的金鲤，他们天天过着如此简单而快乐的生活。

"亲爱的，我们祖祖辈辈生活在湖底，我想去看看外面的世界，你能带我去吗？"一天，她说。

他吓了一跳，说："亲爱的，这可不是闹着玩的。要是被人发现了，我们就没命了。"

她很失望，赌气地说："没想到你这么胆小，那我自己去。"说完一甩尾巴，向上游去。

他急了，连忙追上去。

143

他们顺着水声游到湖面，不禁被眼前的景色迷住了！一条诱人的小青虫在水中挣扎，她欢喜地一口咬去——他大惊失色，想阻止已经来不及——随着一条刺眼的弧线划过，她被拉出水面，被一只大手抓住了！

"是金鲤！这湖里果然有金鲤！老太婆你快看！"岸上，一老头放下钓竿，捧起金鲤，给旁边不时咳嗽的老太婆看。"老中医说了，金鲤是特效药，专治你的病，你吃了这金鲤，肯定会好起来。"老头喜形于色。

这一切发生得太突然！她第一次离开生她养她的湖底，就遭此大祸，头脑不禁一片空白："老公救命——"她绝望地大叫！

他听见她的呼喊，心都快碎了！他不停地跃出水面，声嘶力竭地喊："老婆——"

"哈哈，老太婆你快看，还有金鲤在水面跳呢！我再钓几条给你吃。"老头把钓上来的金鲤放进鱼篓，沉入水里，又开始支起钓竿。

他快速游到她身边。然而，他们已经隔了一层鱼篓。他看见她漂亮的嘴角全是鲜血，不禁痛不欲生。"老婆，我救你来了！"他拼命地咬鱼篓，想把鱼篓咬破，好把老婆救出来！

然而，鱼篓是胶线做成的，他怎么能咬得动？他想把鱼篓往湖底拖，但鱼篓被一条粗线牵着，粗线的一头系在岸边的树桩上，又如何能拖得动？

看着他在鱼篓外绝望而拼命地忙活，她的心比受伤的嘴角还痛，她哭喊着："老公，我错了，我不该不听你的话，我这是咎由自取。你走吧，你要好好地活下去！"

"不！没有你，我活不下去！我一定要救你出去！"他也哭了。他发现，鱼篓口有一个弹簧卡子，只要能把卡子打开，她就能从鱼篓口逃出来。

他拼尽全力，用嘴去抵住弹簧卡子，忘记了疼，忘记了时间。一次，又一次，再一次……终于，卡子松动了！他继续用力，然而每进一步，都会换来更钻心的疼。他眼冒金星，感觉头马上就要被弹簧压扁，感觉马上就要窒息了……他用身体卡住鱼篓口，鱼篓口缝隙终于露出来。他大喊："老婆，快逃！"

还好，她的体型很瘦小，几番挣扎，终于从鱼篓口缝隙闯出鬼门关！而他卡在鱼篓口，再也退不出来……

"老婆，你走吧，你要好好地活下去！"他也像她那样说。"不！没有你，我活不下去！"她也像他那样回答。

忽然，鱼篓被提出水面。岸上，老头对老太婆说："老太婆，天晚了，不钓了，我回家给你熬金鲤汤喝，你的病就快好啦，哈哈……"老头看了看鱼篓，一把抓住他，说："哇，好险！这金鲤差点跑掉了，看来这鱼篓口的卡子坏了。"

老头和老太婆正要离开，却看见她不停跃出水面，令人匪夷所思的是，她竟然直接跃到岸上！

老太婆把跃到岸上的她捡起来，发现了她嘴角的鲜血和鱼钩印痕。老太婆看了看老头手中的他，说："老头，真奇怪，我手中这条金鲤才是刚才你钓上来的。"

老头这才注意到，卡在鱼篓口的他嘴角没有鱼钩印痕，体型很大，确实不是自己钓上来的那条。这是怎么回事？一条为了救对方宁愿卡在鱼篓口，一条因为失去对方而跃上岸……老头和老太婆对望一眼，恍然大悟，异口同声地说："他们可能是一对患难夫妻！"

老太婆流泪了，说："老头，我太感动了，我们把这对金鲤放回去吧。我若吃了他们，我的心会很难受，我的病情会加重……"老头叹了口气，点头。

他和她重新回到湖里，他搀扶着她往湖的深处游去。他感激地回头一望，看见老头也正搀扶着老太婆，越走越远，越走越远……

- 作者简介 -

殷贤华，重庆市作家协会会员，曾在《北京文学》《文学报》等报刊发表作品若干。《小说选刊》曾转载其作品《完美人生》。

鸟儿可以飞翔

□ 崔立

儿子十一岁，上初中预备班。

那晚，父亲说："儿子，从明天起，我将不再送你，你要自己去上学。"儿子一愣，说："爸爸，为什么？"父亲说："很简单，你长大了，都是初中生了，就该自己独立了。"父亲还说："你看，你的同学赵文、刘云他们，都是自己去的。"儿子"哦"了一声，有些无奈，说："好吧，爸爸。"

第二天一早，像往常一样，儿子吃过早饭，整理好书包，站在门口准备出发。父亲却没站起身，连眼皮也没抬一下。儿子说："爸爸，我们可以走了。"父亲抬起头，说："儿子，你忘啦，今天你要自己去上学。"儿子声音有些发颤，说："一定要我自己去吗？"父亲说："是的。"儿子说："不可以是明天吗？"父亲摇头，说："不可以，明天后还有明天。"儿子脸有些抽动，说："好吧。"儿子背起书包，很勉强地走出了门。

从家到学校，说近不近，说远不远，要穿过三个红绿灯。

阳光很灿烂，儿子小心地上了马路。还是第一次，儿子像一只成长中的稚嫩的鸟儿，脱离父母的怀抱独自去飞翔。儿子满心忐忑地走过路边的一家家商铺，走得有些快，往日那些诱人的商铺现在看都不敢看了。儿子心头只默念着：

快点，再快点到学校！

　　走了一些路，第一个红绿灯到了。儿子远远看到是绿灯，赶紧快走几步，想要走过这个路口。儿子的性子一向都是这么急，父亲说过他几次，改啊改，还是没完全改过来。儿子要过时，绿灯已经在闪了。儿子咬咬牙，想要冲过去。忽然，一只有力的手，一把拉住了儿子。儿子抬头，看到的是一张陌生的年轻男人的脸。看着的时候，两侧的汽车已经快速地开动，也就是说，哪怕是儿子冲过一半的马路，这会儿，人肯定也是站在马路中央，太危险了！

　　年轻男人看着儿子，说："同学，绿灯都快过了，不能冲啊！"儿子看着来来去去的车辆，多少有些心有余悸。儿子说："叔叔，谢谢你。"年轻男人笑笑，说："别叫我叔叔，叫我哥哥吧。以后可要注意哦，跳动的绿灯就不能闯了！"儿子点点头，说："好的。哥哥。"

　　儿子走了一段路，第二个红绿灯到了。儿子远远看到是红灯，不自觉放缓了脚步，想着走得快也得等在路口。说来也巧，儿子到路口时，红灯跳到了绿灯。儿子一看是绿灯，刚要走过去。就听见一个声音，说："这位小朋友，等等。"儿子抬头，是一个年轻女人在看着自己。儿子刚要问她为什么不能过去，年轻女人指了指两侧，有好几辆摩托车、电瓶车正冲刺样地闯过他们那个方向的红灯。还好，儿子被年轻女人叫住了，好悬哪！

　　年轻女人看着儿子，说："小朋友，绿灯刚亮起时，最好不要马上通过。有许多不遵守交通规则的人，会直接从刚跳起的红灯闯过去。"儿子点点头，说："阿姨，谢谢你。"年轻女人笑笑，说："别叫我阿姨，叫我姐姐吧。以后要注意，绿灯刚亮起时，最好看看两侧再过去。"儿子说："好的。姐姐。"

　　儿子又走了段路，是最后一个红绿灯了。有了刚才两次的教训，看看时间也还早，儿子就不急了。到路口时，绿灯已经亮了一会了。儿子就很顺畅地上了人行道，心里想着过了这个路口，学校便快到了。看来一个人去学校不过如此，也没什么可害怕的嘛。走了几步，儿子猛地被人拉住了。眼前，是一辆转弯而过的汽车，车速很快，几乎是贴着儿子过去的。

　　儿子脑门渗出冷汗，这好悬哪！儿子抬头，才看到身旁的一位中年男人。中年男人看着儿子，说："小朋友，过马路千万要集中精神，就算你是在绿灯下走，也要注意两侧的转弯车，要眼观四路，耳听八方啊。"儿子点头，说："叔叔，我明白了，谢谢你。"中年男人笑笑，和儿子一起过了马路。中年男人拍拍

147

儿子的肩，说："小朋友，再见。"儿子说："叔叔，再见！"

儿子又走了一段路。远远的，能看到校门口的牌子了，儿子终于长舒了一口气。隐约，还看到了在前面一个人行走的同学像是赵文的背影。儿子喊着赵文的名字，赵文回过头，果然是他。儿子快走几步，嘻嘻哈哈地和赵文并肩步入了校门。

儿子没有回头去看，身后不远处，一直有个人在关注着他。是的，那就是父亲。直到看到儿子进了校门，父亲才擦拭掉额头上的汗。比儿子更紧张的心，在这一刻，才真正舒缓下来。

父亲转身走了。

有几个人在等父亲。年轻男人、年轻女人、中年男人，那几个人，都是父亲的同事。是父亲让他们帮忙等在路口的。

·作者简介·

崔立，《读者》杂志签约作家，现供职于《文学报》社，小说、散文一百五十万字散见于《小说选刊》《北京文学》《新民晚报》等报刊。

回家

□ 侯发山

她发现那个男人还是不远不近地跟着自己。她已经拿起砖头吓唬他几次了,有一次还砸到了他身上,他却固执地跟踪她。他要干什么?她害怕了,这深更半夜的,街上行人和车辆已经很少,他要对自己图谋不轨怎么办?

她快速穿过马路,回转身对马路另一边的他叫道:"我身上没有一分钱,别跟着我。"说着还翻起口袋让他看了看。

"燕子,跟我回家吧。"他大声说,紧走两步,试图穿过马路。可是,红绿灯又让他停下来。

真是神经病!现在是冬天,哪有什么燕子?趁着他等红绿灯的时间,她一转身跑了。

"燕子!燕子!"他在后边扯起嗓子大叫。

自己跑的样子像燕子?这个傻子。她跑进了一条小胡同。

冷不丁,她的前面幽灵般出现三个男人:一个戴着墨镜,一个口罩捂着脸,一个脸上勒着条黑色的围巾,排成一字状挡住她的去路。三个人一个个歪斜着身子,站不稳似的抖动着。

"口罩男人"嘻嘻一笑:"大哥,这个娘儿们还有些姿色。"

"围巾男人"："干？"

"墨镜男人"甩了下手："干！"

三个人呈包抄状围过来。她这才明白，原来他跟他们是一伙的！她没有办法，只有停下来，瑟缩着膀子，不知道是寒冷还是因为害怕，也可能二者兼而有之。

很快，三个男人已经围到跟前，似乎要贴着身体了。她能听到他们的呼吸，浓重的口气中一股酒味。"口罩男人"上前抓住她的胳膊。他的手劲儿很大，她已经感到了疼。"墨镜男人"摘下手套，去抚摸她的脸。她躲避一下，下意识地"啊"了一声。

"住手！"她听到一个怒吼的声音。没等明白过来。身边已经乱成一团，他跟他们搅和在一起了。

真是神经病，你一个人能打得过三个人？她趁机躲在一边，松了口气。

他像一头暴怒的狮子，挥舞着拳脚乱打乱踢。可一拳难敌四脚，何况"围巾男人"手里拿着尖刀。他终于被打倒在地。

远处传来110的声音。三个男人匆匆逃离。

他躺在地上痛苦地呻吟。

她不知所措。

巡夜的警察赶到。他的胳膊上被划了一刀，先是到医院包扎一下，然后把他们两个带到派出所。

她对他的情况一问三不知。警察以为他是个英雄，当她说到他一直跟踪她，才明白他是玩"英雄救美"，想获得这个女人的好感。

他大呼冤枉，说她是他的妻子，有病，才一直跟着她，怕她走丢，怕她被人欺负。

她急忙对警察说："我不认识他，我不认识他。"

神经病！警察笑了，不再听他的解释，就先把她放走。把他的身份证等信息登记备案后，也把他放了。一个带伤的神经病，留着也是累赘。

她想回家，家在哪里？正当她努力回忆的时候，她忽地感到身上一暖——一件棉袄披在了她的身上。

是他！他站在她身后。

她心里一软："你、你为啥要这样对我？我真的不认识你。"

他一脸焦急地说:"燕子,我是大伟啊,你不认得我了?"

她摇摇头。她也相信警察的话,他真的是个神经病。此刻,她有点儿同情他,或者说可怜他了。

她说:"你家在哪里?我送你回家吧。"

"你真的愿意送我回家?"他惊讶地看着她。

她点了点头。

他孩子般咧着嘴笑了。路上,他跟她讲了他妻子的故事:他的妻子叫燕子,遭遇车祸,间歇性失忆,他就一直跟在她后面保护她,怕她回家认不得路。

唉,遇到一个神经病真的没办法。她还是耐心解释道:"我真的不是燕子,如果我见到燕子,我会告诉你的。对了,我还不认识燕子呢。"

他说:"燕子跟你一样,大大的眼睛……"

她明白,他把她当成燕子了。这个男人真可怜!她心里叹了口气。

不知走了几条街道,拐了多少胡同,终于来到他的家。他打开家门,拉亮灯。她却站在门口没有动,瞪大眼睛看着室内的一切,一副吃惊的样子。

他说:"进来啦,外面挺冷的。"

她一下子泪如雨下:"我想起来,想起来了……大伟,这是梦吗?我真的回家了吗?"

"燕子,别哭,这不到家了吗?乖,别哭,别哭。"他把她揽在怀里,一边流着泪一边轻轻地拍着她的肩膀。

·作者简介·

侯发山,已在《北京文学》等一百多家文学刊物发表小说、散文上千篇,有二百余篇被《小说选刊》等刊物转载,著有小说集十七部。

习惯

□ 李香淑

老金站在乱哄哄的上海浦东机场的大厅里，有些无奈，有些气急败坏。他妈的，头一回乘坐春秋航空的飞机，头一回出国，头一回去日本，头一次图便宜网上购票，竟然这么憋气！行李限重十五公斤！光行李箱就有五公斤了，还能装啥啊？白瞎老金买这么大个的拉杆箱了。还加钱，还三百多块，去你的！不就超了四公斤吗？！没听说哪个航空公司除身上穿的衣服以外都算重量的。

老金闪到托运行李窗口附近的一个立柱边上，哗的一声，打开拉杆箱，拽出装有自己衣物的塑料袋，唰唰两声，拉开上衣拉链、裤子拉链，下身露出裤衩，上身露出背心。众目睽睽下，老婆特意买的韩国花裤衩、白背心套了三套，百货大楼买的线衣、线裤套了三套，定做的西服一套，淘宝淘的狼爪户外服一套。好在老金超级瘦，虽然行动不便，但终于是过关了！哼，反正也没有熟人。

春秋航班上没有免费的午餐，没有免费的饮料。老金忍了三个小时，即将见到儿子的喜悦让他有了无穷的抗饥饿能力和抗口干舌燥能力。当然，期间去卫生间一次，待了十五分钟，脱了身上多余的衣裳。出来一看，门口排了一长队，每个人身上都是鼓鼓的。老金好生安慰，都是同道中人啊。

下了飞机，老金终于踏上了日本大阪的土地。

习 惯

儿子高了，壮了。见了老金上来就是一个大熊抱，还狠狠地，勒得老金有些喘不过气来。这让老金很是不习惯。

从前，儿子很混蛋。让他妈惯得天天鸡飞狗跳，不是老师找就是家长找，从上了初中就开始谈恋爱。高中毕业，好的大学肯定没戏，三流的还不想去，只好留学日本。讲好了，日本可以去，出国的费用老金可以出，但出去以后的学费，住宿啊，吃喝啊就不管了，自己想辙吧。儿子也争气，端盘子、站超市、扛大活都干过，后来和同学往国内倒腾尿不湿发了。这不，在他大学毕业前，非让老金两口子来日本玩玩。老金老丈人突然得了肝癌，要不那败家媳妇能不和老金一起来逛吗！

儿子领着老金天天就是玩啊，玩了大阪玩京都，逛了商场逛寺庙。日本给老金的印象就是：确实干净，确实安静，确实有序。这让老金很不习惯。

老金和儿子去商场的卫生间，看到卫生间里好多成捆的手纸，排得整整齐齐的，就顺手拿了一卷。儿子拉下脸说，爸，你别丢人，这不是国内，到哪都不缺手纸。老金的脸红了一下。

老金和儿子去坐电车，人很多，便要往前挤，儿子拉开他说，爸，排队。老金的脸红了一下。

老金在儿子家把用过的手纸扔进垃圾袋里，儿子告诉他说，爸，垃圾不能这么扔，这里是垃圾分类的，这个扔进白口袋里。老金的脸红了一下。

去富士山玩的那天，老金和儿子坐大巴，大巴里有好多中国游客，老金很兴奋，听着乡音这个亲切啊。老金就和中国游客兴奋地交流。到了服务区上了卫生间，车开了接着交流。就是兴奋！这几天语言不通，只能和儿子说话，可把老金憋屈坏了。车行三十多分钟，老金突然发现包不见了。包里有刚在免税店给老婆买的一套日本 SK-II 化妆品，五六千块呢。老金回忆起来，应该是在服务区卫生间里纠结是不是拿一卷手纸时，把包放在卫生间水箱上面了。中国导游安慰他，没事儿，丢不了。后来，包还真找到了。一个日本老头把包送到了服务区管理部门。

回国的时刻到了。老金鉴于在上海浦东机场的教训，在托运行李前指示儿子，我这行李肯定是超重了，这个手包你拿着，挺沉的，就说是你的，不登机的。春秋航空窗口中一个半老的、脸白白的日本女人，用比较流利的中国话指着儿子手中的包问儿子，请问先生，这个包也要登机吗？儿子回答，是。

得，超重！三万日元！折合人民币一千七百块！老金儿子二话不说立马掏钱。把老金这个气啊！横了儿子一眼，头也不回地走向安检。

后来，儿子发来微信说，爸，不好意思，我知道你生气了。可是，我已经不会撒谎了。

老金无语。回国后，老金发现他出名了。网上盛传一个"穿衣哥"在机场脱衣服、穿衣服的视频，主角正是老金。

后来，老金时常登帽儿山。登山时，老金吸着烟，溜着狗。狗很随便，跑几步尿一下，跑几步尿一下，偶尔还大便一下。

老金就叼着烟，抚摸着狗脑袋，很习惯地说，拉吧，拉吧，反正也不是在日本。

·作者简介·

李香淑，朝鲜族，就职于某供电企业。偶有散文、微小说等刊登在《天池·小小说》《青春》等刊。喜欢读书、旅游。

那晚的月光

□ 朱士元

月光，彩灯，碧树，高楼，倒映在河水中，不停地晃动，亦真亦幻。

头冒热汗的韦一新快走到河边的一个院子前站住了。院门口，有几个人影在来回走动，难道他们也是和我一样的吗？

站在学校门口排了一天一夜号的韦一新，腰酸背痛，快累死了。儿子啊，为你上个幼儿园，老子吃了这么大的苦，你肯定不会知道的呀。韦一新一遍又一遍地在心间倾吐着。

看着长龙似的队形，哪一个不是唉声叹气。一百二十个号，到底能不能排到，那还是未知数啊。

眼见到自己跟前了，发号的人宣布：一百二十个号已发完，还有二十三位没有拿到号的请于后天下午来学校看看是否符合报名条件。凡领到号的人请带齐材料，于明天上午带孩子来学校幼儿园报名登记。

韦一新几乎要哭出声来：就差一个号啊，我怎么就这么倒霉呢？后天，后天还能有我的希望吗？我怎么向儿子交代啊？

"新哥，上哪个幼儿园不一样，非得挤这座独木桥？"同学尤明明见韦一新在排队，把车停下来说。

韦一新见尤明明在劝说自己,诉说道:"明明啊,你是知道的,我刚从乡下进城两年,不认识什么领导,可我在老婆面前夸下了海口,儿子要上就上一流的幼儿园,现在倒好,就差一个号,一个号啊!"

"你真要上?"

"真要上!"

"那,那我来给你疏通疏通。"

"你有这个门路?"

"不相信吗?"

"相信,相信!"

手握王市长的批条,韦一新对老同学尤明明不知如何感激是好。尤明明只是笑了一声说:"没什么,你自己去找校长吧。"

韦一新在心里思量,一个给市长开车的驾驶员竟有这么大的能耐,不可小看啊!不过,尽管我手里握有市长的批条,也不能空着手去,得带点礼物呀。

带什么礼物呢?思索了好半天,韦一新把腿一拍:"有了,就把舅妈前两天送来的那捆粉丝带过去,那捆山芋粉丝可是上等的土特产啊,校长一定高兴!"

望了好一会儿的韦一新,把装有粉丝的口袋放到了路边的绿化带里。他轻手轻脚地走了过去,想看看那些人是不是和自己是一个心思。

刚走到那些人影旁,院子里走出来一个中年妇女说:"你们啦,我已跟你们说过两遍了,拎着这么个大包小包的,像什么样呀?我们家校长说任何人的礼物都不能收的。"

"您好,我没有带礼物,这是严副书记写的条子,请您收下看看!"一个头发稀疏的老者说。

"我是杨副市长让我来的,他写的条子装在这信封里,请您收下了给校长看看!"一个身体略胖的年轻妇女说。

"我是陈局长……"

"我是刘董事长……"

"好了,好了,是严副书记、杨副市长写的条子请把你们的名字写在后面,我带回去给校长看看,别的人请去学校找秦校长。"校长夫人边说边挥了挥手。

慌了手脚的韦一新,也顾不得回去拿那口袋粉丝,赶紧凑上前去说:"我,我这是王市长写的条子,也要在上面签上名字吗?"

"不签名我知道是谁求市长写的条子呀?"校长夫人略有点生气地说。

"好,好,我这就写!"韦一新边说边跟身边的人借了笔把名字写上,随即递到了校长夫人的手里。

如释重负的韦一新抬头定神一看,那个头发稀疏的老者不是刘叔吗,他肯定是为孙女报名的事跑过来的,平时还就没看他向人低过头呢。他马上喊了一声:"刘叔,是你呀?"

听到有人喊,头发稀疏的老者轻手轻脚地走过来说:"小点声,小点声。一新,你也是来请校长帮忙的吗?"

"没办法,为了儿子,只有这样。"

"你那信封里有多少意思?"

"什么多少意思?任何意思也没有啊,就是王市长写的条子啊!"

"嘿嘿,一新呀,你一点意思都没有?"

"我带了一口袋粉丝放那边,还没来得及拿过来呢。"

"你呀,你呀——"头发稀疏的老者话未说完就走了。

第二天,韦一新接到学校打来的电话,说是儿子的出生年月没写清,让他到学校去一趟,把事情搞清楚。

似乎聪明了许多的韦一新,并没急着上学校去。他把复印好的户口本装进信封,里边还意思了两千块钱。

晚上,韦一新来到校长的住处,轻轻地敲了下院门。门开了,出来的仍是校长夫人。韦一新笑着说:"昨天忘了复印户口本,今天补过来了。请您给校长美言两句。"

"好,好!"校长夫人接过信封把门关上了。

张榜了,韦一新的儿子排在了第三位。望着这个结果,韦一新往地上一瘫,好半天没说出一句话来。

儿子上小学一年级那天,韦一新看到学校多了两幢新的教学楼,很壮观。他还收到一张汇款单,两千元。汇款人是校长。留言栏里写道:感谢您为我们学校新建的教学楼出了力,如没有你们拿来的书记、市长、局长的条子,建楼是不可能的。其实,当时凡符合条件的,即使没拿到号,我们也会一视同仁。拿号只是为了报名时不拥挤,没别的意思。为了让您放心不多疑,我们当时就让会计把您的钱存到了银行,今如数取出寄给您。

手拿汇款单的韦一新,不觉想起那晚的月光,大声叫道:"校长啊,校长——"

·作者简介·

朱士元,江苏省作家协会会员,曾在《雨花》《百花园》等报刊发表作品一百八十多万字,有作品被《小说选刊》等选载,现任《短小说》主编。

老王与水

□ 文 丁

雨不听招呼，"呼啦呼啦"地下。

终于爬上了村东头的这道岭，老王长舒一口气。家里的那幢二层小楼，直接穿过密密麻麻抱团的雨，冲入眼帘。

这个地儿太熟悉了。在城里的工地上干活，给人家盖大房子，挣了点钱，也给自己盖了个大房子。城里人盖大房子，自己不住，租给外地人住。老王盖大房子，自己也不住，留给家里的老伴儿住。

快两年了，都没有迈进这个房子的门。家的感觉朝老王扑了过来。

步子欢实了。

路滑。老王轻车熟路，不当一回事，反而心思也滑开了：你说这个水吧，有时候是个好东西，闻着没味，喝着甜，舒畅，没劲也有了劲；有时候也是个坏东西，跟魔鬼一样，口渴到了嗓子眼上，嗓子急着要跳出来喊它"奶奶"。现在这个雨下得有模有样，但都跑得没影儿了，说不定过不了一两个月，田地都开裂了，见不着一滴水，眼巴巴地干着。你说要是有一块大海绵，下雨的时候，把水吸住了，要用水的时候，挤一挤就有了，那该多好！

"回来了？"

159

"回来了!"

老王瞅了瞅,老伴儿的牙没有那么黄了。

家里还真是添了不少东西,老伴儿在手机里说的自来水龙头扎眼。

老王把湿透的衣服换下,坐下来准备吃饭。老伴儿递过来一杯热茶说:"先去洗澡,再来吃饭。"老王看看老伴儿,自己嘀咕着说道:"怎么这么啰唆,明摆着浪费嘛。以前我们热天干农活,浑身是汗,不也就用毛巾擦擦就行了?下雨天,就是洗澡天。现在可好,下雨淋湿了,还得洗澡。"

老伴儿夺下他的筷子,说:"那是原来,现在家里通了自来水,洗澡方便了,在家里也要讲卫生,快去洗。"

"穷讲究!"老王说。

五六百天没有打个照面,刚见面时还客客气气一两下子,但迅即就进入短兵相接的状态,老王两口子习惯了这样的夫妻相处之道。

喝了口茶。

咦!这个味道!

茶叶还是家后山腰的那片茶树里吐出来的。茶的滋味不一样,自然是因为水不一样了。

好马配好鞍。这是戏里边的说法。老王续上一句:好茶兑好水。

老王自己跟自己笑了。起身,擦擦双手,准备洗澡了。

当水淋在他古铜色粗糙的皮肤上,水流显现,就像健美比赛专用的橄榄油。

老王边洗边琢磨,这时代真是变了。几十年前,不要说咱农村,就是县城里边也常常看到城里人围着水井排队打水。轱辘井,冬天冰滑,常听说有人摔跤。那时候,老王还是初次看到城里人挑水吃力的样子,觉得好笑。

老王自己干重活,身体壮,却有隐疾。以前家里常年喝"涝坝水",就是村边的一个水塘,人畜同饮,丰枯靠天。夏季时,太阳晒得曝气,蚊虫、鸭子与塘里的鱼都可一眼洞见。如果遇到干旱天,水塘干了,村里就不得不组织劳力去十五公里外的地方拉水……

老王清楚地记得,他娘得了急病的那个晚上,就喝了一碗"涝坝水",后来连续几天闹肚子,起初没当回事,但越来越严重。等送到医院的时候,人已严重脱水,抢救不过来了。

那年,他才二十岁。想着这些,老王的泪水和着淋浴水悄悄落下。

这时，老伴儿在门口开始喊了："老东西，还在洗啊，你就不能省点水。不说你，你一洗就这么久。"

还是连珠炮的性格。

老王擦干身子，穿上衣服，重新来到餐桌边，端起饭碗，边吃边对老伴儿说："这澡洗得真舒服。这饭也是自来水煮的吧？"

"那当然啊，咱院子里那口井啊，水不好喝。现在大贵是村上的干部了。他说打得太浅啦，浇菜救急可以，常年喝容易闹病。"老伴儿回答道。

这饭菜用自来水煮，吃起来就是比以前"涝坝水"煮的好吃。

老王又添了一碗，抹抹嘴说："这自来水就是地下两百多米深的水，比矿泉水好。上回狗子到城里跟我们说，前面村水质不太好，只好引山泉水，他们村每户自愿筹资，每人交了一百元钱，我们这里呢？"

老伴儿刷着碗，甩甩手上的水，说："没收钱，一天两次供水，大家都高兴。其实我也在想，咋就不收费呢？收一点我也愿意交，这多方便，喝起来也好。"

老王看看喜笑颜开的老伴儿，心里暗自说："这老伴儿觉悟还挺高的嘛。现在养猪都有补贴了，种地也不用交税了，的确好啊。"

想到这儿，老王乐了：城里人真应该羡慕咱农村人。我们现在每天喝的水也是自来水，是好水，他们有些地方守着自来水，又去买瓶装水，得多少钱？我们吃自己种的菜，自己打的粮，自己喂的猪羊。城里人却不放心吃的东西，再方便、再好吃，心里不踏实啊。最近空气又不好，灰蒙蒙的，压人。叫什么雾霾。这不是埋汰人吗？城里人都在搞哪样啊？跟他们住在一起也弄不懂。

老王也明白，现在农村的生活好了一大截，但有些事还是伤脑筋。狗子上回说了，他家农田边上的渠道这几年损毁严重，虽然干渠进行了整修，但到自己家的地头还差一点，自己修好这一段，连着老高家土地的那段没修也白扯。而老高家常年在外打工，田都是租给别人代种，哪有心思修渠道。这种情况，村里好多户都是，人去楼空。现在村里留下的就是城里人常说的"613860 部队"。老王看看在一旁忙上忙下的老伴儿，觉得对不住她，一不小心也把她送到"部队"了。

老伴儿不明白老王的心理活动，"牢骚"更盛了：你看村里的那几个小年轻，衣服穿得齐整，生活过得不孬，就是不好好读书，出去打工晃几下就回来了。

不种地，不懂农时，喜欢打牌，游手好闲，事儿还不少。就说这个铺自来水管道吧，每家出点钱。他们倒好，在村里嚷嚷：连租子都不交了，喝水还要钱？不行。大贵只好软磨硬泡，好说歹说，他们才没有找茬子。

老王读过高中，他对汉朝历史感兴趣。他记不得从哪本书上看过，"文景之治"前有几年不收租子，但后来恢复了。老王记不清恢复的原因了。

那天晚上，枕着熟悉的滴答雨声，老王做了一个"水梦"。滔天的水漫过来，冲掉很多脏东西，哗哗地流……

· 作者简介 ·

文丁，辽宁人，1962年生，主要代表作有散文《因为"源"在那里》《那一刻的水思》等。

倾听桃花开放的声音

□ 伍中正

天气渐渐暖和起来。

天气一暖和,村庄就暖和了。游桃的院子里有一株桃树。桃树不高,是女人那年走进游桃家的门槛后栽的,一枝一枝地开着花,要是静下心来,就能听到桃花开放的声音。那花红红的,远看近看,似桃树的衣裳。

那株桃树坚定不移地守着游桃的木屋。木屋是跟着村庄一起暖和的。女人没有出远门,守着游桃留下的木屋,守着木屋里走过的日子。

游廊的光线格外强烈。女人坐在游廊上看那些桃花又红。有一只青鸟,体型不大,无序地飞来飞去,翅膀上是春天响亮的阳光。青鸟有时不小心,擦下一片两片的薄薄桃花来,轻轻地落在地上。

地上是女人精心喂养的一只母鸡。女人起初喂过两只的,那一只小的时候,让外村疯癫跑来的狗,龇牙咧嘴重重地咬了几下。她从狗嘴里拉出来的鸡,三下两下动弹后,死了,外村的狗再没来,另一只母鸡就活了下来,单纯地活到现在。

母鸡的腿黄黄的,黄黄地走来走去。在母鸡的眼里,悠闲纷撒的桃花,像一粒粒熟透的食物,母鸡咯咯叫着跑过去,张开嘴猛啄几下,衔在嘴尖上,又快速吐掉。

女人看了，觉得好笑，就傻傻地一笑，院子里就她一个人的笑声。

女人看过一阵后，想起一件事来。这件事对别人不重要，对女人重要。她弄不明白，男人到底在外面是不是有了一个四川婆娘？两年了，也不回来一次。

女人想到了离开。并且这想法如开着的桃花，越来越强烈。

屋内的光线照样明亮。女人起身进屋，用手打了一口旧的箱子。

女人不显一点粗糙的手很好看。纤细的手指，美丽光洁。只有女人自己知道，开了春，她的手还没挨过简单的活儿。要是以往，这手在山上不知翻弄了多少柴，在灶膛不知捧了多少灰，说不定开了些口子。

女人打开的箱子，是她陪嫁来的。当年就是为这口箱子，她在城里的工地上咸咸淡淡地做了两个月的饭。包工头见她人好，走的时候，除了给满工钱外，还送了一口箱子，她就用它做了像样的嫁妆。

箱子像一张张开的嘴。

女人把一双鞋拿在手上。鞋是女人买的。鞋是红色的，鞋面上还起了白色的花，花不多，就一只一朵，像巧手用了心描上去的。买的时候，游桃还对她说，穿上这鞋好看，肯定好看！

女人相信游桃的话没有错，相信他的眼力不会错。女人就要了鞋。

女人记得游桃看她穿过时间很短的一次，就走了。以后，女人穿这鞋的时候，仿佛少了点什么，至少是少了点话语，少了点笑声。

女人端详了一会儿。她闻了闻鞋子，然后，轻轻地把鞋放在了箱底。箱子张开的嘴，干净地吃到了鞋。

女人又在床上拿了些柔和的衣服。那些衣服，曾经是女人穿过几水了的，拿哪些不拿哪些，心里有底。那些衣服，有女人自己买的，也有游桃买的。

女人的手抽出得快，才没让箱子吃进去。

总算扎了满满一箱。女人把箱子一盖，两手搁箱盖上，散开的手指干净好看。

女人锁好箱子，提在手上。女人就觉得自己提着一个家，一个住处。

女人提了箱子出来，走到游廊上，阳光射在箱子上，看不出任何的旧来。

女人坐下来，在游廊上又打开箱子，一件一件地掏出那些柔和的衣服。掏得细心，掏到那件蓝色的衣服，女人的手停了下来，再不往下掏。女人决定不要了。

蓝色衣服是游桃买的。有一次，游桃天没黑从外面回来，从怀里拿出一件蓝色衣服来，在女人面前花朵一样晃动，嘴里还说，给你买的呢。

女人很细心，晚上躺在一起，问他衣服是哪里来的？游桃说，自己买的还有假？

女人再问，衣服不是你游桃买的，是喜欢你游桃的女人买的？

游桃不吱声。

你游桃要不说，我就不穿！女人很淡地一笑，就差生气了。

游桃还不吱声。女人问急了，游桃憋不住了，就开了口，说了你要穿，是城里的四川婆娘让我送给你的……

女人再没说什么，坐起身子，把蓝色的衣服很自然穿在了身上，生动地晃着游桃的眼睛。

女人的眼睛湿了，游桃没有发现……

女人极自然地甩了蓝色衣服。衣服歇在地上，不再生动，像一圈散开来干了好些日子的蓝漆。

合上了箱子，提在手上，女人两腿轻轻地走向桃树。

那只在树上飞来飞去的青鸟，一下飞远。黄腿母鸡尖声唱着曲儿走到一边去。女人站在桃树下，倾听桃花开放的声音，听着听着，脸色就暗了下来，果然流了泪。

女人说了一句，游桃，院子你自己来守！

头上无意落了暖和的花瓣，三四瓣的样。女人不知道。

擦罢眼泪，女人细细的两腿轻轻地跨过院门。

走不多远，女人回头，看见了那只陪她在院子里短暂生活的母鸡，看见了那株桃树上浓密的花，淡定在一幅画里。

女人迅速地掉转头，身后是桃花的呼唤和无尽的温暖。

· 作者简介 ·

伍中正，湖南省作协会员。已在《农民日报》《北京文学》《百花园》等报刊发表文学作品一千五百余篇。获国家、省、市级奖励三十余次。

我有钱我任性

□ 黄克庭

第一宾馆宴会大厅流光溢彩、觥筹交错。

"只要比别人先走一步，就是成功！"

面对众人的吹捧，金老板那双布着三四根血丝的鹰眼扫视了众人后，晃了晃被他那左手掌托了半天的盛着大半杯红葡萄酒的高脚杯，然后伸出右手拍了拍我的肩膀对众人说："黄克庭是我最敬佩的同学，是高中同班同桌的同学，又是同室同铺的同学。我一直记着他高一第二次大考后对我说的这句话——只要比别人先走一步，就是成功！可以这样说，我金某能有今天，就是因为一直铭记这一名言……今天，我要单独敬老同学三杯，请各位不要怪我偏心！"

众人欢呼。我却既兴奋又尴尬。兴奋的是，梦城首富金老板在宴会上给足了我的面子；尴尬的是，走上社会的二十多年里，在学校考场上的优势被世风一扫而光，四处漂泊，若不是孔老先生门徒们的扶贫措施得力，我连个"自由撰稿人"的身份也保不住！金老板的奉承话，不正是对我这个长期跟不上时代步伐的人最大的讽刺吗？

金老板很豪爽，一下子连干三杯酒，然后向众人亮亮空酒杯，说道："先干为敬！"

我只有一杯的酒量,但我这次却坚决地喝了三杯。众人鼓掌。我忽然觉得,自己这半辈子之所以事业上无建树,是因为自己一直不敢去突破"原我"。比如这酒量,因为我一直守旧,总是"一杯而止",所以至今仍只是"一杯"的量。而金老板则不同,他原先也只有"三杯"的酒量,经过二十多年的南征北战,他现在已是千杯不醉的酒仙。

金老板对我的"三杯"很惊讶,他说:"黄克庭今天怎么换了个人?"随后他又很体贴地叫人扶我到休息室躺一下,自己继续陪客人喝酒。

我全身软绵绵地躺在沙发上,虽感浑身燥热,胃部翻涌,但脑子却很清楚。

金老板确实是一名杰出的能人。我很佩服他。改革开放初期,正当世人迷恋机关之时,他勇敢地下海经商去了。别人爱慕自行车时,他做起了摩托车生意。别人做摩托车生意时,他开始买地皮炒房地产。别人炒房地产时,他开始卖轿车。别人卖轿车时,他开始做私人飞机……

等我酒气散去,不知过了多少时辰。宴会早已结束,客人早已走尽。我忽然想起:今天是来庆祝金老板小公子出世八个月的,还没见过小公子呢!

我驱车来到金老板的别墅,守门人告诉我:"金老板到医院陪小公子去了!"

我惊问其故。守门人告诉我,小公子出世后一直在医院,从未到过家里。

我问小公子患了什么病?守门人说小公子没患病,只是听说以后会患病。我一听,笑了:"任何人以后都会患病的,等患了病再住院治疗就可以了,怎么可以到医院等病发生呢?"

"有病治病是平常人,无病早防才是聪明人!先走一步,才是成功之理啊!"守门人告诉我,经基因检测分析得知,小公子二十五年后会患左胫骨炎,三十六年后会患颈椎炎,三十九年后会患腰椎间盘突出症……昨天小公子已动过手术,左胫骨、颈椎、腰椎全被高科技产品纳米人造骨替换了……金老板说,为了小公子八十岁以前拥有真正健康的身体,该换的器官全部在三周岁以前换好!

我大惊失色,忙赶到医院。在特级护理病房里,只见小公子被白纱布包扎得像个小白人,一边在输液,一边在吸氧。我心头阵阵发痛,一个出世才八个月的婴儿要提前承担二十五年后、三十六年后、三十九年后的病痛折磨,是谁的不幸谁的悲哀?

"你这是造孽!"我愤愤地斥责金老板。

"当初我下海时你也这么骂过我……"金老板胖乎乎的双手抓住我的左手,轻轻拍了拍我的左手背说:"现在孩子的三魂七魄还没有长全,懵懂无知,不知道痛苦……狠狠心,烧点钱,先让他受些苦,给他创造一个美好的未来……这是天下所有父母的梦想啊。相信,孩子长大后,会感激我这个好父亲的……"

·作者简介·

黄克庭,中国作家协会会员、义乌市作家协会副主席。作品入选《世界华文微型小说精选(中英文对照版)》等。

好画

□ 曾宪涛

陆扬本来是在局长身边工作的。局长爱好书法，也喜欢画两笔，陆扬是学美术的大学生，画画得特别漂亮，所以一进机关，就被局长要到了身边。在局长身边工作是有利于发展的，可陆扬却没有把握好机会，没多久就被调离了局长身边。

亲朋好友都为他惋惜，问他咋回事？他自己也说不清，大家都叫他好好反思反思。

陆扬被调到了工会。其实这里也适合他，他是学美术的，还是门里出身，搞个文化宣传挺好。可陆扬还想回局长身边，经过反思，还真反思出了不少东西，怪自己以前太书生气。

年底，局长心血来潮要在机关搞书画展，还要评奖。陆扬想趁这机会画一幅好画，一幅别出心裁，非比寻常的画，来引起局长对他的注意，看能否重新博得局长的好感。

陆扬苦思冥想，可构思一个个都被否定了，就在将要灰心之时，突然想起小时候从大人那里听来的故事。讲的是古时候有一赶考书生，路过一山间茅舍歇宿时，见主人厅堂上挂一幅画，画的是一座山，一个挑担下山的樵夫，红日西坠，满山暮色，那樵夫左顾右盼，一脸犹疑。那书生越看越喜爱，便对茅舍主人说："这画你留好，等我赶考回来，必花重金购此画。"书生走后，又来了一位书生，看了画也连连称好，却又说："此画美中不足是樵夫身上没有斧头，砍柴人怎能不带斧头呢？"说他来给樵夫画上斧头如何。店主听他说得有理，就同意了。再说前面那书生考中归来，再到茅舍时，看了画却对店主说："此画已一文不值了。"店主问何故，书生说："当初此画妙就妙在樵夫下山后，发现斧子忘在了山上，天色已晚，野兽出没，回去取还是不回去？画家画活了樵夫犹豫不决、徘徊彷徨的神情，生动传神，呼之欲出。"书生说罢，痛惜不已。

想到这个故事，陆扬来了灵感，胸有成竹，一气呵成。

到了展览那天，局长及由领导们组成的评委们驻足在陆扬画前。画面是一座山，一个挑担下山的樵夫。红日西坠，山势苍茫，樵夫步履缓慢，犹豫踌躇。

评委们果然都赞这幅画好，气韵生动，逼真传神。却没人对画提出疑问。陆扬感到郁闷，他希望有人提出质疑，好讲出画中隐含，造成一个不同凡响的效果。不知这帮评委是真懂还是假懂。

众评委赞扬了一番，都看局长，听局长怎么说。局长一直在看画，见大家都等他的意见，才道："画虽画得好，却有瑕疵。"众人一怔，不知局长瑕疵所指，陆扬当然知道，不由一阵兴奋，表现机会来了。果然，局长指着画中樵夫说："砍柴人怎能没有斧头呢？"话语一出，一片惊叹，纷纷鼓掌叫好。

众人的叫好和掌声，叫陆扬惊出一身冷汗，画中的隐含不敢讲了，他想到了反思出的那些东西。陆扬看着画说："是，是，这是我的疏忽，局长独具慧眼，一语中的，我现在就来修改。"

陆扬找来笔墨，在樵夫腰间画上斧头。众人皆说，如此画才完美，当推画展之冠。局长瞧了半晌改过的画，对大家的恭维摆摆手，带着众评委离去了。

陆扬的画果然得了第一。陆扬就把画挂在工会办公室，逢人就说画能夺冠，全赖局长独具慧眼。

没多久，陆扬重又回到局长身边，那幅画也就挂到了局办公室。陆扬依然喜欢对人讲局长评画，原画的故事似乎早已忘了，现在他从心里认为，非给樵夫画上斧头画才完美，才能算作好画。

陆扬进步很快，由秘书到办公室主任，若干年后接了局长的班。陆扬当上局长后，那幅画就挂在了自己的办公室。闲暇无事时，他常端着杯茶水，慢慢欣赏品味自己的画。

　　这天，他又在看画，看着，不由自语道："真是好画！"话刚说完，就听背后笑道："狗屁好画！"他一怔，转脸竟是老局长。老局长说是来退休办填表的，顺便过来看看，又说："画就别在办公室挂了，本来是好画，画上斧头就不是好画了。"

　　老局长说的陆扬一愣，见陆扬满脸疑惑，便告诉他那个故事他早就听说过。陆扬竟然不明白问："啥故事？"老局长道："到现在了还装！"于是简单讲了那个早已被陆扬遗忘的画的故事，陆扬不由满脸通红，问老局长当年为啥要装糊涂。

　　老局长笑笑说："当时看到评委们一片叫好，我觉得好笑，不知他们是真懂假懂，想逗逗他们，故意提出疑问，也好引你讲出画的故事，没想到竟是那样一个结果！我也不好再说什么了，不然大家都没面子，都下不了台。"

　　陆扬沉默了，没想到会是这样，只是不明白老局长为啥还会重用自己。他看着老局长想说又没说出来。老局长似乎也看穿了他的心事，想告诉他正是通过这件事，感觉他变成熟了，适合在自己身边工作了……果然，他没看走眼。

　　不过，老局长什么都没说，只是"嘿嘿"笑着离开了。

· 作者简介 ·

　　曾宪涛，山东人，居徐州，1979年开始发表作品。作品见百余家报纸杂志，为众多报纸杂志转载，收入近百种文集。

一只茶杯

□ 孙道荣

看来，这一回是动真格的了。

在县领导班子"比作风，找差距，树新风"的会议上，班子成员们互相开炮，相互找问题，进行批评和自我批评。以为不过是又一次走过场，没想到，这次来真的了。从网上公开的视频来看，班子成员们互相批评时，真的是一点不留情面，有的批评还相当尖锐。

最让网民们解气的，是刘副县长对黄四黄县长的点名批评："每次开会，都是秘书帮你拎包，帮你把茶杯放好，你知道不知道，你这个做派，就是一种官僚作风，干部群众对此非常不满，影响很不好！"

网上一片点赞。现在的领导，皮包有人拎，茶杯有人端，雨伞有人撑，车门有人开，一个个养尊处优，跟个老爷似的。久而久之，人们差不多已经见怪不怪了。

这个刘副县长，真是太勇敢了，说出了大家的心声。要知道，这可是在县领导班子会上；而且，据说市里和省里都有领导参加，现场监督；最厉害的是，这回还第一次全程网络录播，全县的老百姓，都眼睁睁看着呢。

黄县长，当场低下了头，擦着脸上的汗。

一只茶杯

记者还不肯放过,又给黄县长面前的茶杯来了个特写,定格了整整5秒钟。

这条视频的点击率,眨眼之间过百万,评论无数,一边倒地对黄县长这种连茶杯都要秘书帮着放好的官僚作风和习气,展开了严厉的批评和指责,要求黄县长必须向全县人民郑重道歉;有人声泪俱下地哭诉,黄县长的种种霸道行径;一个名叫骷髅的网民最活跃,连发尖锐评论,甚至要求黄县长立即下课,引起一片赞叹。

网上舆论一边倒,且有失控的危险。黄县长的日子,不好过了。

就在网上一片群情激愤的时候,网民骷髅忽然又提出一个细节,他说,大家注意到了没有,黄县长的茶杯,竟然是一个罐头瓶子!

真的是这样吗?光顾着愤怒了,还真没注意。网民们回头去看视频中的那个茶杯的特写。看清楚了,茶杯真的是一个普通的罐头瓶子,肚子圆鼓鼓的,杯壁上,还结了一层厚厚的茶垢,显得又土,又旧,又老气,又肮脏。

网民们呆住了。一个堂堂的县长,怎么会用这样的杯子喝茶?!

有人怯怯地说,看来黄县长还是蛮朴素的。不少人附和,没错,现在哪个当官的,不是戴名表、穿名牌、抽名烟啊,咱们的黄县长能用这样的茶杯喝水,说明他至少艰苦朴素。舆论的风向,悄悄地转变。

但网民骷髅显然不肯就此罢休,他激动地说,你们别被表面现象迷住了眼睛,茶杯不过是一个容器而已,关键的是里面的茶叶,贪官喝的茶叶,动辄几千几万一斤。网民骷髅一针见血地指出,黄县长弄个罐头瓶子当茶杯,也许不过是作秀,是幌子。

现在有的贪官,什么鬼点子都使得出,比如把茅台装在矿泉水瓶子里。那么,黄县长的罐头杯里,到底泡的是什么茶呢?这引起了网民们极大的兴趣,大家又纷纷回头去看那个定格的特写镜头。感谢那名记者,很专业,拍得很清晰,杯子里面的茶叶,清晰可见,叶片很大,不少叶片还连着粗粗的茶梗。

网民们彻底惊呆了,这哪是茶叶啊,就是工地上的民工泡的茶梗啊。这、这就是县长每天喝的茶吗?

沉默。继续沉默。突然,网上的评论像火山一样再次爆发,几乎所有的人都向黄县长发出了点赞。

大街上的人也奔走相告:你们知道吗,咱们的黄县长是个难得的大清官

173

啊,他喝茶的杯子竟然是个罐头瓶子,茶叶更是那种最便宜的大梗茶。竟然还有人污蔑咱们的黄县长,真是人心不古、世风日下啊。

网名骷髅发出了最后一条信息,向大家表达深深的歉意后,就灰溜溜地下线了。

贾主任长长地吁了一口气,关了电脑,走出县政府办公室。这一天,真是太惊心动魄了,好在一切都在掌控之中。自己必须再起一个网名了,叫什么呢?贾主任摇摇头,明天再说吧。

见贾主任最后一个走出大院,门卫老赵关上了政府大院的大门。他端起桌上一只亮铮铮的骨瓷茶杯,对着贾主任的背影,美滋滋地呷了一口,心里默默地想,贾主任真是好人啊,拿这么好的茶杯换走了自己那个用了二十多年的罐头杯子。

路灯将贾主任的影子,拉得越来越长。

· 作者简介 ·

孙道荣,1966年生,安徽和县人,现居杭州。浙江省作家协会会员,浙江省杂文学会理事,杭州日报报业集团专业带头人。

到领导办公室坐一下

□ 李国新

老刘忽然想到领导办公室坐一下。

这个念头一闪出，他就决定了。

老刘在机关工作快三十年，一直默默无闻，一直在后勤科当副科长。科长换了不知多少个，但都轮不到他。

从他科里走出的科长，几乎个个都提拔了，领导就是其中的一个。

老刘一年之内很少到领导办公室去，除特殊情况去过几次，那也是无事不登三宝殿。

老刘走到领导办公室门口，见里面有人，他的脚步停了，站在外面等。

里面的人把话讲完，正朝外面走出来，领导在里面说，我就不送了，慢走。

老刘趁这空档挪动步子。突然，从外面跑来一个人，急急喘喘的，说找领导有急事。老刘就让他先进去。那人朝老刘点头，麻烦了，不好意思。

这个人和领导讲了好一会，才慢慢出来。

老刘见他走了，挪动步子，走进领导办公室。

领导一惊，老刘啊，你好，请坐，请坐。

老刘一屁股坐在领导的办公室里。领导亲切地问，老刘，稀客哩，有事吗？

老刘很少来领导办公室，来的话，应该是有事。

可老刘说，没事，没事哩。

领导说，肯定有事，尽管说嘛。

老刘不好意思地摇头，我真的没事。

没事，我不相信。领导被老刘的神态弄得有些不解。

我没事，只是来坐一下，老刘解释。

领导心里可不能想老刘没事，就笑嘻嘻的，马上给老刘倒了一杯茶。老刘起身接茶，受宠若惊的样子。

领导又给老刘递来一支烟，老刘接了。

老刘感谢地说，太客气了，不好意思。

领导说，哪里，哪里。我们过去是老同事哩。

老刘就说，是的，你过去是我的老领导，现在更是。

领导又说，老刘，你今天是不是有事？

老刘说，没事啊，真的没事。

领导摇头，我不信，你一定有事。告诉我，别不好意思嘛。

老刘摇头，真是没事，想来坐一下。

领导还是摇头，我真的不信。

老刘马上起身，领导，要不我走了。

不，不能走。领导起身拉住老刘，不走，坐一下。

好的，老刘就又坐下。老刘坐下，又没有话对领导说。

他就望着领导笑，那是一种微笑，但微笑中有些不自然。

领导察觉到什么，对老刘说，老刘啊，你我都在一个单位这么多年，你从来不找我，你今天来，有点不对劲。

老刘打断领导的话，有什么不对劲啊，我真的没事，就是想来坐一下，就这个理由啊。

领导哈哈笑起来，真的，就这么简单吗？要不，我想多了。

领导，你真的想多了，如果有事，还怕对你说？

是啊，是啊，我们是老同事嘛！

正在这时，外面有人探头探脑，老刘知趣，自己不能再在这里坐了，就起身告辞。

老刘，没事就来坐一坐。

好的，没事我来坐一坐。

老刘一走，外面就进来一个找领导的人。

领导的心里还是不明白，老刘肯定今天有事。

老刘一出领导的门，就快步回到自己的办公室。

不久，老刘当上了科长，这是老刘自己都没想到的。

他想，有这等好事，我为何不早到领导的办公室走一走坐一坐呢？

·作者简介·

李国新，湖北省作协会员，在《小说选刊》《青年文摘》《文学报》等国内外多种报刊发表文学作品二百八十多万字。

程小那的春天

□ 李世民

算起来,程小那来到餐馆,还差三天就一个月了。程小那想着,快发工资了,等发了工资,就给儿子买一身好看的衣服,寄回去。

外面,风很大,好像飘起了雪花。餐馆里,却是暖意融融。茶是刚沏上的,飘着淡淡的香味。菜是刚端来的,冒着热气。客人们一边用餐,一边兴致勃勃地围绕着某个话题随意侃聊。服务生们脸上挂着微微的笑意,穿梭于亮亮堂堂的大厅里,当然,也包括程小那。

程小那从传菜生托盘里端过一盘名叫夫妻肺片的凉菜,轻轻放到了一对夫妻模样的客人桌子上。那对时尚的小夫妻抬起头,不约而同地说了一声"谢谢"。轻轻淡淡的两个字,却像春天里一阵暖暖的风,吹开了程小那心中的花朵。

就在程小那转身的时候,却出现了一点小小的意外。一位传菜生端着一份紫菜蛋花汤走了过来,正好与刚刚转身的程小那撞了一下,还好,程小那反应很快,双手托住了传菜生手里的托盘。尽管这样,托盘上的碗还是晃动了几下,蛋花汤溅了出来,有好几滴落到了一位客人的衣服上。

程小那马上慌乱起来,她抽了两张餐巾纸,一边弯下身为客人擦衣服上的汤渍,一边红着脸说:"对不起,对不起。"那位头发油亮,在后脑勺扎了根马尾辫的男人甚至连头都没抬，拖着长腔说："一声对不起就完事了？"

程小那站在那里不知所措，一双小手都搓红了。

小辫子男人说："去，把你们老板叫来！"

"我赔，我赔好吗？"程小那低声说。

"一万三，你赔得起吗？"小辫子男人冷声说。

程小那一下子像掉进了冰窟窿，她望着小辫子男人冷峻的面孔，摇了摇头。"快一点，把你们老板叫来。"小辫子男人有点不耐烦了。

"我赔一千好吗？"程小那鼓足了勇气说。程小那说出这句的时候，心里又后悔了，一千块，是自己将近半个月的工资，这样的话，儿子的衣服成泡影了，还有，下个月的生活费哪里出呢？！

"笑话，你怎么好意思说出口，我这可是演出的服装，最少也要出五千。我的时间很宝贵，一分一秒都耽误不起，你不要磨蹭了，不然，我打110。"小辫子男人的话像刀子一样锋利。

程小那不知道该怎么办了，她躲到角落里站着，眼泪顺着脸颊流了下来。一会儿，警察就来了。看样子，小辫子男人真的报警了。

警车开得很快，程小那心跳得比警车还要快。她茫然地望着车窗外闪闪烁烁的城市夜晚的灯火，不知道警车开往哪个方向。车窗外，飘舞着大片雪花，一片一片地像钻进了程小那的衣领里，凉透了后背，向周身蔓延。

处理事情的是一个高个子警察，他把小辫子男人和程小那带进了一间警务室。

大个子警察开门见山："你们谁先说？"

大个子警察话还没落地，小辫子男人就抢了话茬："我先说，我先说。"

于是，小辫子男人理直气壮地讲起了程小那怎么弄脏了他昂贵的演出服装。

大个子警察转过身对程小那说："你愿意赔他吗？"

程小那想说什么，却什么也说不出来，只有眼泪涌了出来。

大个子警察想了想，对他们说："下面，我要进行单独谈话，你俩一个一个地谈。"

大个子警察又对小辫子男人说："刚才，是你先说的，现在，我要和她谈。你先到门外等着，等我们谈完了，你再过来。"

小辫子男人开门出去的时候，有凉风嗖嗖地吹进了屋子里，有雪花飞舞着钻进了屋子里。

大个子警察问程小那家乡是哪的,程小那说是河南的;大个子警察问孩子谁看着呢,程小那说爷爷奶奶看着呢;大个子警察问程小那家里还有几亩地,程小那说家里还有五亩地;大个子警察问程小那一亩地能收多少斤小麦,程小那说一亩地能收九百斤小麦……问来问去,程小那觉得好奇怪,这个大个子警察,跑题了吧?

回答大个子警察问话的时候,程小那看了看窗外,外面的风呼呼地刮着,大片大片的雪花飘着,走廊下的小辫子男人缩着脖子,搓着手,跺着脚。

大个子警察为程小那倒了一杯开水说:"喝点水,暖和一下。"

程小那喝了水,觉得挺暖和的。

不知不觉,一个小时就过去了。

程小那再往外面看,小辫子男人不知道什么时候走了。

这时,大个子警察对程小那说:"走,我送你回餐馆。"程小那说:"那个人呢?"大个子警察笑笑说:"早该到家了。"大个子警察又说:"我要告诉你的老板,今天不能扣你工资,还有,以后遇到这样的人,你先报警。"

此刻,车外雪花乱舞,而程小那心里的那个春天,却开始发芽吐绿了。

·作者简介·

李世民,河南永城人,作品散见于《百花园》《短小说》《小小说选刊》等期刊,出版小小说集《幸福倒计时》《有一朵花是葵花》。

三个电话

□ 刘怀远

一、施工队给承包商的电话

王总，您好！

什么时间来我这里喝酒啊？这几天没时间？有时间再联系？行。我们这里的特产大龙虾已经新鲜上市了，您可一定要来哟！

我也没什么事，真没事。啊？没事先挂电话啊？别，别，我还有点小事，咱的工程也结束了，合同内的我们做了，合同外的，只要业主提出来，我们也给做了，业主方很满意，您看，是不是把工程款给结了。您也知道，材料款我垫付了80%，农民工的工资都欠了大半年，怎么说也该给弟兄们开些钱了，拉家带口的都不容易。什么？您马上让财务给我们办款？那太谢谢了，遇到您这样爽快的老板真好！

二、承包商给业主方的电话

郭总，您好！

我是老王啊！

对，我打电话不是为工程尾款，您给了那么多，还剩这5%的质保金哪能催您呢？呵呵，您想什么时候给，就什么时候给，只要您对工程满意，我也就放心了！什么，非常满意？那就好，那质保金不用等合同规定的时间到期，现在就付行吗？呵呵呵呵。

今天给您打电话，是想让您认真检查一下，看还有哪里不满意，还有没有需要再完善的地方，如果各方面都满意，我可把应付给施工队的钱付出去了，不过您那儿再有什么问题，想修也困难了。好，您再检查下，这么大的工程，还能找不到一两处做工粗糙的地方？找几条出来，就够我们教育员工用，好让他们今后对质量方面更加精益求精。好的，就这样，我等着您给我发传真，您一定要盖了公章传来呀！

三、承包商给施工队的电话

老刘啊，事情是这样，我正安排财务给你汇款，郭总（业主方）就来电话了，对我发了一通脾气，骂我个狗血喷头，一个劲儿问你们专业是干什么的，之前干过这样的工程没有？

什么？你还说你们走时郭总很满意？满意个屁！那是他当时没来得及细看，真是一团糟的工程啊，我也不知道你们怎么干的。你来给维修？好啊，那怕是要重新返一遍工的，人家已经提了一整张纸的意见，传真件就在我桌上，你随时来看。你想较真是不，好啊，业主正求之不得呢，你做工程的不是不知道，要找毛病还能没毛病？

我跟业主方再说说？我能不说吗？毕竟咱们是拴在一起的蚂蚱，我还能不替你说话？闹心啊。刚跟郭总解释了半天，他让我说得才消了气，说再观察一段时间，没新的质量问题就不用去维修了。唉，工程款的事儿你就再等等吧，做生意讲诚信讲道德，我们不差钱，也从没差过谁的钱，这回是第一次遇到这样的事，竟是你们质量原因造成的，下回一定要注意了，给你们自己造成资金周转困难不说，也让我们背一个欠人钱的名声，多不好……

· 作者简介 ·

刘怀远，武汉市东西湖区作协副主席，作品发表在《小说月刊》《山西文学》《山东文学》等。

禅语

□ 李曙阳

大学毕业后,眼看着自己的大学同学一个个都找到了合适的工作,也都找到了合适的女朋友,而自己还是王老五一个,工作也一直没有着落,张舞心情很是烦躁,他开始怀疑自己是废物一个,甚至产生了轻生的念头。

张舞的父母对此很忧虑,一个春暖花开的日子,在他们的劝解下,张舞决定去离家几十里地的大青山散散心。

张舞爬到半山腰,觉得有些口渴,这时,他看到不远处有一座寺庙,就急忙向那边赶去。

那座寺庙名叫"鸡鸣寺"。寺不大,一间正殿里供的是佛祖释迦牟尼,两间偏殿供着观音菩萨、弥勒佛,还有一间和尚住的禅房,一位年纪很大的老和尚正在正殿念经。张舞没好意思打扰他,就在一旁等待着。一会儿,老和尚念经完毕,睁眼看见了张舞,就说:"施主,你是不是有什么事情需要老衲解惑?"张舞说:"大师,我口渴了,能不能给点水喝?"老和尚说:"施主,老衲看你愁眉不展的样子,你应该不只是口渴,心里也渴!"张舞像遇到了知音,就把自己的境遇一五一十地对老和尚说了一遍。

老和尚点点头,回了自己的禅房。不一会,他端来了一碗小米粥,用筷子搅了一会,粥变得浑浊起来,然后他又把粥放在桌子上,渐渐地,米粒沉下去,粥也澄清了很多。

看着老和尚做完这一切,张舞忽然间大彻大悟,他朝老和尚深鞠一躬,说:"谢谢大师答疑解惑,我一定照着您说的办,走好自己的路!"说完他将身上所有的钱都投进了前方的功德箱,然后就兴冲冲地离寺而去。

第二天,张舞就去找了一份物业的工作。以前,张舞认为这种工作只有没文化的人才会干,自己连考虑都不会考虑的。而现在,张舞从应聘成功的第一天,就俯下身子,从基层维修工干起,不怕脏不怕累,广受业主赞誉,再加上他的文化高,第二年就被公司提拔为经理,第三年又被提拔为公司副总,不光如此,他还找到了满意的女朋友。

成功人士张舞知道自己到了今天,与鸡鸣寺的那位老和尚有直接的关系。他不是忘恩负义的人,一个星期天,他带上香烛等物,驱车来到大青山,去探望那位老和尚。

大青山依旧那么绿,鸡鸣寺依旧那么古朴,老和尚也依旧在正殿念经。张舞一进大殿,扑通一声就给老和尚跪下了,老和尚睁眼看到他,忙起身把他扶起来,说:"施主何必行此大礼?"张舞说:"要不是当年大师给我指点迷津,我怎么可能有今天的成就!"说完,他又把这些年的经历跟老和尚说了一遍。

老和尚听完,说:"老衲记起施主来了,施主是不是在三年前的春天,口渴了来小寺找水喝?"张舞点点头,说:"正是,那时您说我一副愁眉不展的样子,应该不只是口渴,心里也渴,还进一步的点化我!"老和尚一副疑惑的样子,说:"点化施主?我怎么不记得!"张舞说:"您端来一碗小米粥,用筷子搅了一会,粥变得很浑浊,然后您又把粥放在桌子上,渐渐地,米粒沉下去,粥也澄清了很多。您用此举告诉我两个道理:一、人的心情就像这一碗稀粥一样,不能浮躁,静下心才能看清生活;二、生活中大鱼大肉是一顿饭,稀粥也是一餐饭,您是告诉我不能好高骛远,只盯着那些大公司的高薪职位……"

老和尚听完,先是怔了一会,接着哈哈大笑,张舞被他笑毛了,小心翼翼地问:"我说的不对吗?"老和尚止住笑,擦了擦眼角的眼泪,说:"施主的想象能力太丰富了，其实，当时老衲的意思很简单：粥凉了，施主可以喝了！"

·作者简介·

李曙阳，日照东港区作家、日照小小说创作协会会员，在多家报刊发表小小说数十篇。

阿六报仇

□ 谢大立

"阿六,我的好兄弟,你就是走,也要把眼睛睁开一下,看看我。兄弟十个,就剩下我们两个了,你要真走了,往后我活在这个世界上就连个亲朋都没了……"

阿六有些感动,一使劲,眼皮还真的被拉开了。

"阿六,你睁开眼了!听他们说你有十天十夜没睁开眼了,我来看你,你能把眼睛睁开,真的是叫我很安慰……"

阿六看到阿大的同时,也看到了他的丐帮兄弟们,眼睛一眨,心里的感动就打起折扣来——他这时来看我,在我昏迷的时候,当着我的兄弟们说这些话,是不是又有图谋?想把我的这一帮叫花子兄弟玩弄于他的股掌?

想着,阿六的眼睛习惯性地瞄向阿大脸上的疤痕。疤痕正一跳一跳呢!阿大要害人杀人,疤痕就一跳一跳。师父死时,师叔从老远的地方赶来,说阿大很可能是与他交过手的一名日本武士,入耀武门是有图谋的,掌门人的死一定与他有关……不久,他就看到了阿大杀师叔,他的刀从背后捅向师叔时,脸上的疤痕就是这样一跳一跳的。

杀阿蕊时也是一样。

阿蕊是师父的独生女，花朵儿般的女孩子，阿大脸上的疤痕一跳，持刀的手犹都没犹豫，就把刀捅进了阿蕊的胸腔，还想再捅时，阿六挡开他的刀。阿六也就受到了阿大挑断右脚筋，赶出耀武门的惩罚。从那时起，阿六就成了流浪汉，乞丐帮的一员，也成了个复仇使者。为自己复仇，更为师父，耀武门的兄弟姐妹们复仇。他曾多次暗暗发誓，这辈子要杀不了阿大，死也要想个法子与他同归于尽。

"我还能与他同归于尽吗？"自己连把眼睛睁一下的力气都快没了，又有什么办法与人同归于尽呢？一泄气，阿六的眼皮又重新合上了。合上了的眼皮，还挤出来一些泪。感觉有人帮他擦泪，感动又使他把眼皮拉开了。帮他擦泪的是阿大，他的丐帮兄弟们正把感激的眼神投向阿大。

"不能让他再演下去！更不能让他再祸害我的这些丐帮兄弟⋯⋯"

阿大边帮他擦泪，边故伎重演：

"好兄弟，你不会就这么走吧？这个世界上有你，可是我的精神支柱⋯⋯"

阿六懂支柱。入耀武门前他是个木匠，父亲被日本鬼子杀害，他想让砍木头的斧子变成杀日本人的利器，才投身耀武门的。"一个房子被抽去支柱，房子会轰然倒塌，一个人的支柱被砍断，是不是会像房子一样崩溃呢？"

"砍断他的支柱，这也许是我与他同归于尽的最后一招。"

于是阿六说："阿大你就别猫哭老鼠了，你知道的，我们不是兄弟，也不是你所说的亲朋，我们是敌人，你死我活的敌人⋯⋯"

阿大一阵警觉，仿佛在说，这家伙怎么又说起话来了。

"阿六，我知道你神志不清了，我们是亲朋，兄弟。"阿大说。

阿六说："不！我的神志一点不糊涂！"

"阿六，你蓄点精力，别再说胡话了。"阿大打断阿六的话。

阿六冷笑一声："你怕我说话了？我说的猫哭老鼠点到了你的筋上吧？"

阿大大惊失色。

阿六不紧不慢说："是亲朋、兄弟，你就不会弄残我，我也不会杀你。杀你的事过去我一直没承认，今天我宣布承认。"

阿大的眼睛睁圆了，眼珠子快要弹出来。

"那次杀你，是我和阿蕊、阿七一起谋划的。阿蕊失手了，阿七急中生智对我的大腿上打了那一枪，叫我把责任推到他的身上，之后饮弹身亡。"

阿大快要弹出的眼球，变成了两颗红灯泡。

"阿二找你决斗，也是我的一句话。师叔把你是日本鬼子的事告诉了我，我又告诉了阿二，阿二和我一样，都与日本人有不共戴天的杀父之仇。他技不如你，死在你的手里，但他相信有人会帮他杀掉你的。"

阿大死死地盯住阿六，脸上的疤痕又急骤地跳起来。

只差最后一斧子了，阿六想到阿大的两面性。

阿大虽然杀死了阿蕊，但他背着人的耳目又多次去阿蕊的墓前祭祀，并一直没再娶，这说明阿蕊在他的心里是很重要的。他对阿蕊下毒手是迫于什么，如果拿阿蕊说事，一定是致命一击。

于是，阿六一笑说："我还知道一个天大的秘密，阿蕊的会阴部有一块记。阿蕊为报父仇，表面上是你的女人，暗地里却和我好，在成为你的女人前，早就跟我有那回事了。你花了那么多心机把阿蕊弄到手，也不过是吃了块我嚼过的馍……"

阿大的脸成了猪肝色，骂："你这个畜生！"

阿六说："你阿大才是畜生，你们日本鬼子才是畜生，比畜生还没有人性！"说着，目光如炬，与阿大对峙。乞丐兄弟们为他喝彩，打狗棍把地杵得山响。

阿大话不成句，说："你，敢骂，老子……"说着，两手向阿六掐来，却被乞丐们的打狗棍架住。阿大的身子一阵颤颤巍巍后，一口血，从嘴里喷薄而出，眼球翻白，头一偏，身子歪倒在地上。

"阿大的精神支柱被我几斧子砍断了……"阿六欢呼。

"师父。我为您报仇了！阿蕊，阿二，阿三，阿四……我为你们报仇了！"

阿六奇怪自己怎么一下子变得这么有力气？就这么一奇怪，他听到了嗤的一声响，是那种车胎穿孔的声音，他的力气也跟着泄了。

他想说，阿蕊，对不起，为了置这个不共戴天的日本鬼子于死地，我……话没说完，他听到了一个来自天国的声音："阿六，你干得好，我在这边等你呢！"

作者简介

谢大立，湖北作家，中短篇小说三次获湖北省政府"文艺楚天奖"一等奖，出版文学作品集三部。

杀羊

□ 远山

厨子大平面对一只母羊,一只怀了四个月身孕的母羊,他就想起了怀孕的妻子,再也下不了手。

老实讲,大平不能算是厨子。虽然当初招他到宾馆来,讲的是当厨子。大平到宾馆后,才被分工杀羊。两天杀一只羊。

大平是抱着到宾馆当厨子的想法来的,没承想却做了杀羊的屠夫。闹得浑身一股子腥膻味儿,连新婚的媳妇都腻歪他,说他羊(洋)气。再长俩犄角,简直就成了一只羊。

大平杀羊只杀母羊,而且是怀了胎的母羊。因为有人喜欢吃羊胎。据说羊胎这东西,吃了很补。公羊从来不杀。一刀下去,两条命就结果了。心软的人下不了手,快上断头台的薄命羊"咩咩"一叫,手就禁不住抖动,刀把子也软了。羊生性柔弱老实,没有点铁石心肠,断断练不出杀羊手艺。在大平之前,宾馆招来了一位,一只羊没杀,就逃走了。临走还搁下一句话:我宁可去杀人。

大平心不软,比石头硬。他从小就爱打架,是个使刀弄棒的主儿,大了有一回因帮哥们出气,两肋插刀,一刀捅了泼皮无赖的大腿,因而蹲了两年局子。

　　这只母羊可怜巴巴地望着大平，浑身哆嗦起来，眼里滚着大滴大滴的泪，嘴里"咩咩"叫得让人心酸。这只羊甚至伸出舌头，讨好地舔着大平握刀的手。大平的手热辣辣地疼。羊舌如同一把刀，一刀过去，似乎就刮去他手背一层皮。大平不由自主摸了摸羊脑袋，一路下去，又摸到了圆鼓鼓的羊肚子。大平昨晚上，也摸过妻子的腹。妻怀孕七个月了，他趴在妻的腹上能听到胎儿怦怦的心跳声。大平因此很激动，他不久就可以当爸爸了。大平默默地看了一会儿可怜的母羊，对羊说：对不住了，我不杀你，我的饭碗子就得丢。

　　大平的饭碗子来得不易，他从局子里一出来，没人要他。幸亏他有一门远房叔叔在县里当着局长，局长叔叔找到宾馆的经理，经理才给了大平一个当厨子的"饭碗儿"。不易呀！大平好烟好酒没少给叔叔和经理送。

　　羊又"咩咩"叫起来，像一个妇人在哭，几多悲哀，几多凄凉。羊之将死，其"咩"也善。

　　大平举起的刀，犹豫了。他又想起了妻子，想起了妻子肚里的孩子。

　　正是为了妻子，为了未来的孩子，他得杀羊，他得当厨子，挣钱养这个家。自古猪羊一刀菜，我不杀，别人也会杀，断没有猪羊不被杀的理儿。

　　于是，大平又挥刀冲向母羊，谁想这只羊"扑通"跪下了，冲着大平不停地磕起头来，"咚咚"响，地上马上起了细微的尘土。

　　这只母羊，会不会是人变的，咋这么通人性呢？

　　大平实在下不了刀，他妥协了，投降了，向一只母羊缴了械。

　　晚上，宾馆来了贵客，又要吃羊胎，席上却没有端上来。

　　经理寻根查源，原来竟是大平没有杀羊。经理气急败坏，找到了大平。

　　"你知道吗，你小子可捅了大娄子，我非开除你不可。这羊胎是李县长要吃的。李县长身体虚，每天就得吃羊胎补一补。现在，李县长就坐在了席上，你让我怎么交代？得罪了李县长，我非把你当羊胎做了，给李县长做了吃。你他妈的，真不是东西。"

　　经理暴跳如雷。

　　大平却不动声色，冲经理冷冷一笑，扭头去了，只给经理留下个背影。

　　两个月后，大平的妻子生下个女孩。

羊年生的,小名就叫了个羊羊。

·作者简介·

远山,本名刘利华,中国作协会员,1980年开始文学创作,迄今已发表文学作品二百余万字。

从汉江到汉城湖

□ 杜文娟

生活因为充满变数而神奇，在无数个过往的日日夜夜里，怎么也没有想到，今生能与汉长安城结缘。

这个缘结得毫无征兆，没有防备。

几年以前，在西安北郊买了一套房子，买的时候对周边环境知之甚少，图的只是便捷和便宜。某一天，站在阳台上眺望，就见到一座方塔，从塔的颜色判断，自然是仿古新塔。将目光继续延展，树木葱茏中一个袖阔肩宽的男人映入眼帘，从气势来看，定是不凡·高人。

心中惊喜，哼着小曲一蹦三跳，几分钟之后就跳到北二环旁，左看是车流，右看还是车流。方塔就在二环紧北。威武的男人也在等我，一等千年，我像大海中的金枪鱼，在大小车辆的洪流中，迂回宛转，惊心动魄间，终于穿越车浪，吓得一位少年脸色突变，惶恐躲闪。回眸顾盼，一座高架天桥咫尺可见。

拍一下脑门，骂一声自己，就到了方塔近边。从标志来看，原来进入了汉长安城遗址公园，方塔是长安城角楼，季风中屹立的铜塑男人即是汉武帝刘彻。

从此以后，无论是初春还是隆冬，这里成为我散步消闲的主要场所。城墙遗址、大汉雕塑、画舫、汉阙、音乐喷泉，在春草与夏花间愈加亲切。

最心仪的还是那一湖水，绵延数十里，此前被唤作团结水库，更久以前，应该是长安城的漕运河道。水域之上，有数座桥梁相连，最常跨越的是双孔玉蜓桥。移步桥上，凭栏顾盼，远处有阡陌，近处有冬青，不远不近的地方飞鸟蹁跹、烟波袅袅。向晚时分，桥上桥下，湖岸两边，彩灯流苏，光影迷离。这个时候，有些恍惚，似乎回到汉江之畔，那里有我的青春记忆，天真憧憬，有我春水般的思念和绵延万里的期盼。

沿着垂柳依依的湖岸行走，垂钓者、吼秦腔者、舞剑者、观光者和平相处，互不叨扰。槐花一开，颂扬整个春天。

绿树与翠竹总在岸边，在岸边的曲径通幽处，漫步在悠长婉约的小径上，心会剧烈跳跃，恋爱的冲动倏然升腾，驱也驱不散，心就变得柔软、敏感、多情。多年前的刘邦、吕雉、戚夫人以及众多帝王将相、才子佳人，会不会也走过这丛绿，经过这份幽，安享这份静。是否同我一样，沐浴同一轮月光，赏析同一缕朝阳。

水榭畔有一处酒吧，白墙红柱、飞檐斗拱、朱雀瓦当，仿汉建筑，室内装修极具后现代特色，音乐与啤酒气味相投。进去，出来，仿佛千年。

几乎每个黄昏，一处小广场上总是歌舞升平，男男女女，或双人舞，或独舞，一眼望去，一匹汉白玉高头大马和一位英俊男子矗立人群中间，拨开云雾般的臂膀、花剑、绸扇，走近那人那马，马脖子上挂着一个小型音响，歌声就是从这匣子里飘出来的。马耳朵上摇晃着一串钥匙，钥匙上吊一只铃铛，在晚风中叮当脆响。马尾巴也不清闲，挂着一个布袋，一片菜叶伸出袋口，随着舞步和扇子舞动的节奏，湖水般荡漾。仔细去看，影影绰绰，辨不清马是何方神马，人是何等雅士。掏出手机，借着手机光去看，就看清马蹄下的石刻——韩信，名字后面有百余字简介。与韩信像三足鼎立的地方，分别是张良、萧何的塑像和坐骑。

后来，只要到汉城湖散步，必要多看韩信、张良、萧何几眼，也知道这是汉初三杰广场。远亲不如近邻，我觉得我们是那样亲密，那样相知。

一个春日，几位朋友相约去郊外踏青，稀里糊涂爬上一座长方形陵墓，陵墓上青草萋萋，生机盎然。大家争相采撷春天的娇美，一位姐姐要我帮她采野韭菜，勤劳了好一阵子，采一捧青绿于她。说话间，一眼就看见墓碑介绍，吕后之墓。举目四望，不远处是汉高祖刘邦的长陵和几位太子墓。

我是什么时候意识到汉长安城的荣耀的？

还得从一次南国之行说起。几位朋友喝茶聊天，一位女士大谈她的居住之美，门前有绿地，窗后有浅山，鸟语花香，空气清冽。大伙一起赞叹，人在这样美好的环境中，不出人头地才怪呢。人如果没有安顿身体和灵魂的好场所，简直就别来人世间。接着，有人说自家楼下有两株香樟树，每天傍晚围绕香樟转十圈，转着转着，浑身上下香气四溢。也有人说，离小区三里地的地方，有一个公园，公园里有一湖水，水面上总是游着十只鸭子，两只白色，五只灰色，还有三只不黑不白。有人插话，离家十里地有一条小溪、一片树林，夏日里常去烧烤。然后，大家全都盯着我，我被盯得不好意思。只好说，汉江从我窗下流过，现在陪伴我的是汉城湖。大家顿时睁大眼睛，争先恐后地问，是汉朝的长安城吗？是汉长安城遗址公园吗？我点头称是。有人猛地扑上来，就要拧我耳朵、捶我肩膀，边打边骂："瞧这个家伙藏得多深啊，守着一座千年皇城，一声不吭，还在我们面前装弱势，显得我们多没文化。"

那一瞬间，才觉得自己果然是一位幸运的女人。

·作者简介·

杜文娟，女，大学文化。中国作家协会会员，曾在《十月》《北京文学》等刊物发表中短篇小说和其他作品多部。

阿大和他的姆妈

□ 徐慧芬

姆妈！姆妈哎，姆妈来呀！呼唤带着撒娇，声音苍老，出自男人之口，这让我好奇。我循声探去，只见对楼底层一户人家的天井里，一个约莫七十出头的老汉盘坐在轮椅上，手里捏着半截油条正往嘴里塞，另半截掉地上，已被一旁的小狗叼起享用着。一会儿跑出一位满头白发的瘦小老太太，边呵去小狗，边用手上的毛巾，给老头擦嘴擦手。

听到呼声才知道，原来这是母子俩。我家厨房的北窗正对着他们家的院落，门洞大开，这对母子的生活场景常入我眼帘。

老儿子整日坐在轮椅上，腿脚不能动，手能动，但不太利落，嘴却喜欢说道，"姆妈姆妈"声是不断的，偶尔也和小狗说两句，或自说自话几句。老太太是终日忙不停，戴着印有某纺织厂字样的白饭单，和一副防水袖套，忙碌在水槽边或一旁用水泥板铺成的长条案板前。不时"嚓嚓嚓"，在用搓衣板洗刷衣物；"笃笃笃"声也常闻，这是在案板上剁肉斩菜，往往不一会儿，就有一碗热气腾腾的馄饨端到儿子嘴边。儿子边吃边夸：好吃，好吃！做娘的则关照：慢点，当心烫、当心噎！

春秋时节，天气好时，老太太就推着轮椅上的儿子步出院门，在附近小径上来回兜几个圈子,有熟悉者就招呼:阿大娘,带阿大出来啦!阿大,就是这个老儿子。冬天,出太阳,母子俩就在院门外墙根处孵太阳。此时老太太也不闲着,将一条毛毯盖住儿子的下半身后,就用自己的老胳膊轮番摇起儿子的左右胳膊,一下又一下,帮儿子活动筋骨,或者将儿子的一双手,拢到自己手心里,从指尖到指根,十根手指一一按摩到家。夏天,家门口的老柳树下,是母子俩乘凉的地方,儿子手上捧着一只收音机,老母亲靠在边上,手捏一把蒲扇,一扇一扇,朝向儿子。渐渐,儿子鼾声起,老娘轻轻拿下收音机,才把扇子转向自己。

一个夏日的午后,看老太太为儿子理发。替儿子围上围兜后,老太太摆开了理发师的架势,刀起发落,前后一转,不一会儿,一个标准的板寸头完成。洗头也是别一格,温水一盆盆端来,只管用毛巾搓擦。弄好后,老太太跑回屋里取来一面小圆镜子,递到儿子手上,儿子瞅着镜子里的自己,摇头晃脑嘿嘿笑,老太太就拍了他几下后脑勺,嘴里嘀咕了几句。我笑了,猜想是那句俚语:"新剃头,不打三记癞痢头。"

一次,镇上的小学校广场上,正在举行居民运动会,人声鼎沸。学校栏杆墙外,挤满了看热闹的人,敞开的校门两侧更是汇成一股人流。我买菜回来,途经此处,也忍不住朝缝隙处探头探脑。突然,一个老太太的声音响了起来:谢谢大家!让一让,让一让!让我儿子也看一看好不好?原来正是阿大的娘拼命推了阿大的轮椅车挤进人群也来观战的。看到这对母子,听到这声请求,众人慢慢让开了一条路。于是我看到了轮椅上的阿大,神情亢奋,满目放光。

一位邻居告诉我,阿大娘养了蛮多子女,丈夫早去世,这瘫儿是老大,出世时两腿就萎缩成一团,是个先天残疾儿。邻居又说,别看老太太九十多了,力气大得很,胃口也好着呢,听说一顿能吃一只鸡。我闻之只有感叹,也只有如此好胃口的母亲,瘦小的躯体里才能积蓄并激发出如此大的能量来,年复年日复日地为残疾儿子撑起一片天地,让其尽享母爱。可是往后老太太归了道山,这个儿子该怎么办呢?我时常这样想。

一到周末、周日、节假日,这家人热闹起来。阿大的弟弟妹妹们、弟媳妹夫们,带着他们的子女孙辈们陆陆续续来了。这个拎来水果蔬菜一大堆,那个带上一只鸡或一只鸭还有几条鱼,有的自行车后座上绑着箱装的牛奶和饮料,也有的背来一二袋米。进了家门,大家各忙各的,擦窗拖地,搓洗衣裳,也有手拿榔头钳子等工具，敲敲打打，帮着修理一些损坏的物件。厨艺好的忙着杀鸡剖鱼，侍菜弄饭。

此时的老母亲算是闲了，只陪着阿大，还有一时捞不到事做的年长的几位聊天。轮椅上的阿大嘴不闲，眼睛也四处扫，不时地对弟妹们发指令差遣调配：阿六头，侬去关照阿五，今朝的鱼做两种，一条清蒸，一条红烧，红烧要放糖醋；老七，厕所里灯管不大亮了，姆妈夜里眼睛看不清爽会跌跤的，侬去对过超市买一只新的换掉。几个捧着手机的侄甥，也被他看牢：去去去，不要一天到晚学小青年，到你爷娘那里帮点忙！此时的阿大，俨然一位轮椅将军，众人只有听他的份。

开饭了，院子里摆开了一张不大不小的圆桌，大约能坐六七人，年纪大的围桌坐，其余的夹了菜坐在一边的方凳或小竹椅上，也有站着或蹲着吃的。见菜好，阿大让弟妹们开瓶酒，弟妹们只给老大杯子里象征性地洒了一点，因为阿大血糖血压都有点高。阿大不依了，向边上的老母求助发嗲：姆妈，侬讲句话呀，再帮我倒一点呀！于是老太太拿过酒瓶，一锤定音：好，听侬的，就倒一点，不许再添啦。见姆妈帮他，阿大咧开嘴，儿童般笑了。这样热闹和美简易朴素的大家庭吃饭场景，在我的记忆中，只有小时候常见。

前年初冬的一个早晨，我进了厨房，突然地，看到这户人家的门口，立了两排花圈。我心一惊：是母亲呢，还是儿子？倘若是儿子，对一个残疾者来说，能走在为他操劳一生的老母亲前，未必不是他所愿。如果是母亲呢？那让这个被母亲庇护惯了的儿子情何以堪，今后的日子他又如何承担？

铁门开着，进进出出的吊唁者很多，不一会里外摆满了花圈。从众人的言谈中知道是老太太走了。一位吊唁者声气很大地对旁人说：老太太还是好福气呀，今年正好一百岁，昨天说是不想吃饭，睡了一天就走了。一点痛苦也没有，这是老天安排的喜丧呀！谁说不是呢，果然闻不到儿孙们的哭泣声，子孙们只把老太太的丧事办得隆重体面。只是在出殡那天，忽闻一阵苍老的悲号声，声音中似有无限的委屈，这是阿大。只听他边哭边嚷。原来是说好，他也答应看家的。阿大肥硕笨重的身躯，配了大号特制的轮椅，一般巴士、小车是不方便上去的。但他临阵变卦，非要跟着一起去，这让弟妹们有点手足无措。只见大家凑在一起商量了会儿，打起了手机，不一会，一辆敞篷的货车来了。四个精壮的汉子抬起轮椅和阿大，齐吼：一！二！三！才把阿大架上车。

货车上的阿大捧着姆妈遗像，一脸肃穆。阿大当然是知道的，依照家里的风气，姆妈走了，往后的生活，他的同胞手足老弟老妹们也不会不管他的。只是这样的母亲，谁又能替代呢！所以他一定要去送姆妈最后一程，他要告诉慈母，儿子对她有着永远的不舍。

·作者简介·

　　徐慧芬，上海作家、中国微型小说学会理事，出版多种个人专集。作品曾获世界微型小说大赛奖小说月报百花奖等多种奖项。

死亡之约

□ 戴希

贞观七年腊月初八，迎着纷纷扬扬的大雪，唐太宗李世民忽然驾临朝廷大狱。去看大狱里已判死刑、只等批准执行的三百九十名囚犯。

"我是李世民，今天问你们两个问题，你们要如实回答！"唐太宗目光炯炯地注视着囚犯，"第一，对朝廷大狱给你们所定的罪行和罪责，你们可有异议？"

"皇上，我们一点不冤，我们认罪伏法！"囚犯们应声跪下。

"那好！第二，"唐太宗声如洪钟，"说说临死前，你们最后的心愿？"

跪在最前面、家住京畿扶风的囚犯徐福林，赶紧连磕三个响头，抬起头哽咽着说："皇上，我想回家，看看我的父母妻儿，与他们做最后的话别！"

"这个！"唐太宗仔细打量一眼他，把目光转向其他囚犯，"你们呢？都不要顾忌，但说无妨！"

"皇上，我们也一样！"囚犯们迫不及待地叩头、高喊。

"既然这样，我和你们订个'死亡之约'。可都愿意？"

"我们愿意！皇上。"

"好！"唐太宗点头，"第一，准许你们不受任何约束地回家，看望你们的父母妻儿！"

囚犯们颤抖了，他们的眼里都有泪光闪烁。

唐太宗威严地审视他们，又说："第二，你们必须保证：来年九月初四晌午之前，一个不少，自行、准时地返回朝廷大狱，伏法受罪，主动送死！"

囚犯们一愣。他们相互看看，点头示意。高喊："皇上，我们保证！"

户部尚书兼大理寺卿戴胄额上沁出豆大的汗珠，立即小心翼翼地靠近唐太宗："皇上，这些囚犯可是杀人越货、罪大恶极之徒！他们丧尽天良、毫无人性。您放他们出狱，万一他们凶相毕露，或者逃之夭夭，怎么办？"

唐太宗轻轻拍拍戴胄的肩膀："爱卿，用诚心才能换忠心！我肯定他们不会辜负我对他们的信任！"

"这……？"戴胄不由自主地摇头。"别说了！"唐太宗对他摆了摆手，然后毅然转向囚犯们："此事已定！你们，都起来吧！"

牢门一开，囚犯们就像挣脱了牢笼的野兽，撒开双腿，没命地向家中奔跑。他们担心唐太宗变卦。

秋高气爽，惠风和畅。都城长安，从四面八方赶来的民众潮水般地涌向朝廷大狱所在的朱雀大街。一时间，一百五十米宽的朱雀大街上人头攒动。人们踮起脚尖，好奇地张望，耐心地等待。

这是贞观八年九月初四，一个史无前例的死亡之约！

没人相信囚犯们守信用！他们来是想验证自己的猜想，是想亲眼看看唐太宗怎样应对突然的变故。

然而出人意料：那些个囚犯很快就接踵而至地来到长安、返回朝廷大狱。他们个个昂首挺胸，人人精神抖擞。

人们目瞪口呆，不得不对他们刮目相看。

晌午到了。清点人数，已返狱三百八十九名！还差一名？戴胄急了。"怎么办呢？皇上！"他小心翼翼地问。

唐太宗浓眉一皱："再清点一次，查查有谁未到？"

又清点人数，依然是三百八十九名，未到者正是徐福林！消息传开，不仅看热闹的民众七嘴八舌，已返狱的囚犯们也开始咆哮了：狗日的徐福林，他怎么能出尔反尔？狗日的徐福林，他胆敢欺骗皇上？狗日的徐福林，他是混蛋、孬种……

"怎么办呢？皇上！"戴胄诚惶诚恐地靠近唐太宗。人们也不约而同，把目光投向这边。

"等等吧！"唐太宗把右手一挥。

半个时辰过去，不见徐福林的踪影。人们急得如热锅上的蚂蚁。囚犯们则怒目圆睁、咬牙切齿。

"怎么办呢？皇上！"戴胄又小心谨慎，问唐太宗。

"再等等吧！"唐太宗拍了拍戴胄的肩膀。

又半个时辰过去，依然不闻徐福林的声息。人们忧心如焚。囚犯们暴跳如雷。

就在这时，忽然有人高喊："来了、来了！"人们循着吱嘎吱嘎的车轮声望出，还真有一辆牛车由远及近、匆匆赶来。

很快，从牛车的车篷里探出一张男人的脸。这张脸消瘦、蜡黄、病恹恹的。狱吏定睛细看，不错，此人正是徐福林！

人们长长地嘘了一口气。囚犯们的怒容也渐渐消弭。

"说说吧，怎么来晚啦？"唐太宗端详着徐福林的脸。

"返回长安的路上，我突然病倒了。幸亏中途拦住了一辆牛车，就雇了它继续赶路。"徐福林喘着粗气，"我起了个大早，本想早点返狱伏法，哪料事与愿违。唉，我有罪，罪孽深重啊。皇上！"

"不，你能抱病返狱，精神可嘉！"唐太宗向徐福林投出赞许的目光。

徐福林挣扎了一下，要奔出牛车给唐太宗下跪。唐太宗走过去扶住他："徐福林，你别动，就在车上待着。"

"现在怎么办？皇上！"戴胄毕恭毕敬地问。

囚犯们无可奈何地低下头。他们明白，真正的死期就要到了。

"怎么办？"唐太宗把囚犯们一一打量过，突然朗声宣布，"大赦所有囚犯，让他们自由回家！"

人们惊讶得把嘴张成了大大的"O"型。囚犯们也半晌回不过神来。等终于回过神来，就见他们五体投地地跪在唐太宗面前，热泪盈眶地高呼："皇上万岁、万岁、万万岁！"

贞观十四年，西域叛乱。唐太宗任命唐朝名将侯君集为西域远征军统帅，统领十五万铁骑远征西域。三百九十名囚犯慷慨激昂、自愿请战。他们在侯君集的带领下、一路冲锋陷阵、英勇杀敌，最后全部血洒疆场、壮烈殉国……

·作者简介·

戴希，中国作家协会会员、常德市作家协会副主席、湖南文理学院客座教授。多篇小说被《小说选刊》转载。曾获小小说金麻雀奖。

智者

□ 凌鼎年

国王标榜自己愿网络天下英才，唯才是用。

有人向国王推荐了智者。国王打量了半天，但见所谓的智者个子不高，相貌平平，实在看不出这智者有何过人之处。

国王让Ａ大臣去查查智者的底细，考察考察，看看他到底有何才能？

一星期后，Ａ大臣回复国王，智者出生于乡下，出生于一个贫苦的家庭，据说基本上是靠自学成才的，没有听说他做过什么惊天动地的大事。但在乡下，矮子里出长子，算是有点小聪明的，乡亲们很信赖他。Ａ大臣强调：有句俗话谓之"乡尖不如市呆"，意思是乡下人见识少，在乡下算是顶儿拔尖的人物，到了城市，还不如一个久居城市的呆子见多识广呢。

国王想，"龙生龙，凤生凤，老鼠的儿子掘地洞"，这话肯定是有几分道理的，但如果直接把他撵走，可能会坏了自己求贤若渴的好名声，不如先留在身边，试用半年，假如真的智者不智，再撵不迟。

有次，国王去视察边远地区，那儿没有官道，只有山路与泥泞小道，不是乱石硌脚，就是坑坑洼洼，实在不好走，一双脚实在痛得受不了。就算骑马，有些崎岖山路也得靠双脚行走。

国王很是不满，这如何长途跋涉？Ａ大臣与Ｂ大臣、Ｃ大臣反复商议后，终于想出了一个他们认为极为巧妙的办法，就是下令在国王经过的道路上预先铺上牛皮，这样，国王就不会硌脚了，脚就不疼了。国王很是满意。他瞅瞅智者，觉得这智者徒有虚名，远不如自己的Ａ大臣、Ｂ大臣与Ｃ大臣。国王想：等这次视察结束，智者的任用也该结束了。

Ａ大臣、Ｂ大臣与Ｃ大臣从各地调集了很多很多的牛皮，雇了专人，一路铺到边远地区。

智者观察了三天，思考了三天，向国王提出了上中下三策：下策，一路铺过去，那要成千上万张牛皮；中策，铺一段，走一段，再把已走过的牛皮移到前面的路上，这样有个几十张牛皮就够了；上策，选半张上等的牛皮，再一分为二，分别包在两只脚上，牛皮上端打洞，穿绳，扎住，就可以稳稳当当地走路了，再不怕路上七高八低的石头、石子，就算积水、烂泥，也不湿脚，不脏脚。

国王一听，立马意识到智者的建议不只比Ａ大臣与Ｂ大臣、Ｃ大臣的烂主意要高明多少，当即采用了智者的上策，于是，皮鞋的雏形诞生了。

Ａ大臣与Ｂ大臣、Ｃ大臣自惭形秽，不敢再多嘴多舌。

视察回来后，国王对智者大加赞赏。

智者又乘机对国王建议：办个制鞋工坊，召集匠人专门制鞋，让国王手下的兵士都有鞋穿，这样战斗力肯定大大提高。国王当即封智者为督造军鞋的总负责。

智者召集了国内的能工巧匠，集思广益，一起改进皮鞋。很快有了军用皮鞋与民用皮鞋。

就在智者不断改进皮鞋的日子里，前线传来不好的消息：外敌入侵，势如破竹。一时，人心惶惶。

Ａ大臣与Ｂ大臣、Ｃ大臣商议后，觉得唯有投降、纳贡这条路了。国王也一筹莫展。

智者想想国王对自己不薄，理该献计献策，就向国王献了上中下三策。下策：迁都；中策：和亲；上策：偷袭。

国王与Ａ大臣与Ｂ大臣、Ｃ大臣分析了智者的三策，拿不定主意。

智者说：迁都可以保一时，不能保长久，而且要失去一半土地；和亲要牺牲一位才貌双全的公主。如果公主有胆识，也许能有十年二十年的太平，但不确定的因素太多；偷袭，可以反败为胜。因为现在敌方已被胜利冲昏了头脑，绝对想不到我们敢偷袭。最主要的，现在我们的兵士都穿上了牛皮鞋，行军的速度与原先已不可同日而语。我们如果从最难走的西路夜袭，打他个措手不及，有八九成赢的把握。

国王采纳了智者的上策，向所有的兵士发放了新制的皮鞋，再挑选身强力壮，武艺出众的兵士组成敢死队，在智者的率领下，连夜奔袭而去。

敌方做梦也想不到会在半夜三更出现国王的兵士，这智者来了个"擒贼先擒王"，偷袭中军帐成功后，敌方群龙无首，很快乱了起来。A大臣看到约定的火把，知道智者得手了，马上指挥兵士全线压了过去。有了皮鞋的士兵，根本不看脚下，只管猛冲，这一仗打得爽，竟然真的反败为胜。

论功行赏，智者的功劳自然是第一位的，这使A大臣与B大臣、C大臣很不舒服，很有压力，他们准备联手压住智者。

在庆功会上，智者对国王说："我本是乡野村民，何德何能，能为国王出力、为国家出力，已是我与我家族无上的荣光。我不求升官发财，请国王把制鞋的专利赏赐给我，我就心满意足了。"

A大臣与B大臣、C大臣一听，马上向国王进言：封智者为制鞋祖师爷，让其家族垄断制鞋，也算是厚报于他。

据说智者再没有涉足朝廷，制鞋为生，活到百岁，无疾而终。

·作者简介·

凌鼎年，中国作协会员，世界华文微型小说研究会秘书长，出版有四十部微小说作品集，获多种国内外微型小说大赛奖。

灯

□ 朱成玉

　　阿浪做出这个决定实在是迫不得已。

　　初冬了，他身上还穿着单薄的衣服，吃的就更别说了，冬天的垃圾箱里想拣点现成的吃的都是个问题。

　　"妈的，老天爷为什么对我这么不公平？"阿浪愤愤地想，"与其受冻挨饿，不如去冒一次险。"

　　不怕贼偷，就怕贼惦记！阿浪选定的作案目标，他已惦记许久，因为他发现那家只有一个行动迟缓的老人。

　　他怀里揣着一把刀子，那是前几天在垃圾箱捡的半个烂西瓜上面插着的一把生锈的水果刀。"对付一个糟老头子，还用得着刀子吗？"阿浪在心底给自己打气。是的，人在绝望的时候，任何一样东西都是武器，阿浪心里的刀子，比任何一把都尖利。

　　阿浪在等待屋子里灯灭的那一刻！可是灯却迟迟没有灭，仿佛看透了他的心思一样，机警地亮着，照着阿浪的良心。

　　阿浪等待着，只要灯一灭，他立马就翻墙而入。

　　灯灭了！

阿浪的心提到嗓子眼儿，他要行动了。他要去犯罪了。可是刚想翻身跃过大门的时候，灯马上又亮了！

"咳咳咳……"阿浪听到老人一连串急促的咳嗽声。这让他更坚定了信心，这老人真的是个病秧子。可以不费吹灰之力就搞定。

灯灭了！

他想，这是一个绝佳的机会。不能再错过了。可是，他还是犹豫。万一自己掌握的情况不准确呢，万一家里还有其他人呢。阿浪握了握手中的刀，那刀柄已经有了温度，可是依然寒气逼人。

阿浪正决定采取行动的时候，灯又亮了。而且，老人还走了出来，蹒跚着打开了大门。

老人手里拿着一件很厚的大衣。他对阿浪说："对不起，孩子。"

阿浪呆愣在那里，不知道发生了什么。

"看见你在我大门口站了很长时间，我猜你肯定有什么特殊的原因吧。可是我不敢开门，我怕你是个盗贼。原谅我有这么狭隘的心理吧。孩子，看你冻得直打哆嗦，都是我的错。我真是越老越差劲儿了，怎么可以怀疑你，怎么可以怀疑这么单薄可怜的孩子呢！咳咳咳……"

老人一口气说了很多，紧接着就是一阵咳嗽，缓了缓气儿，接着说："我猜你一定是冷极了饿极了吧，想向我求助，可是我却大门紧闭，不给你一点温暖的缝隙。孩子，原谅我吧！"

老人把衣服递给阿浪："快披上衣服，跟我来，今天家里没有吃的了，我带你去外面，吃一顿好的。"说完，不容分说就牵着阿浪的手，往一个饭馆走去。

阿浪的刀子，藏在衣服下面的刀子，锐利的刀子，不知不觉，就钝了，生锈了。

吃饱后，阿浪忍不住就问老人："您家的灯，怎么一阵亮一阵灭啊？"

"哦，那是我儿子怕我晚上下地不方便开灯，就安装了声控灯，我一咳嗽它就亮啦。可你知道，我这哮喘病得厉害，害得这灯啊，几乎整夜都亮着，你说，这得多花多少电费啊！"

阿浪打心眼里感谢那一闪一灭的灯，如果那灯一直就灭着，他说不定已经干出伤天害理的事了！

路过一个垃圾箱的时候，阿浪偷偷将怀里那把水果刀扔掉了。没想到老人却在后面把它捡了起来:"别扔。还能用呢!正好我家里缺一把水果刀。"

刀子在路灯的反照下,闪着光,只是那光不再寒气逼人,有了一点温暖的光晕,像一盏在风中摇曳的灯。

·作者简介·

朱成玉,1974年出生,现居住在黑龙江省七台河市,曾用笔名曾予、老玉米等。现为《读者》《特别关注》等杂志签约作家。

等待一个人的自首

□ 游 睿

根据数日侦查，我准确地找到了他租住的房子。这是一间很不起眼的小屋。由于地势偏僻，这里社会治安一直不好。作为在逃的经济犯罪嫌疑人应该大隐隐于市，他为什么会选择把房子租在这种环境？

我把这里的情况给头儿汇报了。我说："头儿，是不是可以马上抓捕？现在抓他易如反掌。"

头儿说："你找到他就行。先别急着回来，在附近租间房子盯着他。记住，千万别让他发现你，不管他发生什么事你都不要露面。"

"为什么？"我问，"直接抓他不就行了嘛。"

头儿说："等他来自首吧。"

"他自首？怎么可能！既然他逃到了这里，又怎么会自首呢？"虽然我也知道，一个自首的逃犯肯定比抓捕回来的逃犯改造自己的决心大许多。但关键是，他会来自首吗？

头儿说："别问了，听从安排。"

很快，因陋就简，我也租了间房住下来。我倒要看看，他真会如头儿说的那样自首吗？

这个案子一直是我在负责。他曾是一个金融机构的工作人员。在调查中我了解到，他其实平日无论在单位还是在家里都是个很不错的人。只是出身贫寒，对金钱的欲望太强。大学毕业后，他进了金融机构。在每天与钞票面对面的日子里，他渐渐萌生了把那些钱据为己有的想法。终于有一天，他带着一百万现金，踏上了逃亡之路。

我在我的房间里装了望远镜，然后对他开始了二十四小时监视。通过望远镜，我可以清楚地看到他的一举一动。他的房间里，除了一张床以外，几乎没别的东西。屋子里摆满了大桶大桶的方便面。整整一天，他都没怎么出门，只在床上辗转着身体，除了中午和傍晚分别吃了一桶方便面以外，他什么都没做。

第二天，他依旧是这样躺在屋子里。除了吃面以外就是躺着，而且似乎从来没有睡着过。一直到第三天，他依旧这样度日。

我有些耐不住了。一连三天都这么看着他，他也没什么变化，真是单调到极点！我拨通头儿的电话，我说："头儿，他什么都没做，要等到什么时候？"

头儿说："别急。认真执行你的任务。"接着，头儿挂了电话。

第四天，我看到他在屋子里焦躁起来。他用手敲打墙，看样子他也可能耐不住了。果然，天黑的时候，他小心地在门口望了望，然后出了门。我紧跟在他的后面。

在一条巷子里，他停住了脚步。我看到一个女人拉住他的胳臂。听不清他们说了什么，但是我看到女人很快就挽起他的手臂。可是他和女人刚走几步，就被另外几个人包围了。接着他们争吵起来，女人站在了那几个男人身边。很快，我看见他从衣袋里拿出一沓钞票，看得出他的眼神很无奈。一个男人接过钱，在他屁股上踢了一脚，然后带着女人转身离开。

作为警察，我不能坐视不管。等他走远后，我调了几个人，追上那几个男人和女人，顺利地给他们戴上手铐。据这几个人交代，他们刚才用美人计对他进行了敲诈。

我回到我租的房子，接着对他进行监视。我发现他回去之后十分消沉，却依旧睡觉吃面。大约过了两天，他又选择一个傍晚小心地出门，但很快又被人堵在巷子里。我说过这一带的治安不是很好，结果他被抢劫了。

事后我抓到那个抢劫他的人，那人说这是他抢劫得最轻松的一次。

我把这两件事报告给头儿。头儿说："好，快了。"

几天后，他在那间小屋里待不住了。这次他网购了假发和胡须，出门，他上了一辆公共汽车。

在车上，他一直低着头。我就坐在离他不远的一个座位上。车又过了一站，上来一个精瘦的年轻人。年轻人站在他身边，两站后下了车。

年轻人刚下车，一个小孩跑到他的身边对他说："叔叔，你的钱包让刚才下车的那个人给扒了。"

"什么？"他连忙摸了摸自己的衣袋，上面有一条很长的口子。他的脸上有了愤怒的表情。这时，那个小孩说："叔叔你赶紧报案吧，能抓到那个坏蛋的。"他看了看小孩，没说什么，下了车。下车后，他跑到一个墙角，然后蹲了下来。

远远的，我听见他呜呜的哭声。突然间，他疯狂地奔跑起来。我不知道他要干什么，为了防止他逃跑，我跟了上去。

他一直跑到马路边。这时，一辆警车停在了他的身边。他惊恐地举起手，看着上面下来的警察。可是警察下车后，来到了另外一个人身边。那个人见到警察，连忙说："刚才是我报的案，我的钱包被小偷给偷了。"

就在那一刻，他放下去的手突然又举起来。对着警察大喊："我要自首，我要自首……"

在头儿的办公室里，我满脸不解地看着微笑的头儿："头儿，我服了。凭什么相信他会自首？"

头儿依旧微笑着，起身缓缓对我说："其实，道理很简单，一个人逃离了法律的制裁，也就逃离了法律的保护，失去保护的日子会太平吗？"

我豁然开朗！

· 作者简介 ·

游睿，1984年生，重庆市作家协会会员，出版有小小说集多部，曾获第六届《小说选刊》奖、巴蜀青年文学奖等奖项。

奶奶的党费

□ 李立泰

在抗战艰苦的岁月,奶奶为缴党费犯愁。

缴啥啊?别说钱,连一点值钱的东西也找不到。虽然半年党费仅六分钱!区委同志讲,缴党费没钱实物也行,有的东西可直接上缴区里。

奶奶入党是拼出来的。爷爷的抗日武装被围,爷爷被鬼子杀害。奶奶擦干眼泪,用忘我的工作来排遣痛苦。她救治过多名伤员。特别是救活了重伤员桑排长。

奶奶把情报藏到纂里。背着草篮子,佯装割草。顺马颊河大堤树丛走,累得浑身大汗,褂子都湿透了,及时把情报送到县大队。天黑前她还要背着一篮子草进家。奶奶小脚疼得难受,进家就累瘫了。

她积极组织妇救会员做军鞋,勒紧腰带带头交军粮,为前线磨面碾米……区委批准奶奶为党员。

晚上奶奶去村支书家开会。

晚饭奶奶吃得潦草,刷完锅,洗脸梳头。镜子里的奶奶是漂亮人儿。奶奶身材适中,秀发高耸,大香蕉纂梳在脑后。中式裤子,大襟褂子,可身,奶奶眼不太大,可亮,眼珠黢黑,放光。她的妯娌、姐妹们夸奶奶好看,好看到眼上了!

奶奶走黑影拐俩胡同,到支书家。

一进屋奶奶感觉今晚开会不同往常，气氛严肃。且有区委的同志在场，还跟奶奶握手。

一贯好抽烟的支书，这次没叼烟袋。

村支书对奶奶说：你的入党申请，批准了。

奶奶心里一阵激动，脸立马红了，说：我合格吗？

合格。但是，还要严格要求自己，工作继续努力，起先锋模范作用。奶奶点头，记到心里。

区组委说：欢迎你，李淑君同志。

支书把党旗挂墙上，奶奶看着鲜红的党旗，举起右手宣誓。奶奶站在组委一侧，面对党旗，重复的句句誓词铿锵有力："我宣誓，我志愿加入中国共产党，遵守党的纪律，严守党的秘密，不怕困难，永远为党工作，做群众的模范，百折不挠，为共产主义奋斗终生，随时准备为党牺牲一切，永不叛党！"

奶奶说过：小小棉油灯，如豆的灯头，昏昏黄黄，照得几人影影绰绰。但鲜艳的党旗映红了脸，照亮了心。会场虽小，意义重大。党给我第二次生命的起点就在那间小屋。

奶奶说：解放后参加那么多次市的、县的党代会、妇代会、积代会，都没我入党的会刻骨铭心。

我是党的人！俺听党的话！不折不扣按党说的做！绝不讨价还价。

每月一分钱党费，一年才一毛二。若放到今天一毛二还叫钱吗？地上丢一毛钱甚至一元钱年轻人懒得下腰去拣。可当年一分钱难倒英雄汉！

一年未雨，旱得冒烟，赤地千里。人们成群结队地逃荒要饭。拆房卖屋，甚至卖儿卖女。村庄荒芜，兔狐出没，饿殍遍野，荒凉凄惨。兵荒马乱，日伪顽杂抢粮，已没可抢之粮。看见烟筒冒烟，闯进院进屋就掀锅，菜窝窝抓起来就吃。

县委指示，精兵简政、开展大生产运动，共渡灾荒。

奶奶思忖，区队战士吃饭也成难题，吃了上顿愁下顿，甚至饿着肚子打鬼子。那怎么行啊？

奶奶抬头看院里的大榆树。春天吃了它一串串榆钱儿，分期分批的撸榆钱儿，吃了将近月余。

现在大榆树蓬蓬勃勃，叶子碧绿，奶奶还没舍得吃它。当时就想着榆叶派大用场。

奶奶叫父亲爬树，撸榆树叶。父亲撸一篮子榆叶，放下来。叔叔抓起榆叶就往嘴里塞，奶奶吵他：别吃。

叔叔"哇"地哭起来：我饿。我饿。

奶奶眼含泪，说：小儿，不哭，我蒸菜给你吃。

父亲多想吃把鲜嫩的榆叶啊，榆叶在他手里过了一遍，也没敢尝尝，怕奶奶吵。

奶奶蒸了一锅榆叶窝窝。她把缸底儿那点儿可怜的高粱面全用上了，仍太少，几乎蒸不成个。给父亲叔叔蒸了几个野菜、杏叶团子。奶奶实在蒸不成窝窝了，就团揉团揉放到锅里。

榆叶窝窝熟了，锅上冒出香甜的热气。叔叔瞪着大眼看锅，他们瘦得皮包骨头，三根筋挑着头。

出锅了，绿绿的榆叶窝窝，香甜的热气扑脸。

村支书批准奶奶把一锅榆叶窝窝作为党费上缴。

奶奶提起榆叶窝窝走时，叔叔又哭了。奶奶拿出一个，想放下给父亲和叔叔吃。可是战士也在饿肚子，吃一个也凑不够整数了！她心一横，含泪坚决地走出家门。

一直到解放奶奶还保存着当年李区长写的收条。

在全市"纪念建党九十周年图片巡回展""难忘的岁月"展室，我看到了皱巴巴烂乎乎（放大若干倍）的奶奶的党费"收条"。

收　条
今收到豆腐梁村李淑君今年全年党费，一锅高粱榆叶窝窝。

区长：李善亭（区委副书记、区队长）

一九四三年农历五月十七日

· 作者简介 ·

李立泰，中国作协会员，已在《小说选刊》《中国作家》等发表作品二百万字，曾获梁斌小说奖、第七届小小说金麻雀奖等奖项。

赝品

□ 郑武文

1943年初冬的一天，一队黄皮的日本兵迅速包围了阳村财主杨定远家。

一个穿便服的人进门来，拱拱手："在下鬼冢，早闻杨先生大名，今日特来拜访。久闻杨先生收藏着一幅郑板桥的画。希望能够借来到东京展览馆一展，让年轻人都有缘观赏、学习，为繁荣大东亚文化做贡献，不知可否？"

杨定远才从震惊中醒过来："杨某书画虽多，却好像没有郑板桥的墨宝。"

鬼冢哈哈大笑："杨先生可能宝贝太多顾不过来了。如果实在找不着，听说先生还有一个女儿，聪明伶俐，长得乖巧。在下有意让她从军，去东南亚诸国，为大东亚圣战做贡献，也许能成就一番功名。"

杨先生的汗"唰"一下就下来了。当时日本军队存有大批慰安妇，供士兵发泄兽欲，因为本土的妇女少，侵华的日军慰安妇很多是朝鲜一带的，而在东南亚的，则很多是从中国抓去的。杨定远膝下只有一女，视若掌上明珠。想至此，杨定远忙说："可能是杨某老了，记忆衰退。容我找找，找到给太君送去。"

鬼冢站起来说："好，给你三天时间。先行告辞。"

杨定远擦擦头上的汗，把大门"咣当"一声关了，回到堂屋坐下。夫人说："老爷，要不咱们逃吧？"杨定远发现门口有许多陌生人晃荡，逃肯定是逃不了。

一家人如同热锅上的蚂蚁，一直到掌灯时分，也没想出什么好办法。后来屋里进来一个人，说："杨老爷，我家祖上是裱画的，可以装裱送给他，以应杨府之急。"此人名岳进，三天前满身鲜血晕倒在杨府门前。杨定远救下了他的性命，刚才躲在地窖里。鬼子突然前来，杨定远还以为是为他而来呢。

三天后，鬼冢看到装裱一新的画，忍不住哈哈大笑。鬼冢本是个中国通，况且还有几个懂画的汉奸，经过鉴别，确是真迹无疑！鬼冢拍了拍杨定远的肩膀："杨先生，大大的良民。"

杨定远怕鬼子翻脸无情，也不敢在此久留，变卖了家当，举家移到阳州城里，买了一处小院，深居简出。因为岳进的伤还没有好，所以跟着杨定远一家搬到了小院。过了一段时间，杨老爷发现岳进跟小姐艳霞情投意合，就有意撮合他们，把岳进招赘在杨家。可是在跟岳进谈的时候，岳进却黯然神伤："我的家被日本鬼子炸了，家人死的死，散的散，国仇不报，我还不打算成家。鬼子投降日，定先来迎娶小姐……"

两年后，鬼子投降。岳进重新出现在了杨家门口，艳霞小姐喜极而泣。岳进却总有点吞吞吐吐、欲言又止的样子。杨老爷问："怎么了？有什么问题吗？"岳进摇摇头。杨老爷说："那好，什么都是现成的，择日不如撞日，我做主，咱明天就办喜事。年纪可都不小了……"

许多年后，日本一家画廊举办了一场轰动世界的东亚书画展，其中镇馆之宝就是郑板桥的《劲竹图》。画展的第二天，组委会收到了来自中国的一封信，揭露《劲竹图》是赝品。要是把一幅赝品大肆宣传，组委会聘请的都是权威人士，那样的话脸可就丢大了。于是立即与中国方面联系，中国方面先把鉴定证书和真品照片寄了过来，人也随后带着画飞了过来。

日本的专家不敢怠慢，立即对展出的《劲竹图》重新做了鉴定，鉴定结果：确实是真的。然后又鉴定了中方提供的《劲竹图》，鉴定结果：也是真的！这太不可思议了，同一题材的作品作者可能会画好多幅，可是相似到比现代印刷机印刷的误差还小，那就不是人力能办到的了。

与会人员只好请中国的持画人讲一讲是怎么回事。持画人是一位老先生，他声泪俱下地讲述了侵华日军如何残酷屠杀了他的家人，害得他家破人亡。又讲了当初鬼冢如何掠夺中国的国宝《劲竹图》。最后他说："日本有些人一直在掩盖他们侵华的历史，掩盖他们犯下的滔天罪行。可是，先生们，我和我的妻子就是那段历史活着的证人！"现场一阵沉默。

最后还是有人问："可是我们想知道，老先生，你们是怎么把一幅名画变成两幅的呢？"

老先生说："我们明清时候用的一种宣纸是复式的，可以轻轻地揭成两张，宣纸的渗透力又相当好。我弟弟在装裱的时候，就把上面一层揭了下来，把底下一层给你们装裱了。因此你们这个属于真实的赝品，你们当年掠夺的目的终未达到……这《劲竹图》便是日本侵略中国的历史见证。"

日本的持画人、强盗鬼冢的后代一听此话，恼羞成怒，一把扯过那幅赝品，欲想撕碎。

"历史是撕不碎的！"老先生说。

· 作者简介 ·

郑武文，山东省作家协会会员，已过不惑之年，偶有写作。曾在《微型小说选刊》《小小说选刊》等报刊发表过作品。

关键来电

□ 贾巴尔且

某县举办"当好记者、讲好故事、传好声音"演讲比赛。

比赛之前，大家都议论冠军非小许莫属。她不仅能讲一口流利的普通话，文字功底也不错，说身材有身材，说人才有人才。她还参加过省、州各种演讲比赛，拿过不少奖。

演讲比赛开始快一个小时，大家期待着小许上台，亲眼看一看这美女的才华。

主持人刚念小许的名字，刹那间，会场响起一片热烈的掌声和欢呼声，经久不息。小许风度翩翩，笑容满面地走到演讲台，开始演讲。

丁零零……丁零零……

没有两分钟，小许裤兜里的手机响了。她对着台下观众笑了一下，示意不好意思。然后，摁掉手机放在裤兜里，继续演讲。

这个县对记者要求很严，有个不成文的规定，记者二十四小时不能关机。

丁零零……丁零零……

没过一分钟，小许裤兜里的手机又响了。此时，台下好多人都笑起来，会场也不是那么安静。有的说她应该把手机暂时关起的，也有的说她不要把手机带在身上就好，太可惜了！笑得最灿烂的还是想与她PK拿奖的人。小许又把手机拿出来，咬紧牙关摁掉，又继续演讲。

丁零零……丁零零……

不到半分钟，小许裤兜里的手机又响了。小许接了电话，大声道："是张县长啊，我现在正比赛呢，感谢您这么关心我的比赛！行，行，过几分钟我再和您联系。"

小许的演讲虽然中途受到干扰，但结果还是名列第一。

·作者简介·

贾巴尔且，彝族，四川凉山人，先后在《人民日报》《四川文学》等全国近三十家报刊发表新闻与文学作品一千余篇。

喊楼

□ 夏阳

火红的烛光，映红了每一张年轻的笑脸。

在一片口哨和尖叫声中，男生们手挽手，集体对楼上的女生齐声高喊：我爱你！女生们在宿舍走廊上手摇荧光棒，集体回应：我也爱你！

顿时，楼上楼下泪水涟涟。楼上的女生也不甘示弱，挂出了不少标语："姐轻轻地走了，不带走一个爷们""听娘的话，早点生娃""高家有女待售"等等，五颜六色，在夜风中经幡般飘舞。

一阵疯狂的互喊后，这些大四的男生女生聚集到一起，浩浩荡荡，一路高歌，来到大三师妹的宿舍楼下，继续喊楼，而大三女生们则在楼上哭喊不止：师兄师姐不要走！

至此，在毕业离校前的晚上，整个大学校园沸腾了。

有不少男生会抓住这天赐的良机，向心仪的女生发动温情攻势。通常是抱一把吉他，瘦猴一般，在她楼下手舞足蹈，开个人演唱会。《对面的女孩看过来》《热情的沙漠》《老鼠爱大米》等歌曲轮番上阵，还不时篡改歌词，把自己的爱意加进去，惹得周围好几栋楼的女生一片欢呼。那女生如果不太乐意，会在走廊里唱《朋友》作为回应，唱完，跑下楼互赠礼物依依惜别。如果那女生正有此意，那就好玩了，她会招呼室友接力赛一样，将一盆盆水泼下去，直至把对方浇成落汤鸡。据说泼得越多，就爱得越多。

女生里面，有喊楼求爱的吗？少，但也有。谁呀？安红。

安红是外语系的。她对同一届中文系的赵小帅暗恋已久。赵小帅能写一手好诗，作品经常在各大报刊发表，还频频获奖，在校园里名气震天。赵小帅心气孤傲，对安红的一片芳心浑然不知。而安红，性格内向，在赵小帅面前一直羞于启齿。今晚是最后一次机会了，天一亮，大家就劳燕分飞，各奔东西。听着窗外暴雨一般的喊楼声，安红坐立不安。她真急了。这次错过，便是永远的错过，无论结果如何，一定要给自己一个答案。安红决定豁出去了。

赵小帅是那种不屑于参加群体活动的人。整个男生宿舍楼空荡荡的，只有他独自坐在窗前奋笔疾书，用诗歌消解自己的离愁别绪。这时，他听到楼下有女生带着哭腔的喊声：赵小帅，我爱你！赵小帅，我要嫁给你！

赵小帅猫着腰，躲在走廊的角落里，探身向下望去：一个女生孤零零地站在地面上，怀里捧着一束玫瑰花，正哭得稀里哗啦。赵小帅认识安红，不就是那个一见到自己就面红耳赤慌不择路的文学社女生么？赵小帅笑了，低声嘀咕了一句"靠，野百合也有春天"，然后回到书桌前，继续写他的离愁别绪。

楼下那个声音不绝于耳，且越来越热烈。

赵小帅皱着眉头想了想，找来一张大报纸，在上面用毛笔写了四个大字"后会有妻"，然后用图钉把报纸钉在将要扔弃的草席上。就在他端着草席出门时，突然意识到不妥，他想面对这样痴情的女生，应该快刀斩乱麻，不要给对方任何一点念想的空间，否则会误了人家一辈子。当然，最好不要去伤害人家的自尊心，要给她台阶下。赵小帅不愧为诗人，他稍一思考，在"会"字旁边加了一个竖心旁，又在"会"字上涂抹了几下，一个有些别扭的"悔"字便跃然纸上。

赵小帅把"后悔有妻"的草席挂了出去，不一会儿，楼下就变得悄无声息。

事情至此，并没有结束。五年后，一帮那一届毕业的大学生，张罗了一个大型的同学聚会。酒席上，赵小帅见到了阔别已久的安红。安红在深圳一家外贸公司任副总，有房有车，事业如日中天。安红不愧是见过大世面，推杯换盏间，谈笑风生，光彩袭人，很快成了整个大厅的焦点。

安红见到赵小帅时，非常热情，还象征性地拥抱了一下。赵小帅接过安红递过来的名片，装着漫不经心地瞄了几眼，一想到自己的名片上还赫然印着中学年级组长的头衔，便不好意思往外掏了。安红说，大诗人，现在还写诗吗？

赵小帅支支吾吾道，有时喝醉了也写一点点。

安红认真打量了一番赵小帅后，笑哈哈地说，现在想起来挺搞笑的，当年我还对你喊楼呢。

赵小帅感觉被刺了一下，安红打哈哈的表情让他心里莫名地难受。他牙疼般捂着腮帮子，目光躲躲闪闪，故意说，那都是年少时的不懂事，你不说，我都忘了。

安红说，啧啧，那时真单纯啊。说着，一边摇头表示不可思议，一边看见别人向她打招呼"安总"，便满面春风地迎了上去。

饭后话别时，赵小帅递给安红一张名片。安红接过来一看，正是自己刚才给他的名片。名片反面，多了五个端端正正的钢笔字：不后悔有妻。

· 作者简介 ·

夏阳，江西丰城市人，中国作家协会会员，东莞文学艺术院第三届签约作家，首届中国·东莞（桥头）小小说创作基地签约作家。

龙虎斗

□ 陈玉兰

民国初,保定府直隶督军曹锟六十大寿,传令:全城各戏班比试,得头名者进宅唱堂会。

总督府后边是马号,相当于北京的天桥。聚集着南来的北往的、各路耍把式卖艺的、混饭吃的人。多为摆一地摊,打一圆场,一阵紧锣密鼓后,一打着油彩花脸的戏子,挽袖裹脚,恭手抱拳,拜场一周,说几句,有钱的捧个钱场,没钱的捧个人场,云云,家伙什便敲将起来。或刀枪棍棒比画,或装腔作势拿捏咿呀。时有会为争地盘打得你死我活。这时,一般戏班班主便拿出看家功夫,比倒对方。进曹锟宅唱堂会,那是捧了头牌,以后谁人敢惹?一时间,各路英雄风起云涌,杀得天昏地暗。最后,剩秦、袁两家决一雌雄。

总督府门前两只大旗杆直插云霄,一旗飘着国民党青天白日旗,一旗飘着总督府五色督军条旗。据传,旗杆从无人敢攀。旗杆顶只有侠盗燕子李三常去栖息。

曹锟下令:两班主徒手攀大旗杆,谁先到顶,扯起大旗为赢。

秦班主心里有几分掂量,那五色督军条旗,曹锟视为命根子,昭示自己权利、气势、命运,如神位般供奉。现正竞选大总统,动其大旗,岂有好果子吃?

便犹豫着未动。袁班主一旁讥笑：戏班四五十人的饭口不管？秦班主咬牙跺脚，心一狠，揣上脑袋拼条活路。

两人各立了生死状，搓两阄，一为青天白日旗，一为五色督军条旗，抓哪阄，攀哪旗。秦班主记不得念了多少遍阿弥陀佛，闭眼一抓，半天才敢打开，竟是青天白日旗，心里窃喜，苍天有眼，佑我不死。平时连树都不敢上的秦班主，不知哪来的邪劲，"蹭蹭蹭"如猴子般蹿到旗杆顶。低头一看，袁班主并没有动静，站在旗杆下，扬扬手，高喊一声后会有期。掉头便走，离了古城门，扬长而去。

秦班主赢了这场比武，得了重金，自然成了曹锟戏院的常客。自此，眼睛长到脑袋顶，一般人眼里夹都不夹，话音自是鼻子里哼出。但他每每想起袁班主，便觉惭愧。

一日，一年轻人来到马号，叫板秦班主。秦班主见他身高马大，膀阔腰圆，好一表人才，似曾相识，便有几分喜欢。秦班主不理他，任他叫骂。不承想，年轻人拿秦班主对他的迁就，当软弱可欺，竟放出狠话来：缩进乌龟壳不出来，徒有其名，怕了不成？秦班主当下血冲脑门，撕旗迎战。

全城人闻此消息，把二人围得里三层外三层水泄不通。

但见秦班主一身夜行装束，裹了腿脚；乌黑平头，透着干净利索；头顶十八只青花瓷碗，最上面一只盛满了水，把二胡立与腰间，拉满弓弦，开弓有声，如万马奔腾，似瀑布飞溅，气势磅礴，头顶碗中水一滴未溢，功夫了得！

年轻人嘴角泛起一抹笑，轻轻拉动手中二胡，如泣如诉，竟是瞎子阿炳《二泉映月》。又席地而坐，挽起裤腿，脱掉鞋子，一脚夹胡弦，一脚夹弓子，拉起二胡，弓弦和一，上下翻动，或高或低，或张或弛。秦班主见他技艺十分娴熟，心说这人倒有几番本事。又见年轻人双手撑地，双脚离地，仍用双脚把二胡拉得山响，秦班主似觉一股杀气逼来，连打几个冷战。年轻人双手撑地，双脚拉着二胡，稳稳绕场一周，二胡声越发悠扬嘹亮。

这就是惊天地泣鬼神的江湖神仙脚！

寂静中一声惊呼，雷鸣般掌声刺破青天，铜板如冰雹飞向年轻人。秦班主见年轻人脚心一朵紫梅花，分外刺眼，忽地想起，袁班主脚心与此一模一样，那句"后会有期"，霎时如雷贯耳，只觉心如翻江倒海一般。

年轻人走到秦班主跟前说，得饶人处且饶人。当年我爹是有名的"猴爬杆"，而且，曹锟已私下应允我爹唱堂会，所抓两阕皆为青天白日旗，曹锟意在激起各戏班互斗，为他大寿烘托气氛。我爹不愿，解散戏班，后奔延安抗日剧团，在战斗中牺牲。今儿，我特来为父明志。说着把整整一口袋铜子递给了秦班主。

秦班主羞愧泪流：年轻人，请留步，我有话请教……

那年，1949年，阳光分外灿烂，两戏班合二为一，就是古城剧团的前身。

·作者简介·

陈玉兰，河北省作协会员，在《小说界》《小小说选刊》等国内外报刊发表作品上百万字。2013年中国小小说十大新秀。

酒水

□ 侯发山

光绪六年（1880年），一个艳阳高照的秋日，河南知府陆襄到巩县来了。巩县知县凌钺有点兴奋，又有点紧张。他几个月前才到任，接待得好与不好，直接影响着饭碗。

按巩县惯例，康百万承担了接待陆襄的任务。连年大旱，国库早已空虚，也没有能力接待。说到这里，有必要再交代几句。由于这次大旱以光绪三年和四年为主，这两年属丁丑、戊寅，学界称为"丁戊奇荒"；河南、山西旱情最重，又称"晋豫奇荒""晋豫大饥"。

凌钺交代康百万，别的我不在意，酒水一定要康家的家酒，窖藏四年以上的。

康家家酒取"河洛汇流，太极演绎"灵地深井之水，选饱实之粮，用土窑洞冬暖夏凉之功效酿制而成，绵甜清香，纯洁透亮，回味悠长……不只巩县，整个河南的士绅都以喝康百万家酒为荣，迎来送往，如无康百万家酒，等于降低了一个档次，特没面子。

康家接待，当然更应该用康家家酒了。

康百万低头沉吟，刚要开口，凌钺摆手打断了他的话，不软不硬地说："康掌柜，常言说为政者不得罪富商，但我凌某也希望你不要得罪我，得罪我，等于等罪了陆知府……当然，我相信康掌柜是识大体的人，不会难为凌某的。"

父母官把话说到这个份上，康百万不答应也得答应了。他也知道，得罪官府，等于猪去缚虎，自寻死路。一泡狗屎都能熏人，更何况知县？

看着凌钺升轿而去，康大勇气呼呼地对康百万说："爹，咱们康家没赚过一文昧心钱，夏舍良药冬舍衣，不说咱康店，就是整个巩县，谁没受过咱的好处？怕他一个知县不成？！"

康百万淡淡一笑："勇儿，康家自经商以来，筚路蓝缕终有一方天地，其中一个字有着很大的功劳，就是'忍'字。"

"爹，衙门里的接待哪一次少了我们？可是……"大勇话说半截又咽了下去。

康百万说："勇儿，都知道瘦死的骆驼比马大，再解释也没人信。没事，大风大浪都过了，怕它一个小小的牛蹄坑？"

凌知县陪着陆知府到达康百万庄园那天，看到桌子摆着一个古色古香的黑色陶罐，上面写着一个大大的红色"康"字，凌知县对陆知府说："大人，康家的家酒您可能听说过？"

"老夫早有所闻，可惜没口福。"陆知府一脸兴奋。

康百万提起陶罐把两位大人的酒杯斟满了。

"两位大人，承蒙看得起康某，我先敬二位大人一杯。"说罢，端起酒盅一饮而尽。

两位大人也斯斯文文地一饮而尽。放下酒杯，凌知县皱着眉头，陆知府也一脸疑惑。

康百万叹了口气，道："陆大人，凌知县，可容我这个升斗小民啰唆几句？"

凌知县看了看陆知府。陆知府摆了下手："愿闻其详。"

康百万侃侃而谈："二位大人，从光绪二年到五年，整整四年都没下雨……千里不见烟火迹，四境没闻鸡鸣唱。人人鹄面鸠形，个个刮肚瘦肠，家家尘饭土羹，户户损屋拆房……夫鬻妻，子卖娘，少女弱妇奔他乡……体露集间，尸横野场，父啖子肉，妻抛夫肠，各自为食，更甚财狼……无奈何，康家这四年，把粮食都用来赈济乡里乡亲了，没有酿一滴酒啊……我、我这几年喝的也是水啊。我该死，不该欺骗两位大人，以水代酒了。"说罢，康百万撩起长袍就要下跪谢罪。

"万万不可。"陆知府伸手拉住了康百万，反而朝康百万拱了拱手，一脸郑重地说，"大丈夫当如是，生意人当如是。康翁，我陆某这厢有礼了，替巩县的黎民百姓谢谢你，也替当今圣上谢谢你……酒水，酒水，酒就是水，水就是酒，你没有骗我们。"说罢，呵呵一笑。

凌知县松了一口气，悄悄用袖子抹了一下额头上的汗珠。

陆知府继续说："今天的'酒'虽然是水，但我觉得很有味道，也很有意蕴。做人就得像这河洛水一样，干干净净；做事就得像这河洛水一样，学会包容……"

后来，河南知府陆襄赐给康百万一块"义赒乡里"的匾额，并向慈禧太后和光绪皇帝禀报康百万赈灾一事。

光绪二十七年，慈禧太后和光绪皇帝从西安返回北京时，特意在巩县停留。无疑，又是康百万接的驾。喝了康家的家酒，皇上赐名号"康百万酒"。

"康百万酒"从此名扬天下。

· 作者简介 ·

侯发山，河南作家，在《北京文学》等百余家刊物发表作品上千篇，著有小说专集十七部。

人面疮

□ 高 军

清朝末年最后一任阳都知县黄秀祺，是带着家属上任的，由于需要养活妻子和孩子，日子就过得紧紧巴巴，捉襟见肘。刚开始黄秀祺还能自觉约束自己，不吃请不收礼。时间长了，就开始逐渐放松，慢慢就受当地一些大户的接济和馈赠了。

妻子出身于农家，但也是乡村里识书知礼的家庭，对丈夫的所作所为有一些担忧，但面对拮据的生活，她有很多无奈，很是纠结。

恰在这个时候，黄秀祺肩膀上忽生一个眼耳口鼻俱全的瘤子，这瘤子内痛外痒无比，显见是一种毒疮。忍不住碰一下，这个瘤子就能发出一些奇怪的声音，让人感到很恐怖，赶紧请来了当地医生张枫诊治。

张枫浪得虚名，也没有见过这种毛病，"很奇怪啊，好像还有表情哎。"看病过程中，黄秀祺会不时呻吟。妻子听张枫一说，也看出了门道："是啊，好像是有点难过模样。"盯着看了半天，难过表情逐渐消失，黄秀祺就疼得轻一些了。妻子忍不住用手轻轻按按，就听到一种类似"饿饿饿"的声音。张枫快速说道："说饿？是不是需要给它点东西吃啊？拿点肉来试试看！"

拿来一小块肉，试着慢慢塞进疮面上的小嘴里，不一会儿肉真的被慢慢吸了进去，撕心裂肺的痛势竟然减轻了许多。张枫借坡下驴说，先这样治着看看吧，赶紧告辞了。

妻子发现疮面上的表情显出一副开口笑样子的时候，丈夫的痛苦就会减轻很多。看这个法子管用，丈夫奇痒难忍的时候，就赶紧给它吃肉。几天后，问题来了，由于有进无出，黄秀祺肩膀越来越胖，胳膊也一天一天地胀大起来，像扣上了一个大碗。原来只是肩膀痛得厉害，现在又添了胳膊疼，痛苦与日俱增。

这个法子不行！又请来了另一位大夫高乐亭。高大夫通过观察说："这是很少见的一种病，不叫瘤子，叫人面疮。过去有种说法，是上几辈子的冤家债主来讨债了，要忏经念佛方能治愈，其实很是荒唐。只有让上面的这张脸儿哭了才可以完全止痛，让它的两只眼睛流泪了才能治好。喂它吃肉的法子，是全弄反了，必须赶紧停下来。"

听高乐亭说的有道理，黄秀祺夫妇担着的心才慢慢放下来。高乐亭取来一些贝母碾成的粉末撒在那小嘴里，只见这张小脸上的表情立即变成了难受的样子，黄秀祺当下便觉得疼痒减轻了很多。夫妻俩感到这次才是找对大夫了。

高乐亭用手指头轻轻按按肿胀得碗口大的部位，叹息道："这里面吃进去的肉已经化脓了，必须切开一个刀口让脓液排出来才能彻底治好，知县大人看来必须受一刀之苦了。"

黄秀祺这阵子经常疼得嘴里"嘶嘶"吸溜着，时常有一种生不如死的感觉，所以巴不得立即开刀："为了治病，再苦也得受活，该怎么动刀动就是了。"

高乐亭取出了些麻药先给黄秀祺用上，让夫人去拿来一个盆子在下面接着，用刀子慢慢切开一个口子，顿时便排了腥臭难闻的小半盆脓血，夫人几次作呕，但还是稳稳地把盆子举在胳膊下面认真接着，直到手术完成。

这时，黄秀祺一点也不觉得疼，竟有一种如释重负的感觉。高乐亭给他外用雷丸、轻粉、贝母碾成的粉末敷疮口，并开出了内服由龙胆、龙荟、当归、大黄、栀子、黄芩、青黛、木香等组成的龙荟丸这个方子帮着泻火。

这天，夫人观察了黄秀祺肩膀上的疮面后，高兴地说道："那张小嘴难受地呲着，呲得越来越厉害了。哎，你看，两只小眼儿开始流泪了。马上就要好了啊。"

几天后，黄秀祺肩膀上的人面疮彻底痊愈，夫妻二人兴奋得不得了，夫人简单准备了几样小菜，以示庆祝。

过了一会儿，夫妻二人几乎是同时停下了筷子，陷入了沉默之中。慢慢看了看桌面上寒碜的饭菜，两个人都抬起了头，相互对视着，黄秀祺先开了口："这个，今后……"夫人的手伸过来拉住了他的手："是的！"

从这天开始，黄秀祺放松了的弦又重新紧了起来，坚决不吃请不收礼，并把以前接受的很少的钱财也全部退还了回去。

·作者简介·

高军，山东沂南人，在《人民日报》《文艺报》《北京文学》等百余家报刊发表二百余万字。

指路男孩

□ 王安忆

香港屯门有一条轻铁，沿途一边是街道，一边是山坡绿地。站台是敞开的，立着车费刷卡机。站在月台上，看闲花野草、楼宇路人。过一会儿，有电车驶来，车与轨道的摩擦声在高远的天空下散得很远。

头一回搭轻铁去天水围看朋友，半路上与一个小孩同行。那是个胖胖的男孩，穿一条肥大的短裤，颈上挂着八达通卡，手里提着一个黑色乐器盒，肩上的布袋里是乐谱，应该是星期六上琴课或者下琴课回家。看他神情严肃、身负要务的样子很有趣，便逗他，指他的盒子说："双簧管？单簧管？"他先还绷着，后来就绷不住了，鼓鼓的脸颊露出笑容。又猜："小提琴？"他用劲点一下头，猜对了。于是，我们就哼一段小提琴基础课程《开塞》练习曲，与他套近乎。

搭乘轻铁比预想的要复杂。首先，同一个站台上有多条不同方向的路线；其次，我们要去的天水围似乎不在任何一条路线上。于是，招来新结识的朋友，请他指点。他默想片刻，胖胖的手指头在路线图上指定一个点，表示是我们应乘的那趟车；沿线爬行一段，停下了，表示我们应抵达的地方；停一会儿，手指头跳到另一条路线上，这回的意思是换车；然后，迅速爬行，直至天水围，停下。指点完毕，他便走开，与我们保持一段距离。

　　车来了，才知道他与我们上同一路车。拥挤的人群，将我们的视线阻断了。有几次，我见他转头寻找我们，脸上流露出焦急的表情，等看见我们，却又立即回过头，看前边人的脊背。下车后，他遥遥对着我们，指向一处。顺着他的指点走了几步，不料，已到对面站台的他，又转身奔来。他努力交替浑圆的小腿，将小提琴盒提高到膝盖以上，以避免磕碰，这样就更吃力了。我们不由停下脚步。他一边跑，一边用手再次强调地指点，使我们明白走错了。这一回，他领着我们走到正确的站台。

　　站台上的人熙来攘往，他与我们，就像在茫茫人海中相遇相知、聚散无常的样子。等驶往天水围的轻铁靠站，小孩看我们上了车，才放心离去，乘坐他自己的车。

　　从头至尾，他基本没有说话，大概怕我们听不懂他的广东话，或怕我们笑话他的普通话，极少又极关键的几个字，是用英语说的。唯有小提琴练习曲《开塞》的旋律，为我们做沟通，使我们于萍水中结交。

·作者简介·

　　王安忆，中国作协副主席、复旦大学教授，曾获得第五届茅盾文学奖、第三届鲁迅文学奖，2013年获法兰西文学艺术骑士勋章。

父亲

□ 姜鸿

枝条纷披，绿叶娇嫩，果实通红，这是父亲种在门口的枸杞树。父亲站在树旁，穿着一身崭新的蓝黑色中山装，脸上微带笑意，气色很好。

这是几年前的一个梦境。梦中的我有着难得的愉悦，因为父亲站在那里，很健康的样子。而这种愉悦已是久违的了。

父亲站在门口，我却将父亲拒之门外，因为我认为那不是我父亲，在屋里卧病于床的那个人才是我父亲。这是近日我的一个梦境。两个一模一样的父亲，我选择了卧病于床那一个。

这于我是何等的伤痛与无奈呢？

两种梦境，两种心态，这期间跨越了五年多时间。这五年于我是艰难跋涉的五年。山水迢遥，我的心顶风冒雨，连一帘蓑衣都难以寻觅，它暴露于光天化日之中，一滴滴的血滴满了路途。可是，我终究是走过来了。难以忘记那是一个无风的初夏的一天，连日的炎热使我终于忍不住取出了凉席，我在擦洗着它。这一天是周五，是中考的日子，女儿正在考场上，我没有监考任务，在家里休息。心里无端发慌，很绝望无助的感觉，这种感觉已连续数日。九点多，电话响了，是学校办公室辛老师打来的，告诉我父亲出车祸了，正在中医院急救室。我一下子懵了，赶紧出门，还未迈出家门，电话又响了，是哥哥的，告诉了我同样的消息。挂了电话，来到门外，我好像一下子清醒过来，害怕起来：父亲怎么样了呢？他不会已经离开我们了吧？我感到非常恐惧。又给哥哥打回去，询问父亲的情况，哥哥说：医院里告诉他，父亲只是腿不能走路了。我这才松了一口气，赶紧骑车往医院赶。

我和哥哥先后赶到了医院，父亲已经躺在医院的活动床上了。父亲告诉我们他的肚脐以下已经失去知觉了。我感到情况严重。父亲说脊背痛，我用双手抬着父亲的头，父亲说这样感觉才好点儿。我一直用双手抬着，汗水一滴滴滴落下来，我全然顾不得了。受伤的父亲需要做各种检查，被人抬上抬下。

父亲是在骑车的时候被一个冒失的骑摩托人从后面剐倒的。

下午，父亲做了第一个手术，左腿胫骨骨折，伤口暴露，不断流血，必须尽快手术。做完这个手术，我们将父亲转到更好的医院。经检查，父亲脊柱骨折，脊髓神经受伤。这意味着父亲有可能终身瘫痪。

我们不能接受这个事实，抱着一线希望，连夜将父亲转到更好的医院。那是一个下着暴雨的夜晚。经过长途奔波，我们入住异地的医院，那一夜医院的灯光惨白。

父亲在手术室里度过了漫长的四小时。那四小时父亲是怎样过来的，我们不得而知。但是我知道那是血腥的四个小时。术后的父亲夜晚常常在梦魇中惊醒。父亲的后背上留下了又粗又长的疤痕，每每让我触目惊心。

术后，医生的结论是没有可能恢复了，父亲将永远无法行走了。

我们身心疲乏地回到家里。正是炎热的夏季，一不留神，父亲的臀部长了一个褥疮，不断扩大。我们访医寻药，各种办法都试过了，还是在不断扩大。无奈之下，哥哥拿起了剪刀，一点儿一点儿地把腐肉剪掉，剩下一个拳头大的洞。我不敢正视那个洞，我很感佩哥哥的勇气，是生死的逼迫让他拿起了剪刀，让他一剪刀一剪刀地剪掉至亲身上的肉。

我的心创痛无比，可是父亲全然没有疼痛的感觉。原来能够感受到疼痛也是一种幸福。

这突然的变故使我们都发生了极大的变化，我们不得不迅速地坚强。

父亲的褥疮终于痊愈了，父亲又度过了一劫。

伤后的父亲很安静，他安静地躺在床上，从不急躁，更没有怨恨。他在想他的心事。一天傍晚，父亲望着窗外幽幽地说："一棵大树就这样倒下了。"我看见父亲的眼角有闪闪的泪光。是的，父亲不能再帮我接送孩子了，父亲不能再用三轮车载着母亲出门了，父亲不能再去买菜了……

童年的时候，多病的我常常在半夜伏在父亲肩背上去医院。路上已没有行人，只有路灯昏黄的光照着，父亲的脚步声"沙沙"地响，格外清晰……

是的，我们的大树倒下了，可是天空还在，我们必须撑起我们的晴空。

在侍奉父亲的漫漫时光里，无助与绝望时常包围着我，可是我的心底总有一个声音温柔地对我说："孩子，慢慢来。"我于是把一日删减得简而又简，我只要迎来黎明，送走暗夜就好了，我只要一日日地送走属于我的晨昏就是我的胜利。

这样的了无欲求的日子果然好过多了，清静多了。

院子里的滴水莲盛开了团团簇簇的花朵，茉莉花依然送来淡淡清香，院落依旧，夏日依旧，可是人事已非。

我想起父亲出事前那段时日，我常常做着一个梦：我们家换房子，我们从窗明几净的房子里搬入了破旧的房子。这样的梦境反复出现。

我不知道冥冥中有没有一种未卜先知的力量，但是我懂得了以敬畏的心态面对人生和生活。

父亲伤残了，我们的生活不得不重新开始。

父亲倒下了，可是我们的大树并没有倒下，他以品德和毅力依然在帮助我们撑起一方蓝天。

日出日落，五年的光阴也不过是刹那一瞬。

父亲卧病在床的五年，以沉默和坚忍承担着病痛的折磨，以善良和宽容包容人生给予他的伤害和磨难。父亲依然是我们稳固的大后方。我们在父亲的支持下努力工作，力求上进。我们的后代从温暖的巢穴里起飞，飞向更加广阔的天地。

生活即使千疮百孔，可是这人间总会有阳光照耀的时候。晴天多于阴霾，我们没有放弃的理由。

生活的伤痛教会我们许多。

人们说，父爱是一座山。于我，"父亲"是一个异常厚重的话题，是我曾经回避的温暖和疼痛。

五年之后的今天,我终于有勇气面对这五年的过往,面对今天的父亲。我们在父亲的疼痛中懂得了感恩,懂得了珍惜,懂得了从容面对。

·作者简介·

姜鸿,女,中学高级教师,中国散文家协会会员,1991年开始发表作品,创作有长篇小说、短篇小说、散文、诗歌等共五十万字。

剪辑

□ 李世斌

县电视台台长蒯理为提高收视率，苦思冥想，煞费苦心。一日突然间生出灵感，便找来副台长、频道总监等，如此这般地跟他们布置了一项专题节目录播任务。

节目的总策划是：选择有代表性的五名正面典型人物，分别是节约粮食的、拾金不昧的、见义勇为的、拒绝贿赂的、不近美色的，把这五类人召集起来，现场采访他们，让他们谈谈为什么做到了意志坚强、坚守底线……

电视台演播大厅里，"五路"典型人物围坐成半圆，台下坐着数十名人大代表、政协委员和群众代表。

第一位是复员军人，在技校负责食堂管理工作。主持人问：您针对一个南方学生不愿意吃面食而将整块馒头咬了两口就丢弃在饭桌上的行为，为何敢于狠狠地批评，并捡起掰下一半自己吃了，迫使学生将另一半吃完，您为何会这样做，当时是怎么想的呢？

复员军人说：我也是南方人，当年在北方当兵时，也干过这种事，将整块馒头扔到潲桶里，被连长扇了两个耳光，当时连长从潲桶里捡起，也顾不上脏，掰一半自己吃了，另一半我也就强忍着咽到了肚子里。从此，我见谁浪费粮食，就想起连长，想起连长，脸就发热，心里就怕……

"停！"坐在监视席上的蒯台长叫停，传过话跟主持人说：拍片前没交代过吗？说话立意要高，要有教育意义，什么怕啊怕的，重新来过。

第二位被采访的是见义勇为的保安。这位保安的故事是：在商场，见一窃贼窃取了一妇女的钱包，他大喝了一声，但窃贼却从腰间拔出一把匕首冲上前来威胁他，他迟疑了一下，便与窃贼搏斗了起来，虽然受了伤，但窃贼被制服了……

主持人问保安：您当时无比勇敢，请问您在一刹那间是怎么想的？

保安说：我记不起当时怎么想的，看着他掏出匕首时，内心还真有点儿害怕，不过当时没有退路了，搏斗的时候就什么都没想了，只是一股劲地想制服他，夺回被偷去的钱包……

蒯台长听到这儿，很不满意地摇摇头，本想叫停，但转念一想，便跟坐在一旁的频道总监说：算啦，算啦，等把节目都录完再剪辑吧。说罢，看看表，又跟频道长说：我得赶到县里开个会，明天上午我们再研究如何剪辑，明晚黄金时间播出。

第二天上午，台长、副台长、频道总监、编辑、主持人等一起审片。片子里出现采访环卫工拾金不昧时，环卫工说：当时犹豫了一下，但不敢占为己有，怕良心上过不去，怕被开除，怕有监控……放到一官员老婆拒收送上门来的巨款时，官员的老婆居然说：钱谁不喜欢，但怎么敢收啊，那么多贪官被抓起来，能不怕吗？最后一位被采访者是一位老板，酒后被一朋友怂恿去嫖娼，但他没去，朋友去了，当晚被抓。这位老板对着主持人伸过来的话筒说：当时动摇了一下，但干这种下流的事毕竟不光彩，更何况我那老婆简直是一个母老虎，我怕老婆也是出了名的，万一出了事，怕……

蒯台长看完片子，一个劲地摇着脑袋说：怎么都离不开一个怕字呀！

主持人轻轻说了一句：可能他们说的都是真话吧。

台长说，那还有什么教育意义？档次太低了吧。这样吧，你们把他们所有讲到的怕字，统统剪掉。我们不搞拔高造假那一套，但一定要把片子剪辑好，制作好，去教育广大干部群众。

·作者简介·

李世斌，温州市作家协会副主席，出版散文、小说集《虚岁四十》《郁金香和酒》等，短篇小说、散文、诗歌等散见于多种报刊。

生死一线牵

□ 张 弘

"生死一线牵"是一座峰的名字，当地的人们都这样称呼它。

之所以被叫作"一线"，顾名思义，通向峰顶的山路非常窄，走在山路上的人如同走在一根钢线上。虽不及华山之高，但惊险程度绝不亚于华山的"鹞子翻身"和"天梯"。为什么被叫作"生死一线牵"呢？这就要从明清年间说起。

据说，明清年间，有位富商叫贾伦，白手起家拼得一身财富。在当地大有名气。然而，就在功成名就之时，意外发生了。胞弟勾结外人，里应外合，最终，贾伦一生心血流到了胞弟和外人手中。心灰意冷的贾伦爬上那座被后人称作"生死一线牵"的峰顶，纵身一跃，结束了处于黄金时段的生命。然而贾伦不知，他的发妻联合其儿子和忠实拥护者最终夺回了财富。家业虽然夺回，君已不在，妻子数年后郁郁而终。

而后，但凡生意失败的人都会选择爬上"生死一线牵"，想以此来结束自己的生命。似乎，这已成为一种习惯。

让人惊奇的是，上山寻死的人不计其数，死在山上的人却屈指可数。他们均是鸡鸣启程，活下之人皆次日正午返下，脸上总会有股气势，如同得胜的将军。山上下来的人个个守口如瓶，对上面的事只字不提，只说，山上不可随便靠近，否则有性命之忧。这样，"生死一线牵"不但惊险无比，也蒙上了一层神秘的面纱，老百姓更是敬而远之。

到了清朝末年，"生死一线牵"在百姓口中越传越玄，甚至有人说山上有位仙姑，能给上山寻死的人指一条明路。消息传到京城，不少人自然是很感兴趣。王家幺子王仁迷信，对于神神鬼鬼的事情深信不疑，自然更是上心。他想尽一切办法想套出"生死一线牵"的究竟，多次前去询问当地百姓，总是无功而返。王仁思前想后，终于做出决定，亲自爬上"生死一线牵"一探究竟。

太阳露出半个头，天边刚泛红，王仁便拿起登山的简易装备开始"生死之行"。客栈掌柜百般劝阻，认为这是在自杀。然而，王仁是铁了心要上山，对劝阻自然充耳不闻，且大笑着保证全身而退，掌柜摇头叹息。

王仁来到山脚下，那"一线牵"孤峰突起，与周围地形格格不入。说是山，倒不如说是一块屏障，隔在两块平地间，山体陡而窄，真的是"一线牵"。

当王仁踏上第一块山石的那刻，心中想的便是即使死也得爬上峰顶一睹仙容，他有着一颗勇敢无畏的心。他小心地走在狭窄的山路上，偶尔往山下望去，进入眼帘的便是令人生畏的深涧。王仁不敢有一丝马虎，使出浑身解数往上爬，必要爬上峰顶了心中疑惑。正午的烈阳射在脸上，折出一份狂热、一份执着和探索的欲望。

日已偏西，阳光已经不再刺眼，而王仁眼中却充满了疲惫和失望。原来，峰顶上没有他想象中的仙境，更没有传说中的仙姑，仅有一块石碑，石碑边上长着一丛不知名的美丽的花，花朵散发着浓郁的香味。石碑上记载的正是明清年间贾伦的事迹。原来这块石碑是贾伦的妻子所立，立这块石碑的目的就在于唤醒寻死之人已经死去的心。碑文最后写道，虽无金无银，然立悬崖不畏、攀峭壁不慌之勇，定冠绝世间。昔无金无银便铸成大业，然今有冠绝世间之勇焉有不重振雄风之理。望君三思。思定后望君守口如瓶之于此山此碑。

草草看完这长篇大论，王仁心已凉透，原本想着能与仙人有一面之缘，没想到千辛万苦看到的却是冰冷的碑文。含着金钥匙出生的王仁可没那工夫考虑无金无银，只想赶下山去，将山上神秘的面纱揭开，让人们知道山上的传说都是骗人的。

返下山的途中，疲惫和匆忙使王仁已经不能像来时那么冷静，而急于将"生死一线牵"的神秘面纱揭开以此来闻名天下的心更使他有了几分焦急。

结果，王仁一不小心跌入山崖。使他丧命的仅仅是那条在他看来途中最安全的一条山道。

两天，三天，很多天过去了，王仁最终没有回到客栈。

"生死一线牵"的神秘面纱在人们的传说下越来越厚。

·作者简介·

张弘，1994年生于安徽怀远，广西作协会员，多篇作品被《小说选刊》等刊物转载并入选高等院校"十一五"规划教材《大学语文》。

鸟 蛋

□ 陈永林

　　小胖家的院子里有棵一人多高的柏树。柏树的枝叶丛里藏着一只鸟窝。鸟叫什么名，小胖不知道。那鸟比麻雀大一点，因羽毛是灰色的，小胖就叫它灰鸟。灰鸟刚做窝时，小胖就发现了。

　　那时两只灰鸟不停从外面衔来树枝、羽毛，飞进飞出的，很忙碌。

　　柏树枝叶里的鸟窝一天天变大。十几天后，一只蓝边碗样大的鸟窝就筑好了。

　　小胖把这事告诉了爸爸。

　　爸爸对小胖说："这两只鸟马上要下蛋了。然后孵蛋，孵出小鸟。鸟也有爱心，养育下代。"

　　每天天一亮，小胖就要爸爸看鸟窝，看小鸟下蛋没。爸爸也不烦，天天看鸟窝。自妈妈得肝癌去世后，爸爸对小胖极好。不管小胖提什么要求，爸爸都会满足。

　　柏树里有只鸟窝，爸爸极高兴。爸爸知道这只鸟窝能给小胖带来许多乐趣。这鸟窝能让小胖暂时忘记失去妈妈的痛苦。

　　这天天一亮，小胖又说："爸爸，你快看看鸟下蛋没有？"爸爸走到柏树跟前一看,高兴地叫起来:"下了,下了六个蛋。"小胖也要看,爸爸抱着小胖,举起来:"看见没?"小胖高兴得手舞足蹈的,"真的有六个蛋。爸,我能摸摸吗?"爸爸说:"你摸呀。"但小胖的手刚伸向鸟窝,鸟就回来了。鸟以为小胖想拿走蛋,在小胖头顶上愤怒地叫着,并要啄小胖。爸爸忙把小胖放下来了。

小胖问:"爸爸,这蛋要多久变成鸟?"

"爸也不知道。"

又是每天天一亮,小胖就要爸爸看鸟窝,看小鸟孵出来没。

爸爸就每天天一亮就看鸟窝。

这天,爸爸对小胖说:"小胖,爸爸给你找个新妈妈,好吗?"

"她像妈妈一样好?像妈妈一样爱我?"

爸爸点点头。

"那我啥时能见到妈妈?"

"明天,明天我就带她来见你。"爸爸高兴地在小胖脸上亲了一下。

其实小胖的爸爸早已同雪英好了。雪英想早些同小胖的爸爸结婚。但小胖的爸爸担心雪英过不了小胖这关,就一直没往家带。没想到小胖这关这么容易过了,他自然高兴。

小胖的爸爸出了门,他急着要把这好消息告诉雪英。小胖的爸爸觉得雪英是个很善良的女人,她会爱小胖的。

第二天,雪英带着她妈来了。雪英不想妈来,可妈执意要来看看女儿将来的家是什么样子。雪英也没法。但雪英的妈一到小胖家,头晕病又犯了,啥东西在眼里都成了双份,还旋转不停,而且不停地呕。这让雪英极难堪:"叫你不要来,偏要来。"小胖的爸爸想到给雪英妈叫医生来,说:"没事,我去去医院就来。"小胖说:"我也去。"

路上,爸爸问小胖:"雪英阿姨怎么样?"

小胖说:"没妈妈好。"

"怎么没妈妈好?"

"她没亲我也没抱我。"

爸爸笑了,"今后她会抱你亲你的。"

小胖和爸爸来到村里的诊所,医生正给一个人量体温。医生说:"你们先回去,我马上就去。"

鸟 蛋

小胖还没进院子，就听见灰鸟凄厉的叫声。

小胖跑进院子，两只鸟在鸟窝上面飞来飞去，呀呀地叫，极其愤怒极其哀怨。爸爸也进了院子，来到柏树下，往鸟窝一看，鸟蛋一个也没有了。

他进了屋，黑着脸问雪英："你拿了鸟蛋？"

"拿了。我正在这煮呢。鸟蛋可治头晕病。"雪英见了小胖爸爸一脸愤怒，"怎么啦？"

号啕大哭的小胖把雪英往外推："你赔我的鸟蛋，赔我的鸟蛋。你走，走，你的心好坏，做了我妈妈，对我也会好坏。"

雪英看着小胖爸爸，爸爸朝雪英挥挥手："走吧。我说过我儿子看不中的女人我也看不中。"

小胖的爸爸没再带女人回过家。

小胖念大学时，对爸爸说："爸，你还是再找一个吧。是我断送了爸爸的幸福。要不，你早同雪英阿姨结婚了。那时我小，不懂事。我不该凭她煮了鸟蛋就说她的心坏。她煮鸟蛋也是为治她母亲的头晕病，爸，真对不起。我错了。"

小胖的爸爸不出声，默默地吸他的烟。

· 作者简介 ·

陈永林，1972年生于江西都昌，《微型小说选刊》主编，中国作家协会会员。已发表两千六百余篇小说，被多种报刊转载。

校长卢夏

□ 谢松良

民工子弟学校只有一幢不大的教学楼，却有两千多号学生，每个班级都人满为患，像沙丁鱼。

增建一幢新教学楼成了校长卢夏一直以来的心愿，他一趟趟往县政府、县教育局跑，他们让他回去等消息，然后便没了下文。

有困难不能只靠政府，有人给卢夏出主意，向学生家长集资摊派，反正又不是中饱私囊，家长定会慷慨解囊。这个法子卢夏曾想过，但问题是学生家长多为外来务工人员，手头并不宽裕，他开不了这个口。

六一儿童节前夕，卢夏突然接到县教育局阎局长的电话，阎局长说县委牛书记非常重视外来工子女教育问题，儿童节当天要去进行看望慰问，让他积极做好接待准备。

放下电话，阎局长还是放心不下，特意驱车来到子弟学校，对卢夏面授机宜：到时候给一部分学生放假，搬走多余的课桌椅，使各个班级看上去井然有序。

"这不是造假吗？"卢夏不同意。

阎局长铁青着脸，说，"要是你连这点小事都协调不好，我看你这个校长也快做到头了。"

胳膊拧不过大腿，卢夏原本想以事实为依据，向牛书记进言增建教学楼的计划泡了汤。

不过，学校所面临的困难，老师们心知肚明，他们决定尽绵薄之力。于是，他们破例违抗了卢校长的工作部署。

儿童节那天上午，牛书记一行在子弟学校看到了与往常一样的情景，没有活动空间的小朋友个个汗流浃背，让人心疼。

市报女记者摇头叹气，气愤地说："这哪里是教室，分明是蚂蚁窝？真是可怜了孩子们。"

卢夏沉默了，心里委屈得有想哭的冲动。

牛书记的反应很快，他清清嗓子，说："今天请大家来，就是让各位看看子弟学校的真实情况，再穷不能穷教育，再苦也不能苦了孩子，我们县的财经即使再吃紧，勒紧裤带也要给子弟学校拨款增建一幢新的教学楼。"

全场掌声雷动。

似乎是个好的结局。卢夏感到十分欣慰，同时也做好了隐退的准备。

果然不几日，县教育局纪检部门派人来子弟学校调查，用了一周时间，查实卢夏几年来报销来历不明的公交车票一批，共计两百余元。

卢夏心里坦然得很，那不够上级领导吃个快餐的钱全是为了建教学楼的事去相关单位坐车用了的，确实一分都没多报。欲加之罪何患无辞，他懒得申辩。

随后，县教育局发出卢夏因贪污腐败被免职的通告。

过了一年多，新教学楼建好了，民工子弟学校搞了个盛大隆重的落成启用仪式。新任校长站在台上，慷慨激昂地讲新教学楼的建成要感谢这个领导、那个领导时，台下一片哄笑声，大伙异口同声地说：你搞错了吧？老校长劳苦功高，我们最应该感谢的人是他！

然后，台下师生两千多人的掌声经久不息。坐在台上的那些领导们脸上红一阵白一阵的，不等仪式结束，落荒而逃。

虽然那天卢夏缺席了，没能看到这感人场面，但他值了。

· 作者简介 ·

谢松良，湖南洞口人，笔名无歌，二级作家，广东省作家协会会员，已在《解放军生活》《芳草》等报刊发表作品数十万字。

墨烟张

□ 陈柳金

一日傍黑,张家院里哇的一声哭,土坯墙震落一层沙尘。婴儿落地,没听过恁大声的,且脸如包公,黑不溜秋。张父说,俺张家世代制墨,如今老天馈赠一墨宝,就叫他张秉墨吧!

这张秉墨,天生一个玩家。六岁便能玩墨,采烟、熬胶、和墨、上模、晾晒、裱金,一整套工序下来有模有款。九岁便玩书成瘾,熟读四书五经、诸子百家,还练得一手好书画,吟咏唐诗宋词亦有腔有调。张秉墨的天空悬着一颗文曲星。

但到了十八岁,天空却变了天。参加了地下组织的张父因叛徒出卖,死于鬼子刺刀之下。张秉墨强忍一腔怒火,接过搅墨棒,墨缸里转起圈圈旋涡,搅动一百○八圈后,蒸煮成团,蓄着劲举锤敲打一百○八遍。张秉墨发誓要做条好汉,把小日本的肉剁成酱,锤打成一根根愤怒的墨条。

张家院子每天清晨依旧飞出一群白鸽,鸽群沿鹤庄盘旋一圈后,总是有一只鸽子带着张秉墨的牵挂飞离队伍。薄暮时分,那鸽子才从天空凯旋。张秉墨宝贝一样捧在手心,喂了食,轻轻放进笼子。

前线还是失守了,小日本洪水猛兽一样冲进庄里,打砸抢烧,把个鹤庄鼓捣成了墨缸，每个人心里都墨黑墨黑的。小日本把鹤庄小学占为指挥部，临晚集合村民训话，太君佐藤野夫说鹤庄藏有共党，自己站出来，可免全庄人死，否则通通都得死！

村民个个岿然不动，佐藤无计可施。忽然头顶掠过一群白鸽，仰起头，鸽子送他一个见面礼。佐藤往脸上一抹，一撮腥臭的鸽屎。叭嘎，杀了它们！一阵乱枪响起，连鸽毛也不见掉下来。佐藤恼怒道，不供出来，你们，通通的当鸽子宰！

翌日，鸽群刚回笼，张家院门被踢开，几个小日本端着枪叽里嘎啦闯进来。正在锤墨的张秉墨猛一惊。贼头贼脑的小日本乱搜一气，从笼里捉出几只白鸽。翻译给张秉墨下了命令，以后每隔三天送两只鸽子孝敬太军！

鬼子走后，张秉墨赶紧去看鸽子，幸好那只白鸽还在，这才松了口气。入夜，他扬手放飞了那鸽。

就在这两天，有四个村民被怀疑是共党分子捉进了指挥部。一向抬头做事的张秉墨把头压得老低，搅墨一百〇八圈，锤墨一百〇八遍。他要把张家本领亮出来，制成胳膊粗的圆条墨，当作礼物送给佐藤野夫。

转眼三天已到，张秉墨这次送给佐藤的是两只鸽子。进了门，只见佐藤呕吐不止，气喘吁吁。张秉墨细看，知他犯了夹阴伤寒，前几天吃了鸽肉大补精气，媾和时不慎便犯下此症。张秉墨说，太君，我有法子能治好你的病！佐藤如遇救星，却见他一脸乌黑，心生疑窦，但病痛难耐，只得恭听。张秉墨道，鸽屎为药引、槐角、扎参、细辛炖服。佐藤还记着上次鸽屎之恨，这次竟敢叫他吃这腥臭物，以为张秉墨捉弄他。翻译说，太君，张师傅可神了，您就信他一回吧！

佐藤服了鸽屎和中药，翌日果然恢复如常，那阳物又勃了起来。三天后张秉墨送来鸽子时，他竖起大拇指，你，大大的神！张秉墨说，太君，下次俺送几根大圆墨给你，俺张家墨条，不仅是书画的上等墨料，还能止血、治皮肤疮毒和腮腺炎。佐藤听了大喜，临别，差翻译送张秉墨，张秉墨悄悄塞给他一张纸条。

这晚深夜，张秉墨正要入梦，院门吱呀推开，一黑影潜了进来。是翻译窃取了日军的重要情报，日军将于后天晚上攻打驻扎在一深山处的我军阵营。

张秉墨马上放飞那只白鸽。鸽子飞回时，也带回了我军指令——后天里应外合端掉日军指挥部。

这天傍晚,他又一次放飞了白鸽。转身去给佐藤送鸽子,这次多了几根胳膊粗的圆条墨,是他答应送给佐藤的礼物。

踏进门时,地上躺着一只流血的白鸽。佐藤凶相毕露:它,从你家飞出,你的下场……还没等他说完,门外已拥来一群鬼子。张秉墨放飞手里的白鸽,掏出圆条墨,把盖子一掀,轰!轰!轰!佐藤野夫与鬼子不明不白地见鬼去了。

这次战斗因情报可靠,敌军进入我军埋伏圈,成为瓮中之鳖。我军则暗度陈仓,另派一支部队攻打鹤庄的敌军指挥部,把剩下半个营的鬼子一举歼灭。

在张秉墨的葬礼上,鹤庄乡亲全都披麻戴孝。忽然一群白鸽悲鸣着从张家院子飞出,在鹤庄上空整整盘旋了一百〇八圈。仪仗队前,翻译跟一战士手抬石碑大的方条墨,上书三个镏金大字:墨烟张!

张秉墨炸死鬼子,是把手榴弹嵌在了圆条墨里啊!

· 作者简介 ·

陈柳金,广东梅州人,广东省作家协会会员,居东莞。作品多次入选中国微型小说排行榜、中国小小说排行榜和年度选本。

门

□ 泥冠

"封老板,这价格太贵了。"

"一分钱,一分货。不强买,不强卖。愿理发,打湿头。全看缘分!"

"二十万,够买一栋房子的了。"

"坦白说,现阶段,中国还没有这么贵的门。"

"这价钱,只有富翁才肯出手。您瞧瞧,这门只有豪华建筑才能配搭得上。"

"当然。听说,林老板是风水大师,名媛高官都来找您,您是日进斗金哪!"

"有点儿小才,别人把我叫高了,多谢他们捧场。何日,我也帮封老板看看,让您财源广进?"

"多谢!"

"封老板的多谢是愿意呢?还是——愿意呢?"

"小人愚钝,不信这个,恳望见谅。"

"看来,封老板是不想破财。商人总是跟钱亲啊!"

封老板没有去接话茬。封老板的女儿凑上红唇在他的耳边小声说:听说他根本就不懂风水,是一个半桶水魔术师。

251

"我要十扇门，封老板可降多少价？"林大师将右手的食指在上，拇指在下，两指一叩说道。

"二十万，是一口价。"

"这么大一笔买卖也不给点儿惠价？"

"给您降价了，对其他客户不公平。都是永久行的客户，不能厚此薄彼。"

"我多要十扇，总得给个不同价吧？"

"多少都是这个价，敬望包涵。"

林大师的脸有些泛红，望着封老板的眼睛，眨巴了好几下，说："封老板的心有些硬，这门我不要了，走！"

一同来的年轻男子把一张林大师的名片递给封老板说："什么时候有惠价了，给我们个电话。"

林大师等了三天没有封老板的电话。又耐心等了两天，仍然没有封老板的电话。终于上门来了，开门见山地说：

"门我是要定了。货款付二成取货如何？"

封老板说："付半价取货。"

林大师说："付三成可否？"

封老板说："付半价是永久行的规矩。另一半在半年内付清，逾期付五分利息。请林大师包涵。"

林大师脸有些发绿，语气铿锵地说："买下了——喜欢就是贱！"

时间过去了六个月，林大师没有支付剩余的款项。林大师自从取货的那一刻就决计不付剩余的款项，即便支付也得要封老板豁一大摊血！

过了六个月，封老板没有催债。过了七个月也没有催债。时间过去了九个月，仍不见封老板催债，封老板似乎把这笔债给忘了。林大师好生奇怪，他想封老板这是在演哪一曲呢？想多捞几个利息不成？这一点林大师不害怕，他有办法应对。

哪知第十个月刚到，二十扇门全都出问题了：门打开后，门锁的舌头全都缩不回去了。偌大的豪宅成了一个洞开的城堡。他请来最好的锁匠，锁匠捣鼓半天也一筹莫展，他急坏了。

有人说：付清永久行剩余的款不如把门扇换了，那笔钱实在太多。林大师知道，如果换掉二十扇门，成本更高。因为这些门的设计十分特别：有五根拇指粗的金属条连着门锁，呈放射状布满了整扇门，一直延长两米深入到墙壁内面。如果拆掉门就要打掉墙壁。如果拆掉二十扇门就要打掉二十堵墙壁，也就意味着整个豪宅将倾覆。

林大师找到了封老板，很生气地说："幸亏我留了一手，没有付清货款，我用天价买来的门，竟然是一堆废品！"

封老板招呼林大师坐下饮茶，打着手势说："息怒息怒，门出了何种状况，请慢慢道来。"

林大师说："所有的门全坏掉了。门锁的舌头怎样捯饬也缩不回原样了。"

封老板说："不是门锁坏了，我当初忘了告诉您，每一把锁有两只钥匙，我只给了您一只钥匙——这只钥匙只管十个月。另一只钥匙管终身，是在客户付清货款之后才能拿到的。"

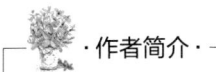

· 作者简介 ·

泥冠，原名蔡志宏，湖北京山人，定居中山市。市作家协会会员。出版小说集《被包养的水娥》。创作的电视散文《守林人之歌》曾展播。

爱情火车

□ 赵欣

　　一个人第一次到千里之外，有点孤独和紧张，不过一想到能给男友突然的惊喜，还是十分兴奋。和我同包厢的，还有一个女孩子。她也是一个人出远门，不过，和我相反，她是离开男友。根据频频的通话，我判断出她和男友依依不舍。每次通话，她首先必问，你在哪？之后轻言细语，满意地挂断。

　　夜色降临，我很快进入了梦乡。迷迷糊糊中，我听到女孩的声音，你在哪？值班？你在值班？这样的问话重复了几遍，语气加重。我不满地想，深更半夜打什么电话？一阵压抑的质问声再次搅扰了我的梦。到底在哪？和谁在一起？稍停顿后，语气尖锐，值班？真的值班？

　　旅客都被搅醒了，有的坐起来观望，有的重重翻身以示不满。女孩挂断电话，她粗重喘息。

　　我刚要入睡，女孩又开始通话，声音发闷。她蒙在被子里，情绪还是把声音传了出来。她急切地说，弟弟，你去吴伟单位看看。她不耐烦了，我让你去你就去。又停顿，焦灼而略带恼怒地恳求说，别挂，弟弟，我给你五百元钱，行了吧！

　　我暗暗发笑，却没困意了。想，这女孩真够男友受的。

突然，女孩手机响了。焦躁的声音却没掩饰。什么，吴伟没在单位？你确定？女孩霍地坐起来。歇斯底里地吼叫，吴伟，你到底在哪？干什么？

再吼，带着哭腔。吴伟你和我玩是吧？我为了你一个人去那么远的地方，你竟然搞鬼，有良心没有？你出去买吃的了？十分钟就回到单位？好，我让弟弟在那儿等你！

大家都醒了，恼怒的目光一起在黑暗中射向女孩。但她全然不顾，不停地哭骂，手机的荧光映照着满脸泪痕。女孩觉察到失态，说声对不起，肩头一耸一耸。

安静一会，又开始拨电话。可能男友没接听，她猛地把电话摔在地上，趴在床上抽泣。大家明白怎么回事了。我下了床，坐到身边轻声安慰她。她哭出了声。

一个旅客捡起手机送到女孩手里。手机响了，她仓促间错按了扬声器键，通话声成了直播。

姐，吴伟出事了！

什么？出什么事？女孩声音发颤。

他在距离单位十公里的地方超速开车，出了车祸……

· 作者简介 ·

赵欣，1968年生，吉林省作家协会会员。作品在《作家》《湖南文学》等数十家杂志发表，部分作品被《海外文摘》《小小说选刊》等选载。

岁月在墙角剥落

□ 杨崇德

父亲在过完他七十八岁的生日之后,记忆力一落千丈。我的弟弟哲娃打电话对我说,如果你有时间,回来看看父亲,他已经不认识人了。他时常把我当成是你,可一摸到我脖子时,他就说,你不是叫花子,叫花子这里有块疤!

我听了这话,眼泪都出来了。

我去找我的领导。领导正喊我开会。一周两次的会,雷打不动,主要分析前半周的工作,安排后半周的工作。我说:"领导,我要请假。"领导说:"你请假干什么?"我说:"我要看我父亲。"领导说:"上个月你不是回去了吗?"我说:"我父亲认不到我了。我要回去。"领导说:"既然认不到你,回去也没多大用呀。"我说:"我要回去。我心里慌。"领导说:"这个月的业务分析材料谁来弄?"我说:"我不管。我要回去。"领导拿我没办法,只好批了我的假。

我请了一个星期假。我回到了我的山村老家。那天太阳亮晃晃的,我满头大汗进了屋。弟弟不在。莲花和鼻涕虫也不在。弟媳妇说:"不知道你今天回来,要不,哲娃骑摩托到镇里接你一下。"

我说:"哲娃呢?"弟媳妇说:"到山里砍树去了。"我说:"莲花和鼻涕虫呢?"弟媳妇说:"都读书去了。"我说:"莲花初中快毕业了吧?"弟媳妇说:

"成绩差得要死。"我说:"鼻涕虫应该好些吧?"弟媳妇说:"这个学期数学考了八十分。"我问:"爹呢?"弟媳妇说:"他要跟哲娃上山,哲娃不要他去。他现在应该在仓屋场那边。他认不到人了。"

仓屋场是我们村生产队时期的仓屋,旁边有一大块水泥晒谷坪。小时候,那里是我最快乐的地方,也是我最难忘的地方。我和村里的孩子们经常到那里爬屋梁,揭瓦片,找麻雀窝。有时,我们还会在晒谷坪里放电影。电影放起来很简单。在晒谷坪树一根竹竿,拉一根长线到仓屋楼上,再要光子岩把他爹那把手电筒偷来,对着仓屋楼上照。电影就算开始了。我们一帮子人爬的爬楼,翻的翻筋斗,跳的跳,唱的唱,打枪的打枪。解放军和敌人这个时候也就越来越明显了。做敌人的,都是些跟屁虫,或者是没有多大地位的。我的弟弟哲娃,那时还小,也跟在我屁股后面乱跳。我喊了几句,把右手变成一把手枪,对准我弟弟,就是一枪。我弟弟没有倒。他望着我呵呵地笑。我一下子就火了。他不但没倒,鼻涕还流得那么长,舌头竟然在舔。我一巴掌打过去,他倒了。哇哇大叫。不巧的是,父亲正好从山上下来,扛着一截树,从仓屋场路过。父亲看到哲娃在晒谷坪里打滚,呜噜呜噜哭,将肩上的树一甩,气冲冲地过来了。我看到形势不妙,立刻爬楼。我爬到屋梁上。父亲似乎很生气,也要爬上来。但是,屋柱子光溜溜的,父亲的腿只做了一个卡住的动作,就滑下去了。父亲更加生气了,他抽出背上撇的那把柴刀,对着仓屋柱子使劲地敲。我只能往屋檐方向挪。我挪得更快了。慌忙间,我从屋檐上掉了下来。父亲还在发火,冲过来,举起手,准备打。父亲发现我脖子上有血,一把掀开我的衣襟,我脖颈被地上的石头切去一大块肉。我躲过一劫。但是,我脖颈上却留下一块永远的伤疤。

一切都是那么记忆犹新。仓屋场看上去已经没了过去的辉煌。仓楼早被拆了,几根柱子撑在那里,空荡荡的。

我提着鸡蛋糕,向仓屋场走去。远远的,我看到了父亲。他坐在地上,手里扶着一根棍子。我叫了一声"爹——"

父亲的耳朵还算可以。我喊到第三声时,他转过头来,看着我。我走过去,掏出一个鸡蛋糕给他。他没有接。

我蹲下去,翻开我的衣襟,然后抓着父亲的手,去摸我脖颈后面那块隆起的伤疤。父亲眼睛眨了几下,说:"是叫花子吗?"

我说:"爹,是我!我是叫花子!"

我把一个鸡蛋糕送进父亲嘴里。他笑起来了。他用他那两颗不规则的门牙,慢慢地啃嚼。

父亲在那个时候终于有了记忆。他似乎沉浸在幸福之中,像个孩子。

我不知道,人为什么老到一定程度,就会可爱得像个孩子。我给父亲一张面额很大的钞票,他接过去,放在眼前睐了睐,然后笑嘻嘻地放进他的棉衣口袋里。最后还按了一按。

我拉着父亲的手,准备回家。这时,旁边跳出来一只小青蛙。父亲变得更加有趣了。他挣开我的手,蹲下去,窝着手掌,去罩那只青蛙。我说:"爹,我们回去吧!"

父亲昂起头,看着我。很久,他说了一句:"你是哪个?"

我说:"爹,我是叫花子。"

父亲说:"你是灰子?"

我说:"爹,我是叫花子!"

父亲说:"你是有贵?"

我急忙蹲下去,翻开我的衣襟,抓起父亲的手,去摸我脖颈后面那个伤疤。父亲认出我来了。父亲说:"你是叫花子吧,只有我们叫花子,这地方才有这么大一个疤。"

我说:"爹,我是叫花子。我们回家去吧。"

我扶着父亲,迎着亮晃晃的太阳回家。

父亲的记忆力真的不行了。在我陪伴他的五天时间里,父亲对我忽然亲近,忽然冷落,忽然恐慌。我只有通过不断地让他摸我脖颈后面那块伤疤,来唤醒他对我的记忆。

父亲真的像个孩子,他完全没有以前那种威严,那种不与人轻易闲聊的个性了。我让父亲好好地摸了一阵我那块伤疤,然后,我和父亲就在屋当头的墙角边,玩起了"摆家家""打山棋"。我们还做了两根钓竿,一起来到田埂上钓青蛙。父亲变得很高兴,像个孩子,更像我儿时候的弟弟哲娃。

弟弟说:"你请了几天假?快到了吧?"

我说:"今天是第六天,我明天就走。今天我和父亲再去钓一餐青蛙回来。"

弟弟说:"他过一会儿,又认不到你了。"

我说:"不会的,他只要摸一下我脖颈上的疤,他就知道我是叫花子了。"

我的侄女莲花和侄儿鼻涕虫都感到好奇,他们跟着我和父亲一起去钓青蛙。大家都在静静地等候着禾田里的青蛙吃钓时,父亲猛然说了一句:"鼻涕虫,你钓不钓青蛙?"

侄儿鼻涕虫大吃一惊,边跑边说:"我爷爷认出我来了!哈哈,我爷爷认出我来了!"

又到了月收残暑的时候。昨天晚上,我弟弟打电话告诉我说,父亲几次不吃饭,他让他摸了一下他的脖颈,他以为是我,马上就吃饭了。

我问弟弟,他怎么知道是我呢。

弟弟说:这段时间,我一直给别人扛树,扛了一个多月,肩膀上有一层厚厚的茧。爹以为是伤疤。

· 作者简介 ·

杨崇德,湖南小小说作家,共发表小小说作品八百余篇,其中有两百余篇作品被《作家文摘》《读者》《小小说选刊》等刊物转载。

野猪横行的日子

□ 夏一刀

我爹说，穷且益坚，不坠青云之志。我爹说，饿死事小，失节事大。躺在凉床上，望着天上的星星，我爹给我们讲古人不为五斗米折腰的故事。

有一天，我捡了一块钱，立刻交给了老师。爹拿着我得的奖状，笑得合不拢嘴。爹说，西儿，好样的！

那一年我九岁。

爹说归说，我们听归听，吃起饭来，我们三兄弟还是像地狱里逃出来的饿鬼。

那个时候，吃上一顿饱饭是人生最大的梦想。

爹出早工回来，拖起一个土胚碗到锅里盛粥。站在灶边，爹嘴一撮，呼噜噜一阵响，一碗水一样的稀粥就到了肚里。

母亲说，还吃一点干饭吧，吃一点菜。

爹说，饱了饱了。就拍拍肚皮，坐在门槛上抽叶儿烟去了。

爹抽完烟，到水缸里舀了一大瓢水喝，就敲响了挂在门前苦枣树上的铁钟，带领社员出工下地了。

爹那时是生产队长。爹读过书，有文化，爹长得伟岸，爹是我们三兄弟最大的骄傲。

那时候野猪横行。

开会的时候，爹问牛婆，牛婆，昨晚红薯地里是不是又来野猪了？

牛婆说，是的，夏队长，昨晚我、老虾和革命三人一起守夜，我们三人是轮流着睡呀，不知道那些畜生怎么还是把红薯拱了一大片，唉！

今晚轮到疤子和泥巴还有老狗守夜了吧？

是的。

那好，疤子，泥巴，老狗，你们三人晚上一定要睡警醒一点，听到没有？

疤子和泥巴、老狗点头说，是！

守夜归守夜，一个秋天下来，一大片红薯地还是被野猪糟蹋得差不多了。

爹对着县里来蹲点的干部说，没办法啊，野猪太猖狂了，您看今年的任务是不是能少交一点？要不，真的会饿死人的。

野猪不但糟蹋红薯，更糟蹋苞谷。

爹一遍又一遍地警告我们。爹说，野猪的毛像钢针，一碰到人，就能把人扎成筛子；野猪的獠牙有一尺多长，能把人叉个极死；野猪用长嘴一拱，就能把人拱到半天云里；野猪跑起来像风，人怎么跑都跑不过的。千万不要到苞谷地里去知道吗？

有时候走夜路，走着走着，好像背后就有窸窸窣窣的声音跟着，肯定是野猪蹑手蹑脚地跟来了呢，也不敢回头，心惊肉跳地走着，就突然狂奔起来。

害怕野猪，却未曾见到野猪，偏偏便极想见到野猪了。

我和哥说，哥，敢不敢去见野猪？哥说，敢。

我哥只比我大一岁半，却长得比我瘦且矮。我便和像弟弟一样的哥哥选了一个有月光的夜晚去看野猪。

仲夏的夜晚，有风，风拂着密密匝匝的苞谷林，叶片发出沙沙沙沙的声响。

我和哥各自手里拿了一根木棒，朝着苞谷地深处潜伏过去。

果然，不一会，就听到另一处传来哗啦啦哗啦啦的苞谷秆相互撞击的声音和苞谷秆被折断的咔咔声。哥紧挨着我，吓得发抖，我的心也怦怦跳个不停。

我小声说，哥，我俩再挨近一点吧。哥僵在原地，死活不肯上前。做弟弟我却突然冒出一股勇气。我一傲头，就甩下哥哥，朝野猪的方向爬了过去。

那一夜月光如水。

我轻轻地、悄悄地拨开眼前的苞谷叶，眼前的一幕让我呆如木鸡。

我爹在苞谷林中，疤子，泥巴，革命，老狗。他们在爹的指挥下，疯狂地掰着苞谷，我爹再用脚把掰过的苞谷秆一根一根地踩倒。

爹赤着膊，挥舞着大手把掰下的苞谷集中在一起，然后一遍一遍地数，之后一个一个地数给疤子们。

我看月光下的爹，竟如一个打家劫舍、杀人越货的匪首，那样龌龊、卑鄙、奸诈。

爹在我心目中的形象那一刻轰然倒塌，我的心被击得滴血。

这时我放声哭起来。

爹寻了声过来把我一把钳起。

爹也呆了。

我突然一转身，狂奔起来。我哥尖叫着，在我背后连滚带爬地跟着我。

第二天我没有和爹说话，从此之后我不再和爹说话。直面碰到爹，我眼一低，侧身过去。

爹再也不呵斥我，有时哥哥和弟弟同时挨打，虽然三兄弟同时做了坏事，但我没事。

我拿了一把弹弓，恶狠狠地朝着苦枣树上的铁钟狂射。

爹坐在门槛上抽烟，一眼一眼地看我。看得出他想和我说话，但我不管。爹丢了一地的烟头，最后闷声走了。

学校斗私批修，我写了一篇小字报。

一个十分闷热的下午，蝉的叫声奄奄一息。

县里和乡里来了调查组。大礼堂里挤满了人，会场里的空气令人窒息。

我爹突然从人群中站起来，他把搭在肩上的汗褂不慌不忙地穿在身上，脚步坚定地走上主席台。

爹说，别查了，是我干的。

跪下！县干部一声断喝。

爹跪下了一条腿。一个干部飞起一脚，将爹的另一条腿踢弯下去。那干部叉开五指，将爹高昂着的头使劲按压下去。

汗像水一样从爹的身上泻下来。

我躲在角落里，看着哭着的母亲，一片茫然。

晚上，我悄悄地躲在苦枣树下，不敢进屋。

突然，有人摸我的头，我回转身，爹赤着膊，穿了一件破旧短裤默默站在那里。

爹又伸手摸我的头。爹说，饿死事小，失节事大。西儿，你是好样的！

我突然抱住爹的腿，放声大哭。

> ·作者简介·
>
> 　　夏一刀，本名夏新祥，湖南省作家协会会员，已发表短篇小说、小小说、散文百余篇。多篇被转载。

狗保姆

□ 邵火焰

吴大娘坐在窗前的藤椅上，出神地望着窗外，嘴里小声地嘀咕着什么。窗外是一棵玉兰树，几只麻雀正"叽叽喳喳"地在上面玩耍。自从几年前老伴去世后，吴大娘就经常这样一个人自言自语地打发时光。

正当吴大娘倦意上来，想闭上眼睛仰靠在藤椅上休息一下的时候，床头柜上那个很少响过的电话突然响了起来。吴大娘一下来了精神，吴大娘想，一定是儿子的电话。接通，果然是儿子的声音。吴大娘的脸上马上开满了菊花。

儿子大学毕业后，找了城里姑娘桂枝结了婚，在岳父岳母的帮助下，开了一家公司。不久就把吴大娘接到了城里。就在吴大娘盼望着尽快抱孙子的时候，儿子和儿媳桂枝说，他们要做什么丁克族。吴大娘不懂是什么意思，儿媳桂枝告诉她就是不要孩子，还说这是眼下城里年轻人的时尚，二人世界多自由自在啊。吴大娘当时就上火，这是什么狗屁时尚？生个孩子多好，趁我目前腿脚还利索，可以帮你们带带。可是，儿子儿媳态度很坚决：不生。吴大娘一气之下，扔下了一句"过你们的二人世界去吧"后，就回到了乡下老屋。

现在儿子突然来电话，是不是改变了主意后儿媳有喜了？还真让吴大娘猜中了，儿子说，娘，你还是来城里，帮我们照看照看宝宝吧。哎哎……好好……

明天就去，真没想到你小子给我这么大一个惊喜……吴大娘还想问是男孩还是女孩，可是儿子已将电话挂了。

吴大娘哼着年轻时爱唱的小曲，到村里转悠去了，逢人就乐呵呵地说，我有孙子了。那股高兴劲儿宛如已经将孙子抱在了怀里。

第二天一大早，吴大娘收拾了几件换洗的衣服就出发了。到了儿子家，吴大娘还没放下行李就说，快把咱小孙孙抱来奶奶看看。儿子从卧室里抱来一条毛色黑白相间的宠物狗说，这就是咱们的宝宝。

你叫我来就是照看它？儿子点头。吴大娘感觉心一下凉了半截，转身就向门外走去。儿子赶忙上前拦住了她，娘，你就留下来照顾一下宝宝，好吗？桂枝出国去了，要半年才回，我也没时间管它。再说了，宝宝很可爱的，你一定会喜欢上它的。儿子接下了吴大娘肩上的包裹，把她拉进了屋里。

吴大娘无奈地留了下来，当起了狗保姆。每天给它喂食，梳毛，洗澡……几天后，宝宝就跟吴大娘混熟了。宝宝的确机灵可爱，能按吴大娘的指令跳跃、翻滚、直立、蹲下……吴大娘有时自言自语时，它还蹲在吴大娘面前，仰着头望着她，似乎能听懂吴大娘的话。吴大娘有空就跟宝宝说话，给它讲乡下一些鸡毛蒜皮的故事，讲自己一生吃的那些苦，讲儿子小时候的顽皮……宝宝给吴大娘带来了快乐，让她不再孤独寂寞。

一晃半年过去了。宝宝倒是越长越健康壮实，可是吴大娘却脸色苍黄，浑身乏力，没有胃口，有时还有轻微的低烧。她感觉到自己可能是得什么病了。吴大娘不想连累儿子，她想回乡下找土郎中开点偏方治治。当儿媳回来后，吴大娘说，出来这么长时间了，我想回乡下去。儿媳看到吴大娘那个样子，暗自寻思：娘是不是得了什么病，可千万别传染给了宝宝和我们。想到这里，儿媳说，就让娘回家去散散心吧。

吴大娘回到了乡下。村里人看到吴大娘回来了，就问她是孙子还是孙女呀？长得一定很可爱吧？吴大娘强着笑颜地说，谢谢，谢谢你们的关心！是个儿子，胖乎乎的，很可爱的。吴大娘说这句话时，脑海里浮现出的是宝宝的样子。

吴大娘的生活又恢复到了离家前样子，每天坐在窗边的藤椅上，出神地望着窗外，嘴里小声地嘀咕着什么。窗外的玉兰树开花了，花香阵阵，微风吹动，像一只只白蝴蝶在起舞。

可吴大娘却没有心情欣赏。吴大娘吃了几副土郎中开的药后，身体没见什么好转,感觉倒越来越差了。她想对儿子说说,但又怕影响儿子的工作;不说又怕自己突然倒下。吴大娘想,如果儿子主动问起她的身体情况,就对儿子说说吧。吴大娘不时瞟一眼床头柜,可是那上面的电话始终保持着沉默。

儿子儿媳也没回来看她一次。吴大娘每天就孤独地坐在窗前,看玉兰树上麻雀们掐架。

这天上午,吴大娘刚在藤椅上坐定,突然一阵电话铃声响起。一定是儿子想起问候我了,吴大娘像注入了兴奋剂,连走带跑地奔过去拿起了话筒。是儿媳打来了。儿媳在电话里哭着说,宝宝不见了,宝宝咬断了拴绳跑了……吴大娘无力地放下了电话,用手捶了捶胸口,感觉有什么东西堵在那儿。

两天后的一个深夜,吴大娘刚刚睡着,突然感觉有什么东西在蹭她的脸。吴大娘吓了一跳,拉亮灯一看,惊喜得一下翻身坐了起来,原来是宝宝回来了。宝宝一身灰尘,几乎瘦了一圈。吴大娘心疼地问宝宝,两百多里路啊,你是怎么来的?宝宝"汪汪"地叫了两声后,将身子拱进了吴大娘的怀里。

吴大娘泪眼婆娑,紧紧地搂住宝宝,亲了又亲。那半开的窗户里飘进的玉兰花香似乎比以前更浓烈了。

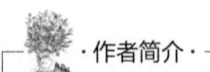

· 作者简介 ·

邵火焰,湖北团风人,湖北省作家协会会员,已发表文学作品二百多万字,曾获湖北省首届、第二届秦兆阳文学奖,全国微小说年度奖等。

跑到北京

□ 陈德鸿

吃过晚饭，国强看着正在灶房忙活的娘，犹豫了好一会儿，才吞吞吐吐地说，娘，咱们这儿遭狼了。

不能吧？娘愣了一下，打我来到村里，就没听说咱这有过狼。

国强说，是真的。这几天我们早上跑步时，到了西大岭那儿，都听到狼叫了。

娘忙撂下手中洗完的碗，那，那你们尹老师咋说？

尹老师说没事。可我每次跑到西大岭那儿心里就紧张。国强说，小良他们几个都不跑了。

娘问，你们跑了这么些天，也该到北京了吧？

到是到了。尹老师说，到了北京只能逛逛，还得跑回来。

娘笑了，尹老师说得也在理。

可我，不想跑了。国强低下头。

不跑？娘说，尹老师虽说文化不高，还是个民办的，可他聪明着呢，啥都能整出个道道来。他说啥你就听啥，肯定错不了。

那，那我接着跑。国强有些羞涩地看着娘。

你瞅瞅你这孩子。娘擦擦手，我拾掇完就到尹老师那儿问问，看看是啥情况。

娘很快便回来了，对国强说，尹老师说了，你们可能听差了，那不是狼叫。

国强说，咋会听差呢？尹老师都说是狼叫了，咋就不是了呢？

先甭管它是不是。娘说，尹老师希望你们还是往西大岭跑，他肯定会在岭上等你们。如果实在不愿意，也不想让这个"跑到北京"的事儿中断，可以在学校的操场上跑一万米，五十圈。你看你选哪个？

国强想了想，我想在操场上跑。

不行。娘的口气严厉起来，尹老师早上不在操场，在西大岭上。

国强迷迷糊糊看着娘，你不问我想在哪跑吗？

啊？娘不好意思笑了，别人可以在操场上跑，你不行。

那，那我还是往西大岭跑。国强说。

第二天，鸡叫头遍时，国强便被娘叫起来。他穿好衣服，在村里挨个叫了几个小伙伴一圈，有的说再不跑了，有的说一会儿到操场上跑。国强有些失望，抬头看了看天边的几颗星星，顺着乡路，径直向西边跑去。

半小时后，快到西大岭下时，他的心有些哆嗦起来，脚步也渐渐加快，有些沉重的双腿突然又蓄满了力量，只几分钟时间，便冲上了平时十多分钟才能跑到的西大岭。

国强正奇怪没听到狼叫时，一眼瞧见了坐在路边石头上的尹老师。他的左手，拿着一块计时用的老怀表，右手，攥着一根长长的扎枪，旁边则是一辆陈旧不堪的自行车。

之后的十多天里，国强在西大岭下再也没有听到过狼叫，当他不由自主地冲到岭上时，总会看到手拿扎枪的尹老师。

尹老师说，我不在这里你害怕不？

国强说，不怕。

那就好。尹老师说，从明天起，我就去忙活在操场上跑的孩子。

国强不解地看着尹老师，那我？

尹老师说，你还是这样跑。再跑一个月，就能从北京跑回来了。

国强想了想，可那狼？

哪来的狼。尹老师的脸红了一下，我在林子里转悠了好几天，连个狼毛都没见着，可能是什么鸟叫，也可能是什么人学的吧！

一个月后，乡里召开中小学运动会，尹老师给国强报了中学组八年级的五千米。

中学校长老沙拍着尹老师的肩膀问，尹瘸子，你玩的这是哪一出啊？想出风头也不能让五年级的小孩子跟着陪绑，这不是等着让人捡笑吗？

说不定谁陪绑呢。尹老师说，在我这儿，你怕是捡不到笑了。

运动会的最后一项便是五千米比赛。跑过十圈后，个子最小的国强排在最后，被第一名落下了将近一圈。跑过二十圈后，国强排在第五，距第一名不到五十米。跑到第二十二圈时，尹老师一瘸一拐冲到操场边，冲国强使劲摆了摆手。国强点点头，开始加速，整个二十五圈跑完，竟把第二名落下了五十多米。

尹老师激动地抱起国强，眼泪夺眶而出。

国强很快被省体校要走了。一年后，又接到了调往国家田径队的通知。到北京报到前，他请假回家，专门请尹老师到家里来。

尹老师对国强娘说，我早就看出国强是个好苗子了。

是。是。国强娘连连点头，国强从小没爹，学习也不行，能从农村走出去，多亏了您呀！

其实，我是存了私心的。尹老师叹了口气，说，没有国强，我怕到现在也转不了正。

国强问，我今天坐车到西大岭那儿心还有点发紧，那时候到底有没有狼啊？

国强娘看了看尹老师，刚想张口，尹老师忙摆了摆手，不提这个了，你这回是真的跑到了北京，不用跑回来了……

·作者简介·

陈德鸿，锦州市作家协会会员。已在《四川文学》《小说月刊》《羊城晚报》等报刊发表作品近百篇。

压在信封里的钱

□ 申 弓

那一年，老主人不知道出于什么心态，将我装进一个信封里，然后贴上八分钱邮票，将我投入信箱。我经历了飞机汽车的长时间颠簸，最后来到了新主人的家。虽然在长途跋涉中我毫发无损，可我心里还是怨恨，同样是钱，别人可以换成一纸汇款单，让那薄薄的纸片穿州过省，自己免遭跋涉之苦，还可以光明正大地在市场里流通。而我呢，变成了违邮品，一旦被别人截走，邮局概不负责。虽说十元数额不大，可在当时也不是一笔小数啊。试想，八分钱一个鸡蛋，我可以换成一百多个鸡蛋呢。就这样不明不白地塞进窄窄的信封里，混混沌沌地来到这人生地不熟的地方。

更可恶的是，这天，当新主人从邮差手中接过信封后，随手一撕，还差点没将我撕裂。不过我还真感谢他这一撕，让我一下子感受到了外面世界的美好：阳光那么灿烂，天那么蓝，水那么清，空气那么新鲜。我原以为，从此我就不再与黑暗做伴了。

可谁知道我想错了。主人不知道是兜里钱多了还是出于什么，心事沉沉，对我不屑一顾。严格地说，只是用那带着浓烈烟味的食指和中指将我夹着抽出来一下。准确地说，还不到三秒钟，便又默默无声地将我塞回了那个信封里，随手将装着我的信封塞进了书柜里，身上还压上重重的一本书。于是，我又回到了黑暗之中，而且被那重重的书本压得喘不过气来。

我沮丧地在仄逼和黑暗之中跨越世纪，躺了足足三十五年。

三十五年哪，它可以使婴儿变成了大人，可以使大人变成了老者，甚至可以由沧海变成桑田。三十五年里，我的那些兄弟们，在活跃的市场里遨游，由一元变成十元，再由十元变成百元，百元变成千元，千元变成万元，一个个像滚雪球一样壮大。我的心里很不是滋味，可也十分无奈，谁叫我这么不走运！

我热切地期待着主人将我释放出来。

那一年，主人陷入了困境，晚上听到他和女主人在吵架，知道他的钱包里已经山穷水尽了。我听得出来，是主人生意亏损了，好像是工厂倒闭了，而且，他的款都让一个女孩给卷走了，这是女主人跟他歇斯底里的争吵中透露的。

我想，是该我出山的时候了。

可是等呀等呀，主人就像是将我遗忘了一样，连压在我身上的书本也没动一下。

不但没动，我发现这段时间，主人发疯一样地买书，天天将新买回来的书往柜子里放，直压得我连呼吸都感到了困难。

经历了一段时间的困扰，主人潜心读书，虽然跟女主人时有口角，可也没啥大碍，慢慢地，好像他们又弥合了。男主人的工厂东山再起了，心情一天比一天好了起来。这晚，他在写字，女主人走进来念：财源广进，这四个字好！

男主人又刷刷地写了一张：这个更好，鸿运高照！看得出来，主人已经渡过了难关，生意走上了正轨，是家和事兴，还是事兴家和？还真有点说不清。可有一个是肯定的，我只有继续压在书缝里，直到终老。

那一年，全民炒股，多少人一夜暴富，看得出来，主人也加进了这个行列。我想，该是我出山的时候了。而且有幸的是，主人被套住了，他的钱包又瘪了，甚至那一天女主人问他要十元钱买早餐，他也拿不出来。主人在愁苦，我心里却乐：你越是没钱就越是要想到我吧。

可是我又错了。主人彻底地将我忘记了。

后来发生一件事真让我痛苦欲绝，男主人因为炒股被套，企图能在赌场翻身，可谁知他的运气那么不济，越赌越输，欠了一屁股的债，无法解脱，从高高的楼上跳了下来。女主人在哭，而我却没能出来送他一程。呜呜，主人一去，我重出江湖便更没指望了。

直到很久以后的一天，我突然感觉到身上的压力轻了，一位爱好集邮的年轻姑娘将信封拿起，两只纤指伸进来，将我夹了出来：妈，快来看，这里有一张钱！女主人迈着龙钟的脚步来到书房，从姑娘手中接过我，混浊的眼里充满了泪水，这是你爸生前留下的……

妈，我们有钱用了。

还用什么，过去这十元钱，可以买到一百多个鸡蛋，现在连十个也不到了，还是留着做个纪念吧。

不，妈，从信里知道，这张钱是爸爸年轻时的一位年老朋友，临终前仓促间还给爸爸一笔钱的余款，在他遇车祸危急时刻爸爸曾用仅有的一笔钱救活了他的生命。令人惊叹的是，为承载这张钱，信封上却不意间留下一枚价值无比的邮票，妈，这是一张猴票……如今可买下不胜枚举的、数不清的鸡蛋；而就这张十元钞版本，收藏价也已很昂贵，绝不是一百枚鸡蛋价格可比的……

这些鸡蛋，也就像是当年那一百枚鸡蛋，经过三十五年蛋生鸡，鸡又生蛋，蛋又生鸡，循环往复，硕果累累。姑娘又重复一句。

哟，这是你爸爸积的善、积的德孵活了这些蛋和鸡。女主人抚摸着我，终于说出了一句心里话。

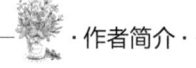

· 作者简介 ·

申弓，中国作家协会会员。1971年参加工作，1986年毕业于广西师范学院中文系，1981年开始发表作品，著有小说集十多部。

翼 人

□ 俞永富

我看到了有史以来最顶尖的羽翼人，或者说翼装侠。

一个黑色羽翼人，女的；一个白色羽翼人，男的。他俩都能够飞。黑衣女翼人，在空中飞舞，引着一张怪异的弓，引而不发。奇异之处，弦是多线的弦，搭箭一拉，弦线跟蛛网一样，变成一个大网兜。她与鹰在相向飞舞，翔宇蓝空。一个俯冲，将及地面，鹰飞走了，黑衣女似要撞上地面。倏地，只见她又升起来，很舒展地在一块草坪上落地。俗常的翼人只能顺着惯性向下向前滑翔，你叫他起起落落翩飞，他绝对无能为力。她绝对是个顶尖翼人。

我问她："你怎么做到舞姿优美翩翩而飞？"

"我想飞啊。"她说。

"这么简单，其中有何奥妙呢？"

"就这样简单，是意念之间，人自轻而飞翔。"她说。

白衣男翼人，也能飞，衣衫轻盈而薄明，尾处有两个风筝一样的尾翼或脚蹼。他飞将起来，可以绕树三匝。

有一个妇女，颤巍巍地走到白衣男翼人跟前说："你好，你身上的白翼衣能否借我一用？"

"你穿不了的。"

"没错啊，我是穿不了，有人会穿得了的。"那妇女说。

"谁？"白衣男翼人说。

"她。"老妇指着身后的女孩说。

试衣的是一个小姑娘，长相与老妇人一模一样，那眼睛，那鼻梁，那一张小嘴，母女都是十分相似。她穿上白翼衣，蹦跶了几下，没有飞起来。

我提醒她："你脚下的助飞跑道需要延长一点，再长一点，铆足劲奔过去，再在悬崖边纵身一跃，肯定能飞。"

"我怕。"小姑娘说。

我说："怕？你当初别穿上这身白翼衣。"

姑娘面有愧色，虽然心里害怕，仍鼓足勇气照我说的做了。可是结果，她奔到跑道尽头，只听得咚的一声，人栽下崖去。连一片羽毛都没有飞上来。

我正待去穿上白翼衣。我不知道，明知凡夫俗子飞不了，除了几下趔趄，便是坠落山崖，为什么还要跃跃欲试呢？我一点都不思考事件的结果，一点也不顾忌结果有多糟糕。

穿上白翼衣后，觉得自己很臃肿。我忙着脱衣，撩开自己的衣服，有两件线衣要脱，三下五除二，脱去两件线衣。再一撩里面，竟还有一件毛衣，也脱去。贴身的背心或内衣是没有的。我想，穿着白翼衣是够了。穿着白翼衣，须遮遮掩掩着才行，因为发现自己丑陋的鸟儿蛋儿裸露着，很不好意思。对着众人，我双手掩面，哭了。那哭样儿，似哭非哭，似笑非笑。我说："各位爷爷奶奶、姑姑婶婶、大舅小姨、父老乡亲、左邻右舍，我给大家献丑了。"

我在想，我只能用意念，除此别无他法。在默地里，我想自己飞翔于蓝天白云、白山黑水，飞翔于浩渺河湖、草原林海，想自己的骨骼多么轻盈，想自己水袖善舞婀娜多姿，毫不逊色俗常的以及不同寻常的林林总总的翼人。我做好了准备，站在几根石柱子旁，开始意念起来。

我觉得，即使惨遭失败，壮烈坠亡，能为大家蹦跶几下，能为各位看官乐呵一下，也是应该的嘛。不尝试，哪知自己有多大能力，哪知自己能否飞舞。至于他们——黑衣女翼人、白衣男翼人，多么轻盈，多么曼妙和纤巧，能飞善舞，那是他们的本事高。我有么？我真有么？我一再喃喃呓语。

我觉得有必要跟随那位女孩后尘，疾步助跑，临崖起跳。

·作者简介·

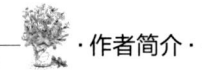

俞永富,中国诗歌学会会员,浙江省作协会员,在《人民文学》《山东文学》《文学港》《黄金时代》等刊物发表小说若干。

平衡

□ 陈国凡

拎着几条刚钓来的鱼儿，我一路哼着小调，兴冲冲地往家赶。

今天星期天，休息，老婆带孩子回了她乡下的娘家，我难得落个轻闲自在。我早计划好了，晚餐自己弄个鱼煲，再叫上几位朋友，好好聚聚，美美地享受一顿。

咦，怪了？怎么钥匙不见了？我翻遍各个口袋，也找不到自家的钥匙。

正窝火着，对门的小桑探出了头：回来了？找不到钥匙了吧？嘿嘿……

我纳闷了，他怎么知道我丢了钥匙。正疑惑间，小桑老婆手拿一串钥匙从房里走了出来，笑着对我说：早上出门，见这串钥匙插在门上，我想许是你走得匆忙，忘了，就先给你放着了。现在该完璧归赵了！

要是被陌生人拿去，可就麻烦大了。你个马大哈。说着，小桑也笑了。

我连说谢谢，接过钥匙，进了屋。

我和小桑一家虽然住对门有些年头了，可平时只是点头之交，彼此不了解，我甚至连他们具体在哪个单位上班都不清楚。再说，现在这社会……谁信谁啊。

他们该不会进过我家了吧？一想到这点，我吃了一惊，急急地把整个屋子查了个遍,见啥也没丢,位置也丝毫没动过,心才安定下来,却早没了做鱼煲的念头。

老婆回来听我说了这事,人都蹦了起来:这还得了!说不定我们的钥匙他们已经拿去配了。我们要不在,他们可以随便进出啊。你呀你,我一不在,你就到外面自个快活!这下出事了吧?老婆又数落起我来了。

可我连计较老婆的心思都没了。谁叫自己这么粗心呢?他们手里有了钥匙,那我家不成他的家了吗?

那咋办?我问老婆。

还用说,换把新锁呗。老婆斩钉截铁道。

锁又没坏,干吗要换啊。再说,就为这事换锁,不好吧?他们会怎么看我们啊,会伤了两家和气的。我说。

有什么不好的,难道要他们把我们家的东西搬空才好啊!真是的。你不想换,我来换。老婆的破嗓门喊得很响。我真担心被人听到。

这时,门响了。

我开了门,是小桑。

有事吗?我问。刚说完,我就只想掴自己下,废话,没事敲你家门干啥。记忆中,小桑没事来敲门,一次也没有过。

小桑显得有些尴尬,说话吞吞吐吐的:晓菡,就是我老婆,她……她要我来跟你们说个事。见我老婆也在,小桑说:嫂子也在啊,那最好了。

老婆只好说:要不,你进来说话?

不了不了。小桑摆了摆手。就几句话,我说完就走。

我老婆她要你们换把新锁。小桑憋足了劲儿,终于说出了句囫囵话。

呵,倒他们先来说了。真个没想到。我和老婆面面相觑。

我老婆说,换了好,省得你们怀疑我们什么的。话音未落,小桑已转身,疾步进了屋子,身后传来"嘭"的一声,是关门声。

我和老婆对视了一下,不约而同地捂着嘴巴,笑了——我们的思想包袱彻底地卸下了!

可是晚上睡觉时,老婆又提出了一个问题。

老婆说:两家锁都好好的,凭什么要我家白白花钱去换新锁啊?

第二天,我正在换锁,小桑走出屋子,手拿一把新锁。

我好生纳闷，隔墙有耳？问小桑：你家也要换锁？那锁不好好的吗？

你家这锁不也好好的吗？我老婆说了，我家也换，换了好，省得嫂子心里不平衡。

我呆住了，半天说不出话来。老婆听了这话，心里更不平衡了：这话啥意思？

小桑急中生智：不瞒你说，我老婆也曾把钥匙插在门上大半天，回家后才发现。

呵？！两家四口齐声发出了和气平衡的笑……

我却不知小桑最后说的是真话还是假话，但已不重要。

·作者简介·

陈国凡，教师，出生于1970年代，浙江金华人，已发表小小说、随笔近二百篇。有作品收入《最值得珍藏的小小说选》等。

点石成金

□ 徐 东

从前我是个有梦想的人,我把梦想告诉了很多人,结果我的梦想变成了大家的梦想,就不再是我的了。

现在,我是个不会有任何梦想的人了。我的生活平淡,只要有一口清水喝、一块干粮吃我就很满足。即使这样,为了生存还是要东奔西走,辗转于生计的问题,不胜烦恼。在别人看来,我过着那样差劲的生活应该考虑改变,但我已对一切失去兴趣,觉得只要活着就好。

我每天天没亮就出门,天黑了却不想回家。我在黑夜里向家赶的时候,那间陪伴我的房子就像妻子,在焦急地盼着我回来。我会为此烦恼,因为我不想有什么来缚住我,我希望周游四方。

有一间房子,这成为我失眠的理由。失眠时我想找回最初的梦想,问题是我过去的梦想早已成为别人的,我需要有一个新的梦想。我暗暗发誓如果有了新的梦想,绝不会再告诉别人。

房中漆黑一团,我睡去后也不像以前那样佳梦联翩。没有梦的夜晚枯燥无味。天亮我又必须走出去,我总被外界所吸引。没有梦想,我关注的事物对我来说都是无用的。我走过很多地方,以我的房子为原点,我感到有些路已被我的双脚踏得闪闪发光了。我见过很多人，经过很多事，每个人、每件事又都是模糊的。我为此感到莫名的沉重。有时我甚至不确定昨天去过什么地方，见过什么人。不过，万幸的是，我还一直记着回家。

有一天，我连家都回不去了。那一次我走在路上，有位高个子的中年男人见我穿得破烂，却又长得眉清目秀，觉得我是一个可以造就的人才，于是他说，喂，小伙子，跟我混吧。

他为了证明自己是个有趣的、可以亲近的人，带我去了商店。他需要一盒火柴，付钱时却递给店主同样一盒火柴。

店主皱着眉头说，你是什么意思？

他推开火柴盒，里面有一枚硬币。

我觉得他很有意思，感到他这样调皮和带着点儿神秘感的举动，正是多年以前曾经发生在我身上的。我的心被触动了。

我是魔术师，跟着我混吧。

我说，我是个连梦想都没有了的人。

我给你梦想。

可是，别人的梦想不是我的梦想。

你以前有过什么梦想呢？

我记不起来了！

我有很多梦想，你可以挑选。

我看着他，他在路边蹲下来，用手搜罗地上的石子、树枝、烟蒂，然后说，你信不信，我可以点石成金？当你相信汽车的四个轮子可以有四个方向时，当你相信一个人的想法可以让许多人来完成时，你就会发现，一切皆有可能。

我为他说出的话而感动，跟着他去了一个杂货市场。

在一个空地上立住脚，他向着人群招手，好像他的手是磁石，有人就像铁片那样走过来，把我们围在一起，形成一个圈。圈子越来越大，好像所有的人都来看他表演了。

他清清嗓子说，先生们，女士们，如果我可以让一张钱变成两张，你们想不想看一看，亲自试一试？喏，一张变两张，当场变。

很多人都想看他如何变。

他说，请拿出钱来，我来变。

有很多人拿出一张张一百元的票子，他选中了一个票子上带"8"字的。"8"代表"发"，他扬扬手中的票子说，恭喜你，这位女士被幸运选中了。一张变两张，我保证变出来的钱是真的，这位女士，你现在要是后悔还来得及。

女人充满期待，连忙说，不会，不会，不后悔！

他在众目睽睽之下把那张一百块的钞票用手指点了点，折了几个折子，放在手心搓了搓，钱由粉红色变成了绿色。破开一看，果然是两张，两张一块的票子。

很多人笑了，他把钱送给那个人，对众人说，我告诉大家一条真理，贪心是要付出代价的。谢谢这位漂亮的女士，真诚感谢您的参与，您为大家带来了一次大饱眼福的机会。

他深深地鞠躬，女人愣了一会儿，转身走进人群。

不久我们就分手了，他的骗术成了我谋生的方式。我像个传教士那样，在中国的大地上，在人群里传播着"贪心是需要付出代价的"这一道理。

我又找回了丢失的梦想，虽然已不是从前的梦想。

· 作者简介 ·

徐东，鲁迅文学院第二十七届高研班学员，中国作协会员。作品散见于《中国作家》《文艺报》《小说选刊》等文学期刊。

有人罩着

□ 三 石

马跃当局长时，大家便议论纷纷，说马跃这人，早晚要出事。

其实论资历论能力，马跃当个局长也不是不够格。大家只是认为马跃这人心术不正，胆子太大，说白了就是说马跃贪心，当副局长的时候虽然权力不是太大，但雁过拔毛的事干过不少。

不过，也有人说，马跃怎么会出事，人家上面可有人罩着，谁动得了他？

很多人都知道，县长王小满，马跃的同班同学，他们在大学里住的是上下铺。

我就是王小满。

其实外面的议论也不错，马跃确实是我的大学同学，却不是上下铺，甚至不住同一个寝室。不过，我俩的关系却不一般。我是农村人，家里条件不好，交学费都很紧张，更别说生活费了。曾经想过退学，但被马跃阻止了，而且介绍我到他一个亲戚开的餐馆做些杂事，每月挣个三百五百的。三五百，搁现如今也许不算什么，但在当年却不是个小数目，足以让我安安心心读完大学。

这么说，马跃对我算是有恩的。

大学毕业以后，虽然分处异地，但毕竟在一个市里，联系还算密切。所以对于现如今的马跃，我多少有些了解。上任半年，县里第一次动干部，我也想将马跃提名到一个边缘单位搞个正职，也算是提拔了。可马跃死活就想就地提拔，我也是无可奈何。

虽然是同学，我还是正式找马跃谈过一次心。说的虽然都是些台面上的话，却是我的心里话。马跃当时答应得很好，过程中甚至用上了"头顶三尺有神灵"这样的话。

说实话，一开始的时候，马跃这个局长确实当得不错，工作开展得红红火火的，几项涉及全局的重点工作都完成得像模像样，很给我脸上增光添彩。就是原本大家担心的事，也没有丝毫迹象。我曾调查过，纪委检察院都没有马跃的举报。

不可否认，那段时间我对马跃确实是挺满意的。

然而，也不过就是过了半年多样，有一次我路过马跃单位，突然想上去看看马跃，也算是给马跃一个惊喜。正想推门进办公室时，马跃恰巧送人出门。奇怪的是，对于我的突然造访，马跃并没有表现出惊喜来，反而有点手足无措的样子。

我注意到了，马跃的办公桌上，搁着一个信封。信封里是什么，傻瓜都能猜得到。

马跃满脸涨得通红，闪着眼睛说，他非要扔在这，推也推不掉，我马上就退还给他。

我当时很气愤，暴跳如雷地将马跃臭骂一顿。

马跃诚惶诚恐，连屁都不敢放一个。

这事以后，我对马跃其实是多了个心眼的。我一直希望这事只是个例。然而事与愿违，渐渐的，便有些关于马跃的风言风语来。我虽然不止一次找马跃谈过，但马跃每次都将胸脯拍得咚咚响。

但有些事胸脯拍得再响也是说明不了什么的，陆陆续续的，便经常会有马跃的举报，有书面的，也有短信，都是反映马跃以权谋私收受贿赂的。说句实话，毕竟我跟马跃有那么层关系，真要彻底调查，这个决心还真下不了。

也曾安排过调查，还不止一次。但每次折腾了半个来月，调查报告递上来，结论部分分明写着查无实据。

但对这事坊间还是有说法的，说凭着马跃跟王小满的关系，能查出问题来才怪呢！这些议论自然也会传到我耳朵里，我内心深处甚至没有勇气否认。

不过，有一点我是可以保证的，我跟马跃绝对没有金钱上的往来。马跃也曾给我送过，以拜年为名，每年都会送来一个红包，数字多少我不知道，但万把两万肯定是有的。但每次我都没有收，每次都将马跃一顿臭骂。但马跃仍是乐此不疲。

几年后，县级班子换届，我交流到其他县工作，临行时马跃曾想给我饯行，我没有答应。原本打算再跟他深谈一次，但想想又没有，只对他说了四个字：好自为之！

马跃显然没有在意我的临别赠言，就在我离开一年后，便出事了。事情还挺大，大得让我都有点瞠目结舌。

马跃服刑的监狱离我工作地点不远，抽空我去看过他一次。

马跃情绪很不好，低着头一根接一根地抽烟。看着愁容满面的马跃，我内心深处竟然有些愧疚，不由自主说了一句，马跃，对不住了，是我害了你！

马跃抬起头看着我，竟然没有否认。

· 作者简介 ·

三石，本名熊磊，江西省上饶市作协副主席，先后在《小说选刊》《小小说选刊》等报刊发表小小说数百篇。

调解员

□ 贺小波

石头梁乡的王书记和高乡长是死对头。当年，两人一同考入公务员队伍，又在同一个单位上班，竞争自然激烈。后来，两人一起调到不同的单位，再后来，竟阴差阳错地来到石头梁乡做起搭档。

按理，高乡长得听王书记的，但高乡长并不买王书记的账，两人经常为了一个问题争得面红耳赤。

这天，两人在办公室又杠上了，声音传遍楼道。办公室胡主任急了，怕事情传出去成为笑谈，赶紧跑下楼。不一会儿，胡主任兴奋的声音就从楼下传上来："刘叔来了！"

见刘叔来调解，王书记和高乡长立马握手言和，还不停地跟刘叔道歉："刘叔，对不住，又让您老操心了，其实我俩纯粹是讨论工作，下次一定注意方式方法。"刘叔头也不回地走了，边走边摇头："唉，真不让人省心啊！"

送走刘叔，胡主任被王书记叫到办公室。王书记从抽屉里拿出一条软中华递给他："快给刘叔送去，再跟他好好美言几句。"

胡主任刚从王书记办公室出来，高乡长的电话又打来了："小胡，今晚你请刘叔到迎宾山庄喝酒，听说那儿又上了几个特色菜，味道不错。"

过了不久，上级拨下一笔扶贫款，研究如何分配时，王书记和高乡长再次发生意见分歧。争论很快升级为争吵，扶贫办杨主任一看形势不对，立即用眼色示意胡主任。胡主任借故小解，飞奔出去，很快就领着刘叔进来了。

刚进门，就听王书记和高乡长异口同声地喝道："小胡你干啥，不知道我们在开会吗，把门卫领进来算怎么回事？"

胡主任惊呆了，一时竟口吃起来："我，我……"

"我什么我，还不快带出去！"王书记训斥道。

"这个小胡，越来越不晓事了！"高乡长接口叹道。

胡主任尴尬地退出来。送刘叔下楼时，他满怀歉意地说："对不起，刘叔，让您老受委屈了。"

刘叔长叹一声："唉，刚才我不肯来，你非要拽我来。我知道我现在的话不好使了，他们没把我骂出来已经算是客气了。"

胡主任迟疑了一下，终于忍不住问："为啥啊？"

刘叔继续叹道："都怨我侄子、你们那刘县长不争气啊，这几天正接受组织调查呢！"

· 作者简介 ·

贺小波，山东省沂南县人。2010年开始文学创作，有作品发表在《中国社会报》《羊城晚报》《小说月刊》《故事会》等报刊。

人皮

□ 葛成石

威尔是官员,他要通过实施"H.C.P"计划,来换取一座幸福之城。

有一些人热衷于给他人制造麻烦,威尔每天睁开眼睛,都会有一堆棘手的问题在变着花样等待着他。威尔视察某地,就有人事先在那儿安排一场集会,煽动民众抵制"H.C.P";威尔刚在电视上发表讲话,称失业率再创新低,等他走出门来,就会看见一伙人脖子上挂着"我们要工作,我们要吃饭"的牌子;威尔在任两年,换了三个秘书,漂亮的女秘被说成是他的情人,换个男秘又说是他的"同志"……

有一天,那伙捉弄威尔的人扑了一场空。威尔第一次缺席了。口口声声许诺这座城市以幸福的官员,怎么能够缺席呢?有些人来劲了,声称一定要将威尔揪出来。可威尔人间蒸发了似的,任人掘地三尺,就是不露踪迹。一天,两天,三天……直至一个星期后,一个古稀老人出现在公众面前,自称是威尔。嗓音的确是威尔的,模样也的确是威尔的,但整个人简直成了一只被风干的水果,干瘪瘪皱巴巴。四十来岁的威尔,怎么可能一周内变成七旬老翁呢?

老人哀婉地说,常人将衰老带来的痛苦摊薄到一生,尚且难以接受,我又怎么愿意让一生的痛苦浓缩于瞬间?过去的两年,我太累了,而有些人却还把本可以避免的劳累强加于我，为了应对这一切，我透支了生命中的三十年。

老人深情地说，时间对我来说更加宝贵了，我希望能在无人添乱的环境中快点做完任期内的事，因为我的日子恐怕不多了……

一时全国的电视都在播放威尔的这段真情告白，许多人流下了眼泪，包括那些总是制造麻烦的人。

威尔急需招聘一个新的秘书。许多人都愿意接近这位明星兼传奇人物，然而，威尔却在众多应聘者中选择了一个模样奇丑的女子。她叫凯丽，她自我介绍说，一场火灾，让我半边脸是天使，半边脸是魔鬼；在校时没有朋友，毕业后没有工作。威尔说，我们的"H.C.P"会保障你有工作。凯丽成了让威尔最安全的秘书，因为他的政敌不可能说，威尔和凯丽保持着不正当关系——老翁和丑女子，没有联想余地。

给威尔制造麻烦的人突然少了。有人说，威尔已注定是个任期一满就回家的老头儿了，还给他添什么乱呢？有个叫布莱克的人例外，他是当年竞选时被威尔打败的，他依然不时地要鼓噪几声，尽管再也起不到一呼百应的效果了。新秘书凯丽说，这个人交给我来处理，算是我给您的投名状。也不知凯丽用了什么绝招，布莱克果然收敛了。威尔不禁赞叹，凯丽，你是我最出色的助手！

威尔倍加珍惜不受外界干扰的工作时光，如期兑现了他的政治诺言。

两年后的一个黄昏，一对男女并肩坐在公园的长椅上。

男的说，人心叵测，世事难料，我卸任后，太太居然嫌我老，跟园丁跑了，而你呢，居然愿意嫁给我这个"老头子"。

女的说，我最反感别人以貌取人，您给了我这个"丑女子"工作，又肯定了我的能力，这就是我要嫁给您的原因，我真替您的前任太太感到惋惜。

谢谢你能这么理解，以后我们只管尽情享受阳光、绿树和其他一切大自然蓬勃的气息了，那些琐碎事儿，就交给布莱克去做了，他应该能赢得这一轮竞选的。

亲爱的您错了，他应该要出现在法庭上了。当年我为了让他闭嘴，搜集了他贪腐弊案的罪证，才把他控制住，如今，我还准备将他"送进去"，要是没有这种人……

男的沉默片刻，似乎领会了她的想法：哦，是的，要是没这种人，我就不必花一周时间请人制作那张老皮了。

女的说，是的，不过在您为自己的创意沾沾自喜的时候，您是断然不会想到，我脸上也贴了一张皮的。

两人相视一笑，之后，两张卸下了人皮包装的脸亲昵地贴在一起——男的年轻帅气，女的如天使般美丽。

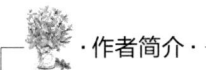

·作者简介·

葛成石，1975年生，广东省作家协会会员，作品散见于国内数十家报刊，多次被转载或收入年度选本，曾获多种奖项。

你所不知道的故事结局

□ 安 谅

明人是在马路边的跑道上听到两位快走男子的对话的。明人也有快跑的习惯。

"你也认得那个医药大王呀,英年早逝,太可惜了!"声音稍亮地感叹道。

"他在市场打拼,他的那位大学女同窗变卖资产,辞去公职支持他。他三起三落,终于在医药领域独树鳌头,公司还顺利上市。"声音稍哑的口齿清晰地叙述。

"那女同窗就是他太太吧?"另一位好奇地问。

"没有,他没有娶人家。"

"他不是结婚了吗?"另一位又发问。

"是结婚了,公司上市之后,他娶了年轻漂亮的女秘书。"声音稍哑的继续说道。

"什么?!"

"他猝死之后,他的老婆,很快就嫁给了他的司机!"声音稍哑的那位,嗓音有点亮了。

"怎么会这样!"

明人在并肩与他们走了一会后，怕跟得太紧，令人生疑，故意停下片刻，蹲下身子，装模作样地系弄了一下鞋带，有一段没能听见。他随后快步跟了上去。

……

"你说那位司机，与他的老婆结婚三个月，也提出离婚了？"声音稍亮的转脸面向同伴，脸上满是惊讶。

"是的，那位司机顺理成章地分到了一半财产，那女人哭了三天三夜之后，才想明白的。离婚那天，她一头乌黑的头发白了一半。"声音稍哑的那位，介绍得绘声绘色，情节可谓是跌宕起伏。

声音稍亮、身材高大的那位，正摇头叹息："不可思议啊，这医药大王辛苦打拼那么些年，到头来却是为司机在打工……"

"他大学女同窗如此苦难相助，苦尽甘来时，却被女秘书给上了位……"声音稍哑，身材瘦弱的那位，也跟着喟叹。

"我再告诉你，这后面的故事。"他又说了一句，这一句声音不轻不重，却像颗炸弹，炸在了同伴的心里，也炸在了正与他们即将擦身而过的明人的心里。"啊！什么故事？"那位声音稍亮的惊问，也道出了明人的心声。

"你不知道吧？那个司机后来又结婚了，你知道娶的是谁吗？说出来……"声音稍哑的那位最后的几句话，明人听不真切了。因为已到路口，明人该过马路到家了，那两位还依然前行着，声音已飘忽，身影也渐行渐远。

明人只得收住了好奇。人生，有多少你所不知道的故事结局呀！为你所知所不知，是你能想不能想，因你发生亦并非，在你生前或身后……

· 作者简介 ·

安谅，本名闵师林，中国作协会员，已在《人民文学》《诗刊》等报刊发表文学作品及出版文学专著约六百万字。

白加黑

□ 申 平

春风沉醉的夜晚，醉醺醺的男人开车送醉醺醺的女人回家。

那时候，抓醉驾还没那么严格。车子一路畅行无阻来到了女人家的楼下。

到家了，你上去吧。男人对女人说。

女人应了一声，想动，却动不了，唯有意识还算清醒。

男人说：怎么，难道要我背你上去吗？男人问，其实他的心里就是这么想的。

女人又应了一声。

男人把她背在了背上，他真实地感觉到了女人肉体的柔软和轻盈。男人觉得自己仿佛要燃烧起来。他看看四周，除了幽暗的灯光，一切都在睡着。男人松了口气，开始按照女人的指引往前行走。

男人希望楼里没有电梯，果然楼里就没有电梯；男人希望女人住在高层，她果然就住在八楼；男人希望女人再跟自己亲密一些，女人果然就从后面抱住了他的脖子。一时间，楼道里除了沉重的脚步声，就是沉重的呼吸声了。

这情景，男人曾经幻想过多次。背上的女人，他心仪已久。女人从外省来闯南方，男人也从外省来闯南方，从事的都是新闻行当。他们惺惺相惜，互相钦佩，短短几年，他们已经成为这个城市的文化名人。他们经常一起出现在公众场合，经常被人说成是天造地设的一对。遗憾的是男人已有家室，而女人却离婚独居。

不知怎么八楼就到了。男人放下女人，站在那里喘气。不知道是因为累还是激动，他喘息的速度很快，声音很响。女人扶着墙，掏出钥匙开了门，她对男人摆了摆头，意思是进去坐吧。男人不失时机再次扶住女人。女人的身体歪歪斜斜，就像一根面条。但是她还知道开灯，还挣扎着要去给男人倒水，但是她刚迈两步就栽倒了。

男人上前把女人抱起来，把她仰面放在床上。现在，女人在他面前一览无余，他立刻被女人的美艳震撼了：迷离的双眼、张开的红唇、波涛起伏的胸脯、肤如凝脂的大腿……一个声音在男人的耳边说：还等什么，还不快扑上去！男人刚想来一个鱼跃；另一个声音却又在耳边响起：你是有老婆的人，不能乱来啊！再说，人家现在是迷糊状态，你不能乘人之危啊！

男人站在床前，思想斗争了足足五分钟，最后还是选择离开。他在关门的时候，隐约听见了女人的一声叹息。

一晃，事情过去了七八年，男人女人都已人过中年。这时他们已经不在一个单位。不知为什么，男人对那段往事常有一种不打自招的冲动。

这天，朋友聚会，人人都在讲黄段子。大家边笑边喝酒，男人就乘着酒兴说：我来讲一个真实的故事吧。这个故事本来应该很黄，但是到了该黄的地方却戛然而止了，故事的主人公是……

男人说到这里，发现女人好像看了他一眼。他的舌头立即拐弯，使用了第三人称。他绘声绘色地讲述了那个发生在春夜里的故事。他在结尾的时候说：当时，那个男人很强壮，女人也很肥沃，说到底他们都很需要，可是男人却选择了放弃，事后这个男人一直都在后悔……

众人听罢便狂笑起来：这个男人也太一本正经了，纯粹是个傻蛋！

不，我认为这是纯真的、绝版的友谊，值得大力提倡。也有人这么说。

两伙人开始争论，争得面红耳赤。

男人的眼睛就看着女人，想听听她的意见。要知道，他们之间一直对这件事讳莫如深。女人迟疑了一下，不知道她是在装傻，还是为了掩饰，反正她说：我觉得你们不要把这件事说复杂了，什么道德啊情操啊，其实事情再简单不过……

女人说到这里停下来,两眼看着男人。众人便催她快说。

女人叹了口气说:这个男人吧,我认为他只不过是个阳痿患者!至少当时是。

众人就放肆地爆笑,纷纷说女人高见,真是高见。

只有男人没有笑,他觉得眼前一阵发黑。

・作者简介・

申平,中国作家协会会员,文学创作一级,已发表小小说作品近千篇,出版小小说作品集十五部,曾获全国第四届小小说金麻雀奖。

半场电影

□ 刘怀远

三十多年前，二黑给石榴红村只放了半场电影。

那天，二黑接到去石榴红村放映的通知，下起了瓢泼大雨，直到下班前雨才停下来。领导问他还能去不？二黑看着院里的积水，一边点头说没问题。

嘴上答应着，二黑心里在盘算，二十几里路呢。二黑饭都没吃就上了路，天黑前，终于到了石榴红，二黑成了泥猴子。那时从区里到石榴红的路还是砂石路，大雨过后，路上不是水，就是泥，泥巴糊满车轱辘，自行车不但不能骑，遇到大沟大坎，还要上肩膀，好在二黑年轻，有的是力气。

二黑顾不上喘口气，在村民们的帮助下挂起幕布，接好电源，安装好放映机。忙完这一切，天也黑透了。胶片机哒哒地转起来，二黑才用衣袖擦了把脸，四下望望，石榴红本村五百多人，看电影的怕是超了一千人。听说要演新电影《小花》，周边村子的人早都赶了来。

一个人弓着腰凑到跟前，贴他耳朵上小声说，晚上甭回去了，住下来。二黑一看，是表哥小向。精疲力竭的二黑朝表哥露一下牙，好。表哥脸上也露出笑容。有个放映员的表弟，表哥在村里就能像大队书记一样挺着胸走路，因为他总能在第一时间把哪天会来放映，会放什么电影的消息提前传达给乡亲们。

《小花》一曲"妹妹找哥泪花流"还没唱完，电影戛然停止，一片漆黑。停电了。乡村里停电是家常便饭，说停就停。

等等吧，先别散。大队书记凑过来，笑着递给二黑根烟。二黑那时还不抽烟的。

半个小时过去了，电没来，人没散，但开始骂街，骂管电的龟孙偏在这个节骨眼儿停电。一个小时过去了，依然没有来电。外村的人们开始散去，一边走一边回头，希望瞬间奇迹出现，满目灯火。二黑看看手表，快十一点了，本村的乡亲们都还在坚守。黑暗里，一片噼噼啪啪的拍蚊子声。有孩子喊妈，说又咬出了包，好痒。妈说，再等等，来了电就不痒了。二黑过意不去了，说，都散了吧，今天我不走，明天一早咱都到大队部，遮黑窗户一批一批地看。

第二天快到中午了，电也没来。二黑不得不和乡亲们道别，这是他最后一次放映了，几天前他接到了高考录取通知，他要去忙上大学的事情了。

半场电影让二黑一直耿耿于怀，乡亲们黑夜里渴望的眼神让他不得安宁。退了休的二黑，一定要偿还这笔心底的债。二黑首先在电话里跟石榴红的表哥说了这件事。表哥说，别来了，现在村里业余文化可丰富了，不再像以前那么稀罕电影。二黑郑重地说，欠债要还，夜里总梦见你们围着我和放映机嚷嚷，睡不好。表哥良久才说，你要来就来吧，只要能去你的病。

二黑找到区电影队，说明情况，要自掏腰包请电影队去石榴红放映。领导说，算我们支农吧。二黑说，那就连放两部，我一定付钱！

来到石榴红，早已认不出眼前的景色。新修的街道整齐平坦，改建的民居徽韵古香，健身广场上矗立着一座飞檐斗拱的大戏台。他的表哥老向满头白发，指着戏台说，咱这儿是小康文明村，隔三岔五有明星来演出，本市的，全国的，连俄罗斯的美女也来演过舞蹈呢。

老向到村委会，让村干部在喇叭里广播了。可是没有几个人坐到二黑的银幕前。二黑对表哥说，你一定要多请乡亲来，我带了两部片子来，利滚利地来偿还。

老向挠挠头，说喇叭的声音可能让广场舞的音乐遮住了，我再去催催。

这回终于有了效果，从跳广场舞的那边跟随老向来了五六十个妇女。二黑很激动，等她们围拢来，二黑拿起麦克风作简短发言，再次说自己是来还债的，曾经欠下石榴红半场电影。

电影播放中，不时有人悄悄离去。老向凑过来说，人们明天都要早起，都要勤劳致富嘛，你还是只放一部吧。二黑想了想，看看渐稀的人群，就点了头。老向说，放完了，你还是住在家里，让放映员自己开车回吧。二黑说，好。

电影放完了，人们静悄悄地散去，没有了记忆中散场后的沸腾和不舍。

"人虽然少点，但总体是圆满的。"二黑和表哥说完，躺倒在床，工夫不大就响起了甜美的鼾声。

老向走回自己的卧室，老伴问，你够神通广大的，怎么就说动了那么多人去看电影呢？老向叹口气，哪有人肯来？今天在那里跳广场舞的大多是在附近餐馆和生态种植大棚里打工的外地人，我骗她们说放电影的是上面派来的，有任务要完成，我许诺她们谁去看，每人给五十元的辛苦费。

那二黑会给？

嘘！别让表弟听见。咱现在富裕了，花几个钱，帮他了却一桩几十年的心愿，不也是做件好事？

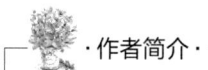

· 作者简介 ·

刘怀远，武汉市东湖区作协副主席。作品收入中学课外读本及多地中学语文试题，多次入选年度选本。

炫耀的资本

□ 赵晏彪

李江天天跑十公里，三十年了从未间断。在财政系统，李江是个明星级人物。

"小李真有毅力，每天坚持跑步，三十年风雨无阻，佩服。"

"李处长是我们学习的榜样，他无论在哪儿，天天都跑步，这种持之以恒的精神，我们要好好学习哟。"

李江是个老实人，工作上没有得到提拔，只有跑步这事，是他唯一可以炫耀的资本。

2014年，财政局去西藏支边的任务下达了，李江第一个报了名。因为在他跑步的版图里还有一处是空白，那就是西藏。

没想到，一行十人刚下飞机就有三个人吐得不行，站不起身来，没有出机场直接又飞回了北京。剩下的七个人，头疼得像是要炸了似的。

第二天一早，李江还是五点钟起床了，虽然天还黑着，头还疼着，但他不能破坏自己多年的规矩，他一定要在自己的履历表中填写上：某年某月某日，在拉萨的布达拉宫广场跑步。

李江穿好行头，走出宾馆。他先是慢跑，想感受一下是否有高原反应。可仅仅是慢跑，就觉得气儿不够用，腿有些迈不开，没跑几步就气喘吁吁了。他坚持着跑了二十多分钟，突然，一头栽倒在马路上。

李江苏醒过来后，妻子告诉他病况："脑溢血，你的左手左脚都不能动了。"

局长来看李江了，李江一见局长就哭了。局长安慰他说："这病在于养，你身体素质好，我相信你会很快康复的。"李江一听局长这么说，哭得更厉害了，他说："局长，我这辈子没有什么值得自豪和骄傲的资本，唯一给我信心的就是坚持跑步三十年，现在可好，这个样子，我活着还有什么意思。"

"千万不要这样想，等你出院了，还是可以继续跑步的。但是，现在我命令你，先好好养病，把身体养好，其他的什么都别想。"

半年过去了，李江渐渐从人们的视线中淡出了，单位的人很少再提起李江，一个半身不遂的人，还有什么希望呢？

春节到了，局里要开迎春联欢会，各科室都要出节目。联欢会接近尾声时，主持人说："最后一个节目，由大病初愈的李江处长为大家表演T台秀，大家欢迎。"

奇迹出现了，只见李江穿一套米色西装，一双白色皮鞋，白色衬衣打了一条米黄色的领带，走着非常正规的台步从幕侧出来。台下掌声雷动，大家为李江的表演欢呼雀跃。

结果，联欢会成了李江战胜病魔的事迹汇报会。"你是怎么恢复的，是不是吃了什么特效药呀""你现在真是一点都看不出来""他真有邪的"……

李江笑着说："没什么，我还像从前一样，每天跑步。"

李江又回到人们的视线中了，他战胜脑溢血的事，又成了他炫耀的资本。

·作者简介·

赵晏彪，毕业于解放军艺术学院中文系。《民族文学》杂志社副主编。小小说《孝顺》、散文《父亲的毒酒》等被各省市选入高初中语文课本。

山漏

□ 文 丁

刚进村庄,听到"轰"的一声炮响,那边山脚下的溪流刚才还水势汹涌,转眼间便没了劲头。小云带着几个人紧步向村里赶去。

半小时就到了村里,村里可炸开了锅。老支书正在带着数十位大妈要赶去山的西边,那里就是县上开的煤矿。

老支书感到山那边出事了。

小云他们一到,老支书等十多人看到了支援,赶紧跑过来抓住小云的手。"你们可回来了,快、快去那边看看到底是不是出事了?"

张大婶也对小云说:"我这耳朵背,都被震得一愣。"

小云看到老爸、老妈也在这,赶紧放下行李、工具等,"爸,你把这些帮我拿回家,我去看看。"说完,拔脚就与几个伙伴向山的那边赶去。

天近墨了,他们还没回来。各家也没心思做饭,因为很多家的孩子都在矿上打工,除了几个读过书的小伙子,与小云去城里打工。

矿上的收入是不错的,小云的大哥也劝过小云,"在城里消费高,何必总在外谋生,回来吧。到矿上,随便某个事都能挣到和你现在差不多。"

小云何尝没考虑过回来?守着金山在跟前到外面干啥?但当初他带着五个

伙伴一起去创业，五年过去了，他们的事业——为城里人堵漏——才刚刚站住脚。这活，虽然不会一下子发财，但是很有前景，还要懂技术，因为城里的房地产发展迅猛，有的楼房在结构上建得就粗糙，交房时看不出来，一用就漏。记得那次就因为楼上淋浴房向楼下漏水，长时间没解决好，两家抄家伙动刀子打上了，最后闹到法院。后来，还是小云他们给解决的。因此他们也得了个称号："一贴灵"。这类技术活说穿了还真是个行当，涉及材料、结构等专业，没两把刷子还真干不了，市场也很有前景。

这次小云他们回家过年，还有些犹豫，因为手上还有很多活没干完，但是年还是要过的，更重要的是要回来看看老父老母。小云也怕回老家，一回来，就要买这买那，见到亲戚的孩子总是要送点小礼物。父母见到这个懂事的孩子，总要唠叨他。"找到媳妇没有？你看老张家的小天都结婚了，还是矿上干得欢实。"老妈语重心长地说。老爸更加直截了当："回来吧，外面没看到能混个啥名堂？！"

望眼欲穿！大家心里异常沉重，矿难，都知道难以避免！一直到第二天中午，老支书带着小云他们一起十几个人回到了村上。可不得了，老村长他们扛着五个尸袋，随同来的还有矿上办公室主任张良，他几乎是被大家绑来的——矿上的头都跑了。

村里人哭天嚎地的围了过来，起初，张婶也是悲痛欲死的大哭，后来看见自家孩子还在人群里，赶紧一把搂过来，抱在怀里喜极而泣。

而小云的父母则不然，拉着小云的手问："你哥哪？你哥哪去了？"小云抹着泪说："爸、妈你们要挺住啊，大哥他出事了……"惨烈的一幕导致的悲伤情绪在人群中扩散。

就在大家沉浸在悲伤中的时候，流经村庄的溪流也渐渐小了、停了，这真是感天动地啊！

"这个大煤矿听说是县上某个领导的亲戚开的……""还有一些领导有股份……""这么不注意安全作业"，激愤的群众还没顾及村里已经断流的溪水。

五天过去了，后事的处置告了一个段落。好在只死了五个人，还算不上特大安全生产事故，矿主又回来了，与村上的人谈好赔偿事宜，事故似乎渐渐平息了，只是人们仍沉浸在悲伤之中。

第六天，大家准备明天为死去的人出殡。准备做饭时，突然发现水没了，再一看，大家才猛然发现村中的溪流也断了好几天了。这溪流就是山上的泉水，水质好，冬暖夏凉，前几年曾经有些变味，都是因采矿造成的。要说，这溪流可说是大孤村的母亲河，它不仅是村里人的饮用水，也是种田灌溉的水源。采矿伊始，水流有所减少，尤其是旱天，溪流的水大不如前，大家为此去找过矿上，因为旱天要是没了水源地，庄稼可就没有了收成。矿上很重视，赶紧采取措施堵了漏水点，水流似乎又大了些，只要能过得去，村上的百姓也就算了，他们祖祖辈辈在这里，有着坚强的忍耐力。

过年、出殡、断水，这让大孤村再一次有了不祥之兆。老村长找到小云："这矿上的一炮，是不是把山给炸漏了？你大哥的尸首就是被水冲出坑道，我们在山脚下找到的。当时水流如注，我想是不是溪流改道了，怎么办？咱们还得去找矿上去！"

矿上也正着急呢！水堵不了，无法恢复生产！一见老支书出来，矿主更是像自己受了难一样悲伤，因为一天不恢复生产，他每天就要损失五十万。

而老支书却不关心他生产与否，只管这水流什么时候可以回流到村里面去。正在大家都着急的时候，不知谁冒出一句，小云不是会堵漏吗？这次漏水了，你堵住不就行啦？

矿主一听到小云会堵漏，赶忙跑过来拉住小云的手，请求帮助。小云一甩手，根本不给矿主好脸色看，因为小云还在为大哥的死伤心。他心中在想，大哥这一走，老父老母谁来照顾啊？这时，老支书也过来拉着小云，对他说："你不看僧面看佛面，你看看有没有办法把这山漏给堵住了，让水流回咱村啊？你说话啊！这是咱村的保命水啊！"

小云被老支书这一说，给说透了。他望着眼下这态势，急得来什么啊？水从石坎流出，接着向西流去而村庄在山的东面，也就是说这一炮让山泉改道了。这一改道，如果不想办法把它改回去，村里就没有水了，村里人就待不住了。

"照理，我就不该帮矿上这个忙，让它进水，可村庄我得管啊！"孰轻孰重，小云还是清楚的。于是，他想到了模袋混凝土在处理大坝漏水时的功效，他赶紧让小刘去县城购置了材料和设备，连夜赶回村里。

大家再次翘首以盼。

三天过去了，山漏堵住了，溪流回来了，村里生活又恢复了宁静。煤矿也陆续恢复了生产，还到村上招工。老支书心里很是不满他们的到来，这出路在哪？水可以流转，人也有回程？

矿要挖，不挖不能致富，但这山该如何保护？

村里的人似乎又忘记了矿难。

而矿，似乎又生产如旧。

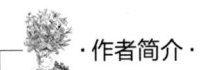

·作者简介·

文丁，辽宁省人，1962年生，代表作有散文《因为"源"在那里》《那一刻的水思》等。

第五家庭

□ 蔡 楠

1

我叫福地儿，但我的命苦。早几年儿子死了，现在言大鹏又在大棚里煤气中了毒。

儿子是在学校的大铁门上坠死的。那是一个星期六，儿子帮着大鹏去村北的钢铁市场给人家装铁。装铁是计件工资，装满一车人家拉走了就给三十元钱。儿子想挣一台电脑钱。快到中午的时候，没车了，大鹏就对儿子说，你回家写作业吧，下午有车再来装，我先在这里排着号。儿子就往家走，快到家门口的时候，突然想起书包还落在学校里。他就往学校里跑。学校的门锁着，看门的老头不知干什么去了。儿子急啊，他就攀上了大铁门，纵身一跳，但没跳下去，他的防寒服被铁门顶端凸出的铁尖尖挂住了。防寒服的领子勒住了脖子。等看门老头回来，儿子已经断了气。

儿子死了，给他爹挣了一笔钱。言大鹏就用学校赔偿的这笔钱弄了蔬菜大棚。第一年大棚被龙卷风刮跑了，赔了；第二年南方蔬菜北上，他的菜卖不上价，还是没赚；第三年了，大鹏说要打个翻身仗，整个春天就吃住在大棚，晚上冷，黎明时分更冷，他就在大棚里生了个煤炉。哪承想，这短命鬼就煤气中了毒。我把大棚拆了，把大鹏僵硬的身体暴露在天空下让冷风吹，大鹏也没有缓过来……

我也想死，其实坟墓才是我福地儿的福地。但我又不能死，甚至我都不能大声哭。我还有个即将高考的女儿，重要的是还有一个瘫在床上的老公公。我只有在孩子和公公睡熟之后，才捂着被子抽泣。抽泣完之后，第二天我还要服侍公公起床吃饭吃药，还要掏出学费送女儿返校。我福地儿还要把这苦日子过下去，还要让老言家的烟囱在村里不断地冒烟儿。

2

我是在老丈人家村里听说福地儿的苦故事的，也是在那里听说她要带着老公公再嫁的新闻的。那一段时间，我常去老丈人家。老伴儿得肠癌没了之后，我就得常去老丈人家。老丈人老丈母娘都老了，还要照顾一个患有精神病的儿子。老伴儿临咽气的时候对我说，在先啊，我去了之后，你可以再娶个人，但俺最放心不下的不是俩儿子，不是俺爹俺娘，是俺那个傻兄弟。你就把他当成你们第五……第五家……的兄弟吧！我说，老伴儿，我不敢保证不娶，可你放心，我有言在先，我就是娶，老丈人老丈母娘也不能扔下不管，我要带着他们和我小舅子一起过！

我这话让老伴儿带着笑容走了。我是个说到做到的人。男人嘛，做不到这一点，你还怎么敢说自己是男人？所以，有好心人再给我说媳妇儿，相亲的时候我就把这条件端出来。一听这个，人家抬屁股就走，走时还问我，你是不是和你小舅子在一起待的时间长了，被他传染上了？我说，妹子，哥没病，哥就是傻，但不二！

听说了福地儿的故事，我决定主动出击了。我觉得福地儿就是我找的那个女人，那个可以接替我老伴儿成为我们第五家庭的人。我走进了福地儿的家，那时候，她的公公在炕上刚拉了屎，我跳上炕捋起袖子，把福地儿拨拉到一边说，妹子，你歇会儿吧，往后这活儿归哥了！

3

  第五在先带着两个儿子来到了福地儿家。他把老家的房子卖了，又贷款在老丈人这村里买了两套新民居。一套给老丈人丈母娘和小舅子住；一套给儿子和福地儿的公公住。在女儿和大儿子同时收到大学录取通知书的那一天，他和福地儿在老宅子里成了亲。

  成亲那天晚上，福地儿望着老老少少一大家子人，心里的苦慢慢地化掉了，她说，在先，你贷了那么多钱买房子，什么时候能还上啊？他说，不怕，只要你掌好舵，领着头干，咱第五家庭出头的日子还会远吗？

  福地儿就摸了一下男人的脸，轻轻地问，你怎么有那么怪的姓氏？

  不怪啊，你看，女儿姓言，你姓福，我老丈人姓终，我姓第五，这不正是应了百家姓最后一句吗？第五言福，百家姓终啊！

  福地儿说，不对啊，还差一姓呢？

  男人说，我丈母娘姓百，百家姓里没收进去这个姓！加上她，咱们不正好是第五家庭吗？

·作者简介·

  蔡楠，中国作协会员、河北作协小小说艺委会主任，鲁迅文学院第十七届中青年作家高研班学员。著有《行走在岸上的鱼》等作品集十六部。

买水

□ 陈永林

在鄱阳湖一带，去世的老人入殓前，得由长子披老人生前穿的棉袄，次子端老人的遗像，三儿子端老人生前穿的鞋，幺子端脸盆，依次去池塘"买水"为老人净身。老人岁数越大，儿孙越多，去的池塘也越多，买的水也越多。买水时，随行的亲属披条宽五寸，长一米的白布，称戴孝。开路的人放鞭炮，放铳，村人帮着扛布、被单、毛毯。布、被单、毛毯都是死者亲朋好友送的，都挂在竹篙上，以摆死者世面。人越多，祭幛越多，老人越有福气，老人子孙也感到荣光。每到一口池塘，孝子孝孙们都在岸上跪下，由老人的小儿子在池塘盛一盆水，倒入一只水桶中。每口池塘只能"买"一盆水。

水买回来后，放在死者门口。村人便端着碗来买水。有专人登记，谁拿了多少钱来买水，一笔笔记上。来买水的人越多，老人的子孙们觉得越有面子；买水的人越少，子孙们脸上越不好看。老人活得岁数越长，是无疾而终，生前人缘又好，子孙多且都有出息，还乐善好施，来买水的人便越多，买的是老人的福气，都想自己今后死时像老人这样风光。反之，买水的人越少。

这天，鄱湖嘴村的德贵和长根同一天去世了。

德贵是村长的爹。德贵活了八十岁，而且是无疾而终。德贵生的五个儿女，除村长在农村，其余四个儿女都在城里吃公家饭。德贵的晚年过得很惬意，口袋里总不缺钱。德贵在生时，村人都说他命好，说得德贵皱纹里都是笑。

再说七根，尽管活了七十八，却是得了肝癌，在病床上躺了三个月才闭眼的。七根只生了一个儿子。七根的儿子是个种田的，日子过得紧巴巴的，当然没钱给七根。七根种不动田地了，只有去镇上捡破烂。晚年过得极凄苦。死前三个月，还捡破烂。

德贵去世的第二天，德贵的儿女都赶回家了。儿女们单位上的人，儿女的亲朋好友都送花圈来了。送给德贵的花圈有五六十只。而七根竟没有一只花圈。七根的亲戚都在乡下，乡下人没有送花圈的习惯。

给德贵买水的队伍很长，有一百七八十人。且买了十二口池塘里的水，村里的池塘不够，只有去邻村的池塘里买水。一口池塘一盆水，两只水桶装得满满的。还游了街，引得成千上万的人看热闹。看热闹的人都打听是哪个有福气的老人去世了。当探听到德贵的情况时，都发出啧啧的赞叹声，也都一脸的羡慕。

给七根买水的才二十余人，且只买了四口池塘里的水。

满满一担水放在德贵门口。

德贵的大儿子还叮嘱卖水的人，待会儿村人来买水，别盛满，要不，水卖完了，就没水给爹洗身子。

但半个小时过去了，一个小时过去了，仅十几个人来买水。

去七根家买水的却有一百余人。

七根的儿子亲自为村人盛水。他噙着泪水连说，谢谢，谢谢！七根的儿子一万个没想到来买水的村人这么多，他开初还以为没有人来买水呢。

村人相互招呼，你也来这买水？咋不去那买水？

我才不去那个小气鬼买水呢。有一回，我儿子交学费少了二十块钱，我低声下气对他说了一箩筐好话，他只有两个字，没钱。七根叔知道后，二话没说，把口袋里的钱全掏出来了，尽管只有十五块二毛五分钱，我当时眼窝子都湿了。

我也是，我女人得了子宫癌，医生说发现得早，只要开了刀就没事。我没钱去找他借，还朝他下跪了，他就是没拿一分钱。晚上，七根叔却来家送了三十五块钱，七根叔那时对我说，我只有这么多钱……

我儿子那回掉进了鄱阳湖,七根叔衣服也来不及脱,就跳进湖里救起我儿子。他却躲开了……

修村小学,还差五百元,七根大伯去医院卖了血,而他才出一百元。

村子路上的砂石是七根叔铺的……

七根的儿子听着村人念着他爹在世的好,泪水掉下来了,许多村人也掉了泪。四盆水很快被村人买完了。七根的儿子说,你们等等,我这就去买水。七根的儿子挑着水桶就走,走得飞快。

德贵的儿女们一个个阴着脸。他们弄不明白,村人为啥要买七根的水而不买自己父亲的水。自己父亲的命比七根的命不知要好上多少倍。德贵的一个堂侄子说,村人都说叔太小气,说叔尽管有钱,但他们没得一点好处;说七根虽然没钱,但他尽最大能力帮他们;还说七根为人正直,说七根心地善良,说七根……德贵的大儿子大吼,别说了。

半个月后,村前那条被七根铺了砂石的路修成了水泥路。路是德贵的五个儿女们修的。德贵的儿女们说,修路的钱是德贵生前省下的。

·作者简介·

陈永林,1972年生于江西都昌,中国作家协会会员。《微型小说选刊》主编,已发表两千六百余篇小说,被多种报刊转载。

左手神医

□ 北 乔

在江苏东台三仓乡，朱庆树的名头很大，人称"左手神医"。

朱庆树七岁的时候，父母双亡，这以后他靠穿百家衣吃百家饭维持生活。十六岁的时候，村里来一位道人。在桥头，道人遇上朱庆树，没说上几句话，朱庆树就跟道人离开村子。九年后，在村里人把朱庆树忘得差不多的时候，他回来了。一身粗布长袍，一个大药箱，右边空空的袖子随风飘荡。

村里的接生婆一年前生种怪病，能吃能喝，就是人一天天地消瘦。朱庆树到村子里时，接生婆已经瘦得不成人样。朱庆树用他的左手替接生婆把脉后，开了个药方。接生婆吃了十服药，居然好了。这以后，她除了帮人家接生，还多了件事，就是到处夸朱庆树医术高明。她说："我啊，是把人接到世上来，朱庆树能把人从阎罗王手里抢回来！"

朱庆树没有家，也不需要家，天天地这村转到那村。他给人看病，从不收钱，只要管饭管住就行。有人硬要给他钱，他坚决不收，"我从小就是乡亲们养大的，现在我有吃有住就知足了，我要钱，也没用的。"遇到一些大户人家付钱，他也不要，但让人家买上几服药。总有些人家是没钱吃药的，这时候，他存的药就会派上用场。

不管到什么地方，遇上什么病人，朱庆树只要伸出左手把把脉开上几服药，就能药到病除。有些病人，连药都不用吃，朱庆树扎扎针，就能治好。这样的人，不是神医，是什么？渐渐地，人们知道了朱庆树的一些事。原来当年他是跟着那位道人进深山学医去的。他的右胳膊，是一次采药时被老虎咬掉的。朱庆树不怎么说话，说得最多的是"医道"。人们要感谢他时，他说，不用谢，这是医道。可人们要他细讲什么是医道，他又解释不清，只说行医之人遇病就得治，就是医道。

一天，他走到一大户人家门口，从门里窜出一条狼狗，硬生生地从他腿上咬下一块肉，血流满鞋子。没等他包扎，门里跑出一个家丁，一见是朱庆树，愣在那儿不知说什么好。原来这人家的老爷吃午饭时突然倒在桌边不省人事，就和死人差不多。家丁不是出来看狗咬着谁了，这事他才不管呢。家丁是听从吩咐去请左手神医朱庆树的，可没想到出门就撞上了朱庆树。见朱庆树被狗咬了，他有点恨狗，这个破狗，你什么人不能咬，偏咬他，偏在这档儿咬，完了，老爷的命恐怕是被你这破狗一口咬没了。

朱庆树看出些什么，忍着痛问家丁是不是有什么人病了，家丁吞吞吐吐地开了口。朱庆树听到一半，随便找块破条缠了一下伤口，就三步并着两步进了院子，身后留下一行血印。

后来，有人说朱庆树，你啊你啊，真是傻到家了，狗把你咬成那样子，你还救狗的主人。朱庆树淡淡地说："医道，道为术之上啊！"

这一天，朱庆树刚为一户人家的小儿子看完病，五六个日本鬼子就冲进院子。见到朱庆树，二话不说绑着就走。县城里一个鬼子大佐得了病，耳朵和眼睛总往外渗血。这鬼子，朱庆树是知道的，全县的百姓都知道，心狠手辣，杀人如麻。朱庆树花了两天的功夫，终于把鬼子的病治好了。

村里人听说，朱庆树成了鬼子的座上宾。

过了两天，村里人听说，镇里鬼子营区发生了一次爆炸，所有的鬼子全被炸死了。

朱庆树也在其中。

· 作者简介 ·

北乔，中国作家协会会员。出版长篇小说《当兵》、小说集《天要下雨》、系列散文《天下兵们》和文学评论专著《约会小说》等十一部。

失眠症

□ 远 山

翻来覆去睡不着。顾副县长躺在床上，不用看表，闭着双眼也知道，已到夜里十一点一刻了。

果然，顾副县长的老伴就准时来到了床前。老伴左手端着一杯白水，右手捏两粒药片，金黄黄的，若两粒没长满的玉米。是感冒通。

顾副县长感冒了？没有。这是顾副县长的习惯。每晚必须吃两粒感冒通，顾副县长才能入睡。不然，他就失眠。一宿。

顾副县长原来是一位中学教师，教数学的。前年，县里开人代会，顾老师成为副县长候选人，一投票还真选上了，顾老师就成了顾副县长。

头一天，到县政府上班，是一辆红色桑塔纳到家接的顾副县长。老顾对司机说："你回去，我骑自行车上班。"司机自然不允，他说："这辆车是您的专车，接您上班是我的工作，您不坐车，让我伺候谁去？"

顾副县长当晚就失眠了。折腾得床板山响，咋也睡不着。我是让这个副县长烧的？顾老师离了讲台，进了县政府的大楼。以前，当老师虽说不上低人一等，却也没人用眼皮儿夹个教书匠。如今不同了，出入有专车代步的顾副县长，走到哪儿，都有人冲他点头哈腰。

顾副县长咋不失眠？刚开始，顾副县长吃安定，后来安定不管事了，他就吃强力安定，先一片，后两片，再三片……强力安定也无法让顾副县长"安定"。

有一次，顾副县长感冒了，他老伴给他吃了两片感冒通，顾副县长竟很快睡着了，没有失眠，而且还扯起甜美的呼噜。

于是，顾副县长的老伴放弃安定，改用感冒通。"张嘴，吃了吧。"温言细语。"我不。"顾副县长翻了个身，给老伴个脊梁。

"听话，吃了药，你好睡觉。""我又没感冒！""你失眠。"

"我不吃。"顾副县长竟撒起娇来。"不吃，我不理你了。"老伴像哄孩子一样，嗔丈夫一句。喂顾副县长吃药，夜夜都会有这么一幕，大同小异。

吃了，也就睡去，一夜无话。

百般仔细，也会有疏忽。这天晚上，日日都不可少的感冒通，在顾副县长家竟吃光了，断了顿儿。这可急坏了顾副县长的老伴。

顾副县长在床上辗转反侧，像犯大烟瘾，焦虑地等着老伴温言软语来喂感冒通。东一头西一头，正急得团团乱转的老伴，无意瞥见了桌上有一个苹果核儿，她急中生智，捏碎了苹果核儿，抠出了两粒苹果籽儿，端一杯水，就喂了丈夫顾副县长。丈夫吃了后，很快就安静了，沉沉地睡去。

五年一届，这一届县政府班子到了站。县里开人代会投票改选，又组成了新的一届县政府领导班子。

顾副县长下来了，又回到他原来任教的中学，还教数学。

顾老师晚上仍睡不着，十一点一刻了，又等老伴来喂水吃药。顾老师叫了老伴几声，没人理，又叫，仍不理，复大吼，老伴火了。

"杀猪哩？大半夜抽风！"

不自在了几日，熬过去后，学校工作抓得一紧，顾老师忙上了，往往深夜两三点钟才睡。困乏得很，头一挨枕头，就睡死过去，死猪一般。

·作者简介·

远山，本名刘利华，中国作协会员，1980年开始文学创作，迄今已发表文学作品二百余万字，有二十余篇在全国各类文学评奖中获奖。

鬼城

□ 李景泽

路是一条坑坑洼洼的小路，仅够一辆车行驶。赵长根抓着方向盘，车窗外，杂草疯长，荆棘丛生。没走错路吧！赵长根嘀咕着。他瞥了眼放在身旁的地图，激动不已。

赵长根是一家公司的老总，五十出头，脑瓜顶就一毛不拔。前几天和合伙人老张闲扯。老张说老赵啊，你看你拼了半辈子了，现在是不愁吃不愁穿，是不是也该享受享受了！他说他知道一个很安全很隐秘的地方，简直妙极了。除非有人给你路线图，要不你根本找不到。正好他有一张，问赵长根有没有兴趣。

赵长根蓦地动心了。说自己不想放松放松，那是瞎话。可他要是这么做了，又跟坚守多年的原则背道而驰，对不起"赵原则"这个外号。

"赵原则"这个外号是赵长根的老领导黄老董给他起的。黄老董曾不止一次地在公开场合褒奖过赵长根，说赵长根有原则有底线，"就是个赵原则嘛"！自此，赵原则这个外号便在行内外传开了。

看着老张手里的地图，赵长根有些难以取舍。

"哎呀，老赵，你还真把自己当赵原则了啊！图我可就这么一张，你要是不要我可给别人了？"老张眼咕噜一转，把递过去的图往回收了收。

鬼　城

"别别，老张，我去，我当然要去了！"赵长根一把将那图抢了过来，心想老子就快活一回又怎么了！

一路颠簸，赵长根总算晃到了小路的尽头。四周树木林立，隐天蔽日。面前是一堵高高的围墙，足有丈余。但那道门却小得可怜，生生地凿在墙上，像个狗洞，一排排小轿车就停靠在小门的旁边。其中一辆车，赵长根越看越眼熟，正看得出神，一个穿着黑衣戴着墨镜的男人向他迎来。

"是根据路线图找来的吗？"黑衣人不苟言笑。"是……是啊！""那就对了，欢迎您。按照规定，图要上缴！"

赵长根把图交给黑衣人，便在黑衣人的带领下进到了门里。

赵长根注意到了，围墙里是一幢三层高的小楼，几间平房，像个工厂。这就妙极了？赵长根有些埋怨老张。可再进了小楼，赵长根就深以为然了！霓虹闪烁，金碧辉煌，喧闹声欢呼声此起彼伏。赵长根的心不禁突突跳起来了，几个衣着暴露的女人就立在他面前。一个妙龄少女一扭一扭地走过来把他拽进了一间屋里……

赵长根满足了！赵长根无与伦比地满足了！从房里出来，赵长根觉得他像是回到了十八岁。

赵长根决定好好转转这幢小楼。赵长根猫在二楼，刚想借个门缝瞧瞧包间里都在干些什么。突然有人拍了他一把，他一个激灵一扭头。

"周……周局长！"赵长根吓了一跳。

"什么周局长！这里有周局长吗？"周局长瞪着赵长根。

"对对，没有没有。您……您怎么来了？"

"这话说的，你赵原则都来了，我怎么不能来？说实话，要不是亲眼所见，我还真不相信传说中的赵原则也能如此潇洒。哈哈，来了就好，来了就是自己人。走，进去啊，你的老领导黄老董也在里面呢！"

"啥？不……不，不行！"赵长根摆手拒绝着，心想怪不得外面的那辆车那么眼熟。赵长根的脸通红通红，身子也哆哆嗦嗦地往后退。他一不留神踩了个空，沿着楼梯滚了下去。

赵长根跌在那里，浑身生生地疼。人们都围过来了，他赶紧把头埋在地板上。赵长根心痛啊，比身上的痛痛千万倍，似被一把尖锐的冰锥狠狠地戳过了一样，在滴着血。赵长根摸了摸自己的秃顶，那是他半辈子本本分分、勤勤恳

315

恳的见证啊!可他却聪明一世,糊涂一时,在一张小小的地图前失了阵脚,掉进了这个魔窟。

赵长根迅速爬起来,向楼门口冲去。

两个黑衣人拦住了他的去路。"请将这张图带走交给另一个人,这样您就可以再来这里消费了。"黑衣人将一张崭新的地图递给赵长根。

"不用了,以后我再也不会来了。"赵长根恨得咬牙切齿。

"那也请您将这张图带走交给另一个人,否则……"黑衣人给赵长根看了一段视频,那是赵长根之前与妙龄少女的翻云覆雨……

赵长根傻眼了,他蓦地痛彻心扉。

这时,老张正哼着小曲,得意扬扬地走进小楼。赵长根怒不可遏,一个猛子扑到了老张的身上,一边咒骂着一边就是一顿拳打脚踢。

各色人等都围过来看热闹了,他们指指点点,口耳厮磨,咧着嘴,笑得前仰后合!

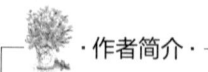

· 作者简介 ·

李景泽,笔名缘惜子,河北张家口人,现居长春。小说见于《四川文学》《百花园》《北方文学》《喜剧世界》《小说月刊》等刊。

奶奶的桃树

□ 江　岸

　　九十高龄的奶奶年轻的时候有两个绰号，一个是"侉女人"，一个是"国民党婆"。她的老家在豫北安阳，硬腔硬板的口音和黄泥湾当地接近湖北的甜糯口音相差太大，惹人嘲笑，为她赢得第一个绰号。爷爷年轻的时候是一介书生，抗日战争爆发，他毅然投笔从戎，战死沙场，他的遗孀解放以后就此赢得第二个绰号。

　　不过，那都是阶级斗争时期的事情了，已经有几十年没人再叫奶奶的绰号了。老迈的奶奶近来真是有点糊涂了。表现之一是她把自己的鞋子洗了。奶奶童年的时候包过脚，还没有包成三寸金莲，就放脚了，但她的脚比普通人的脚还是要小一码。年轻的时候，她自己纳鞋底，自己剪鞋面，自己做鞋穿。后来她做不动了，就由我妈帮她做。奶奶穿鞋极爱惜，沾染一点灰尘，就用小手巾擦干净。她还从不洗鞋，说是她老家安阳的规矩，女人的鞋子直到穿烂，也不能洗。她也没有说过不洗鞋的道理，反正就是不洗。我妈发现奶奶晾晒在窗台上的刚刚洗过的一双小鞋，惊讶地叫了一声，把我们所有人都惊动了，跑到了院子里。

　　奶奶糊涂的第二个表现是突然馋嘴了。院子里有三棵桃树，两棵是五月桃，

317

一棵是八月桃。我们家的桃树是用奶奶从老家安阳带来的桃核种植的，据奶奶说，那味道和她老家的桃子一模一样。奶奶从豫北安阳，千里迢迢奔赴豫南，带几颗桃核完全是没有预谋的。那时她不满十八岁，桃胡只不过是好玩的少女随身携带的玩具。五月桃快成熟了，又白又大地挂满枝头。从不贪嘴的奶奶竟然要吃桃子。奶奶咬了几口五月桃，就放下了，要吃八月桃。八月桃还是青涩的，看着奶奶一点点啃八月桃，我们的腮帮子都浸满了酸水。奶奶捧着那个八月桃，隔一会儿就啃一口，啃了一个上午。

　　奶奶糊涂的第三个表现是她喜欢哼曲儿了。我们都不懂得奶奶哼唱的是什么。还是我妈细心，听出来奶奶哼唱的是《小放牛》。我妈是大跃进期间从平原逃进山里的，饿晕在路上，被奶奶救活，做了光棍汉我爸的老婆。我妈和奶奶一辈子相处得非常亲密，我爸五十九岁那年去世了，我妈独自奉养着奶奶。年轻的时候，奶奶偷偷唱过《小放牛》给她听，说是河北民歌，安阳人都会唱。我妈说，《小放牛》有三段，你奶奶翻来覆去就唱第三段：什么鸟儿穿青又穿白？什么鸟儿身披着绿豆衫？什么鸟儿催人把田种？什么鸟儿雌雄就不分开那个咿呀咳……

　　我妈背转身，抹开了眼泪。我妈说，看来，你奶奶的大限到了。停了停，我妈又说，她是想你爷爷了……

　　我妈跟我们讲过奶奶的故事，都是她们娘儿俩闲聊时，奶奶告诉她的。我们长大的时候，奶奶可能对自己年轻时候的荒唐事儿羞于启齿，没有对我们提起过。但是，从我妈那里，我知道了奶奶所有的故事，令人唏嘘。

　　阳春三月，桃花灿烂的时候，奶奶的村庄开过来一支军队。军队号房子，奶奶家也进驻了不少兵，挤满了偏院。后来，奶奶就认识了很多兵，也认识了我爷爷。不训练的时候，爷爷就邀奶奶去庄子周围看桃花。后来，就偷财主家的桃子给奶奶吃。五月桃罢园了，就偷八月桃。八月桃还很青涩，但是奶奶吃得津津有味，每天让爷爷去偷。爷爷咬过一口八月桃，酸得倒牙，就呸地一口吐了。这个丫头怎么那么喜欢吃青桃呢？爷爷非常狐疑。他毕竟二十多岁了，猛一下就明白了，吓出一身冷汗。吃到八月桃罢园的时候，爷爷的部队接到调令，要开往前线抗击日寇。开拔之前，爷爷找到奶奶，泪流满面，掏出一封写清地址的家信，掏光了身上所有的钱，塞给了奶奶。奶奶的父亲是个私塾先生，极要脸面的，爷爷怕他走了，奶奶的丑事一暴露，她准会被她父亲活埋。奶奶就在爷爷部队开拔的那个晚上，悄悄用烟灰抹脏了脸蛋，背个小包袱，逃出了她的村庄，一路向南而去。

我妈说，你奶奶肯定想念你爷爷了。她在路上奔波了两个多月，等她找到黄泥湾的时候，你爷爷的《抗日烈士证明书》和三百元抚恤金已经由政府送到家好几天了。

弥留之际，奶奶的枕边被我们放满了又白又大又甜的八月桃，我们往奶奶的手心里也塞了两个。奶奶的嘴唇还在轻微地翕动，我妈贴耳去听，听了一会儿，我妈抽泣着说，你奶奶还在哼《小放牛》：喜鹊穿青又穿白，金鹦哥身披着绿豆衫，布谷鸟催人把田种，鸳鸯鸟雌雄就不分开那个咿呀咳……

·作者简介·

江岸，河南商城人，河南作协会员，信阳市作协副主席，信阳市小小说学会会长，《读者》签约作家。已出版文集《孤岛》《喊魂》等七部。

发现

□ 戴希

我们家的贵宾犬小宝真的聪明可爱！我只说一点，在家里，它总是自己上卫生间拉屎拉尿。有时，卫生间的门关着，里面有人，它就站得笔溜儿直，扬起两只前爪在门外敲门，或急或缓，或轻或重。如果敲得急而重，那肯定是它憋不住了，让里面的人快点出来；如果敲得缓而轻，则是告诉里面的人，它正在外面等候。

不仅如此，等它上完，还用前爪在卫生间门外的地板上擦擦，弄出嗞嗞嗞的声响，提醒我们它已在里面方便了，快帮它冲洗冲洗。冲洗过后，它会人一样站立，两只前爪像手一样抱拳，毕恭毕敬地给你"作揖"，那是深表感谢之意。

经常这样，我和妻白天外出上班，只能把小宝关在家中。下班一回来，我们就匆匆去卫生间，看看小宝拉屎拉尿没。如果拉了，便赶紧冲洗干净。

有次下班回家，我们上卫生间一看，里面清清爽爽的。妻便进厨房准备做晚饭。可这时，妻闻到了一股刺鼻的尿臊味。寻味觅去，很快发现小宝在厨房内靠墙边的一角拉过尿。

"小宝，你过来！"妻有点火，但强忍着。小宝应声而至。

妻指指墙边的尿渍，故意问："小宝，这是谁拉的尿啊？你怎么糊涂了，不知道拉在卫生间呢？"

小宝瞥一眼墙边的尿渍，眼一闭，立即耷拉下头，那模样就像坏人在低头认罪似的。

妻想，小宝应该已认识到自己的严重错误，会好好改正了，就不再教训它。

此后一段时间，小宝真又规矩了。

"看来，这鬼东西会听话，知错就改！"妻赞叹。

我说："是啊！咱小宝通人性，乖巧哩！"

那天吃过晚饭，我和妻要去朋友家谈事。小宝看我们在更衣，便机智地盯着，蹦蹦跳跳又寸步不离地跟随我们。它特别喜欢我们带它外出溜达或串门。

走到大门口，妻却转过身子，蹲下去对它说："小宝，外面正在刮风下雨，带你出去很不方便。你就好好待在家里，看家啊！我们办完事就回！"

小宝听了就一屁股端坐地上，懂事而眼巴巴地目送我们。我们十分感动。

可从朋友那儿返回，妻忽又发现我家厨房内靠墙边的一角，有小宝拉过的尿渍。不禁大动肝火："小宝，你怎么好不了几天，又旧病复发了？你肯定在存心发泄不满，报复我们没带你外出溜达是吧？"

闻到火药味的小宝，像顽皮的孩子闯了大祸，赶紧一溜烟地钻到床底下，躲起来，怎么喊它也不出来。

妻拿起竹扫帚要打它。我说算了吧，小宝毕竟是条小狗，看它也像小孩一样，怪可怜的。

我知道妻这是在有意警告小宝，便轻轻走到床边，对躲在床底下的小宝说："小宝听话，下次讲卫生噢！"小宝"嗯嗯嗯"了几声，仍趴在床下，躲着不出。

这之后，小宝长了记性，知道拉屎拉尿只能上卫生间了。我和妻松了口气。

又一个风雨天。我们下班回家，发现它还是把尿拉在了厨房内靠墙边的一角。这下妻暴跳如雷，操起一只长竹竿就要追打。小宝惶恐不已，赶紧一溜烟地躲进床底下。

妻不肯罢手，攥紧长竹竿就在床底下一番横扫，直疼得小宝"汪汪汪"地惨叫，末了又"呜呜呜"地哭泣。我说："算了算了，它怎么也是条小狗，教训了就行了！"

"好吧！"妻气哄哄的，"事不过三，下回再这样，我一定要把它撵出去，

321

不养了！"我没吭声。

　　这个星期天，又是风雨大作。我在家写篇动物传奇小说。写着写着写累了，便想走到房外透透气。等我刚出房间，就发现小宝正在卫生间门口，先推门，门不开；便敲，没有回音；再用力猛推，门还是未动。情急之下，它一个转身，准备又去厨房方便。

　　事不宜迟！我赶紧直奔过去，帮它推卫生间门。起初，我用力小了，门未推动；接着，我使劲一推，门才打开。

　　门一开，小宝便如离弦之箭，冲进卫生间，哗哗哗地拉尿。

　　我侧身站在门口，背抵着门，等小宝拉完。小宝拉完后，摇头摆尾从卫生间出来，我才闪进去冲洗卫生间。我一进去，风又把门给关上了。冲洗了卫生间，要拉开门出来时，我再次感到，从窗口吹来的风力还真大。风把门堵紧了，你用力不狠，根本就打不开。

　　可小宝呢？小宝分明只是条小狗，它有多大的力啊？

　　"看来，小宝上卫生间拉屎拉尿的习惯并没改。"我忽然想，"虽然偶尔，它也把尿拉在厨房里，但那一定是卫生间里风力过大，把门堵紧了，它实在推不开，内急又迫不得已，才……而那几次，刚好也是风雨天啊！"

　　刻不容缓地，我把自己的发现告诉妻子。妻一下豁然开朗："对啊，那几次正是风雨天，家里又没人帮它！哎，哎，哎，我们错怪小宝，让它受委屈了！我这个人啦，怎么遇事就冲动任性，头脑丁点儿不冷静呢？"

　　这样说着，妻的眼角不知怎么有了泪。

　　我笑，眼里也有泪光闪烁。

·作者简介·

　　戴希，中国作协会员、中国微小说与微电影创作联盟常务理事。多篇作品被《小说选刊》《散文选刊》《杂文选刊》等报刊转载。